Roman von einem Feld

Katja Behrens

Impressum

Buch 1. Auflage 2008, Darmstadt
stmv S.Toeche-Mittler Verlag
ISBN-10 3-87820-126-5
ISBN-13 978-3-87820-126-7

www.net-library.de

Gestaltung: Cora Toeche-Mittler
Foto Umschlag: Brigitte Satori-Constantinescu
Atelier SaConst / Malerei & Fotografie
info@atelier-saconst.de
www.atelier-saconst.de

stmv
ISBN 978-3-87820-126-7

Katja Behrens wurde in Berlin geboren, lebt heute in Darmstadt.
Ab 1960 Übersetzungen aus dem Amerikanischen. Ab 1973 Verlagslektorin in Darmstadt. Seit 1978 freiberufliche Autorin. Writers-in-Prison-Beauftragte und Vize-Präsidentin des PEN. Diverse Literaturpreise, u.a. Stadtschreiberin von Mainz.
Erzählungen u.a. "Die weiße Frau" (1978), "Salomo und die anderen" (1993). Romane, u.a. "Die dreizehnte Fee" (1983), "Die Vagantin" (1997), "Hathaway Jones" (2002),. Biografien, u.a. "Alles Sehen kommt von der Seele - Die Lebensgeschichte der Helen Keller" (2006). Herausgaben, u.a. "Abschiedsbriefe" (1987 + 2007),"Ich bin geblieben - warum? Juden in Deutschland heute" (2002).
Ihre Bücher wurden in viele Sprachen übersetzt. Außerdem: Filme, Hörspiele, Features, Hörbücher, Beiträge in Anthologien.

Roman von einem Feld

Katja Behrens

MÄRZ

Der Maulwurf hat ein Schnäuzchen im Gesicht, den argen Winter mag er nicht. Im März schaut er aus seinem Loch: Jetzt kommt der Frühling doch!

Eine Nacht im März irgendwo in Deutschland. Schnee glitzert im Mondlicht. Wolken ziehen. Es wird dunkel und wieder heller. Stille über dem Oberfeld, nur das Rauschen des Windes und das Brummen eines Flugzeugs, ein blinkender Punkt zwischen den verblassenden Sternen.

Von der kleinen Anhöhe aus geht der Blick auf die in der Dunkelheit schimmernden Felder hinunter, die nach allen Richtungen hin begrenzt und beschützt sind von Wald. Man steht nur ein wenig erhöht, gerade so, daß man einen Überblick hat, die Weite überschaut, genug Weite für einen Menschen, vielleicht genau so viel an Weite, wie der Mensch braucht, ohne sich ausgesetzt zu fühlen.

Ein Fußgänger benötigt etwa neunzig Minuten, um die Jahrhunderte alte Rodungsinsel zu umrunden, ein Fahrradfahrer dreißig, eine gemächlich dahinziehende Wolke überquert sie in vierzig, ein Flugzeug in zwei Minuten.

Im Südosten zieht eine Reihe von dunklen Silhouetten dem Waldrand zu, eine Rotte von Wildschweinen, eins hinter dem andern, in geordneter Reihenfolge, vorneweg die Alte Bache, gefolgt von ihren Frischlingen, es sind nur zwei, die den Winter überlebt haben, nach ihnen kommen die anderen Bachen mit ihren Frischlingen oder allein. Die Bachen sind trächtig, und die weiblichen Frischlinge auch, und alle bewegen sich mit behäbiger Ruhe durch eine Welt von Gerüchen, eigenen und fremden, nahen und fernen, die der Wind zu ihnen trägt. Sie riechen den Igel, der jenseits des Gartenzauns unter einem Reisighaufen seinen Winterschlaf hält, und sie hören sein Herz schlagen und

hören die Schwingen der Eule auf ihrem nächtlichen Streifzug, den dunkel tönenden Ruf des Käuzchens aus dem Wald und das Rauschen und Gluckern in den tief unter der Erde liegenden Rohren. Wasser unterwegs zum großen Reservoir der Stadt, das von der Rosenhöhe aus gesehen, nur ein Hügel im Schnee ist. In den darunter liegenden Räumen ist die Luft auch im Sommer feucht und kühl, der Fußboden gekachelt, die Wände weiß und blau die riesigen Rohre. Ab und zu springt ein Motor an, ab und zu knallt es. Von draußen dringt kein Laut durch die meterdikken Mauern, und in den Behälterkammern treiben die Kalkhäute auf dem grünlich schimmernden Wasser.
Einmal, zu einer Zeit, als die Menschen noch glaubten, die Steine wüchsen in der Erde wie die Pflanzen, war hier der Steinbruch, aus dem die Steine für die Stadtmauer, ihre Türme und Tore herausgehauen wurden.
Eppe und Gumpe, Hildebold und Wackerspill und viele andere mußten Frondienst leisten. Wenn damals die Wildschweine aus dem dunkelnden Wald kamen, hing der Schweißgeruch der Menschen noch in der Luft, und auf dem Weg, über den am Tag die mit Steinen beladenen Karren gezogen waren, roch es nach den Hufen der Ochsen und den nackten Füßen der kindlichen Ochsentreiber.
Von Sonnenaufgang bis Sonnenuntergang das weithin schallende Hacken und Klopfen auf Stein, sechs Tage lang, dann Stille. Sonntagsruhe über dem Oberfeld, nur fernes Glockenläuten.
Eppe und Gumpe mit ihren Frauen und Kindern und Hunger im Bauch auf den Knien vor Gott, in Kitteln aus hausgewebtem Leinen, die Gesichter früh gealtert, die zum Beten vereinten Hände fühllos vom vielen Zupacken, die Herzen in Angst vor den Herren und vor der Hölle, inbrünstig um Gnade flehend.
Neunzig Jahre dauerte der Bau der Stadtmauer, von der nur noch ein kleiner, vom Verkehr umtoster Rest steht, und längst ist die Stadt über die Mauern hinaus gewachsen, und nichts ist geblieben, wie es war, nicht einmal der Himmel über dem Oberfeld.
Unruhe selbst unter den Sternen. Hier und da zieht einer in gro-

ßer Eile über die schneebedeckte Weite hinweg, verschwindet im Dunkel und ist schon neunzig Minuten später wieder da und hat in dieser Zeit die ganze Erde umkreist, aus der Nacht in den Tag und wieder in die Nacht, einer von vielen künstlichen Sternen, die Mars Express oder Echostar heißen und zusammen mit Venus und Saturn im bläulichen Schimmer der ersten Morgendämmerung verblassen. Nicht mehr zu sehen, aber immer noch da, ziehen sie weiter ihre Bahn, alle neunzig Minuten einmal über das Oberfeld.

Die Wildschweine haben den Waldrand erreicht. Die Alte Bache biegt nach Süden ab, die Rotte folgt. Bald werden sie ruhen, aneinander geschmiegt in einem Dickicht, in das es nicht hineinschneien konnte. Noch ein paar Schritte an dem Zaun entlang, der das Wasserreservoir umgibt, dann biegen sie in den Waldweg ein, vorbei an der Eiche, die schon der Schlafbaum der Saatkrähen war, als die Alte Bache noch ein Frischling war und zum ersten Mal die köstlichen Eicheln schmeckte. Im Gezweig liegt schon kein Schnee mehr, es ist nackt bis auf ein paar zerknitterte braune Blätter, die sich nicht vom Baum lösen wollten, eigensinnig festgehalten haben, den ganzen Winter hindurch, immer trockener und spröder geworden sind, während die Knubbelchen an ihren Stielen zu fetten Knospen wurden.

Die Krähen sind wach, putzen das Gefieder, spähen ins Zwielicht und krächzen. Es sind nicht mehr viele, die Ordnung der Kolonie hat sich aufgelöst, die meisten sind schon fort, um ihre Nester in der Krone einer alten Buche weit weg vom Oberfeld auszubessern, Mann und Frau zusammen, immer dasselbe Paar, ein Leben lang, weshalb man zu Eppes und Gumpes Zeiten zerstrittenen Ehepaaren Krähenherzen zu essen gab, damit sie wieder einig werden.

Die auf dem Schlafbaum Zurückgebliebenen, die gestern noch alle miteinander zerfallen waren und sich erbittert um die frei gewordenen Plätze gestritten haben, die schön geschützten, die sicheren und guten, fügen sich wieder zu einer Einheit, einem Ganzen aus vielen Flügeln und Schnäbeln, das auf ein von niemandem gegebenes und doch von jedem Teil gefühltes Zeichen im gleichen Augenblick die Krallen von den Zweigen löst, an den Körper anlegt und über die verschneiten Felder hinweg nach Westen fliegt, zur Rosenhöhe, wo sie wieder zu Einzelnen werden, die sich über die Papierkörbe verteilen und auf der Suche nach Eßbarem leere Zigarettenschachteln und Plastiktüten herausfetzen.

Über dem Wald im Osten liegt rosenfarbener Schimmer, die Bäume bilden einen schemenhaften Wall, die überragenden Wipfel zeichnen sich undeutlich gegen den grauen Himmel ab. Irgendwo da oben brummt ein unsichtbares Flugzeug.

Zu dieser Stunde, wenn es nicht mehr Nacht und noch nicht ganz Tag ist, kann man manchmal die Schemen der Vergangenheit sehen, dann sind die Felder, die jetzt so still und leer daliegen, bevölkert von Eppe und Gumpe und ihren Nachkommen, Ranz, Kozzel und Isenbär, die hinter dem Pflug hergehen und die Schollen mit der Hand zerteilen.

Eisenbär gräbt seinen Acker mit dem Spaten um, Lanz verteilt den kostbaren Dung seiner Ochsen, und Hildemar greift in die Samen, wirft sie aus... greift in die Samen, wirft sie aus. Auf allen Äckern stehen Vogelscheuchen, und die Krähen sind verhaßt als Schädlinge, Unglücksboten und Todesbringer. Verlorene oder gebannte Seelen sind dazu verdammt, ihre Gestalt anzunehmen, Hexen tun es freiwillig und aus Bosheit. Eine soll so dreist gewesen sein, sich vor den Augen von drei jungen Mädchen in eine Krähe zu verwandeln. Ihr Name ist überliefert: Petter Heils Witwe Margaret.

Die Mädchen, Rose, Riche und Tütel, hatten genau gesehen, wie die Alte das Reisigbündel, mit dem sie aus dem Wald kam, plötzlich von sich warf, sich in die Luft erhob und über sie hinweg flog, wobei sie so schauerlich krächzte, daß die drei ihre Forken fallen ließen und sich bekreuzigten. Die Hexe aber wurde, nachdem sie, peinlich befragt, alles gestanden hatte, auf dem Marktplatz der Stadt verbrannt. Das war im Jahr 1586.

Der Papierkorb neben der Bank am Rande des Oberfelds ist leer.

Im Schnee verstreut liegen Plastikfetzen und eine zerdrückte Schachtel Marlboro.
Das Licht ist da, die Schemen ziehen sich in die Vergangenheit zurück, eine auf den Waldrand zu galoppierende Jagdgesellschaft verflüchtigt sich, das Hufgetrappel verklingt. Die Krähe beäugt den leeren Papierkorb und fliegt mit empörtem Krächzen über das Feld, landet, schreitet gemessen durch den Schnee.
Die Kralle sinkt ein, der Schnabel legt einen mit geflochtenem Gras und Erde übertunnelten Laufgang von Feldmäusen frei.
Die Krähe hüpft, die Krähe äugt. Der Schnabel wühlt im Schnee. Mäusekot, winzige Kügelchen – ein Mäuseklo.
Das Licht ist da, aber in der unterirdischen Nestkammer des Mäusevolks ist es weiter dunkel.
In der Dunkelheit heben und senken sich die Bäuche der schlafenden Mäuse, Schnurrhaare zucken im Schlaf, junge Mäuschen klettern auf dem Leib ihrer Mutter herum, es riecht nach den Ausdünstungen von vielen kleinen Körpern und der feuchten, von ihrer Wärme aufgetauten Erde. Aus dem Leib eines Weibchens rutschen Mäusejunge ins Leben und suchen nackt und blind nach den Zitzen der Mutter, deren Bauch noch immer nicht leer ist. Sie plagt sich, während Unruhe in der Nestkammer aufkommt, jemand hat etwas gehört, die Aufregung teilt sich allen mit. Gedränge an den Fluchtröhren. Die Alten warnen, die Kleinen hören nicht, eines huscht nach oben und weiß nicht, wie ihm geschieht. Die Krähe schluckt zufrieden.
Gegen Mittag scheint die Sonne, der Himmel ist märzlich blau mit ein paar ausgefransten Wolken. Es tropft überall. Es tropft von den Dächern der Bungalows im Osten und den Hütten des Kaninchenzüchters im Süden, tropft von den Bäumchen auf den Feldholzinseln, von den Gartenhäuschen der Laubenkolonie im Norden und von den Zitterpappeln an ihrem Rand.
Nicht weit von den Zitterpappeln hält ein Siebenschläfer, gut versteckt in seinem moosgepolsterten Nest in der Höhlung eines alten Baums, seinen Winterschlaf, hört das Tropfen nicht, weiß nichts vom Winter, nichts von Schnee und Kälte, der Glückliche,

träumt nicht, atmet kaum, zwei, drei Atemzüge in der Minute, mehr braucht er nicht.
Unter der Schneedecke sind die grünen Streifen der Gerste zu ahnen. Am Himmel ziehen Flugzeuge verschieden lange Kondensstreifen hinter sich her, unter der Erde erwacht ein Feldhamster aus seinem Winterschlaf, eilt auf seinen kurzen Beinen zu seinem Kotplatz, erleichtert sich, eilt weiter in seine Vorratskammer, knabbert ein paar Sonnenblumenkörner und kehrt in sein gepolstertes Nestchen zurück, um sich zusammenzurollen und weiterzuschlafen, während die Erde über ihm den getauten Schnee aufnimmt.
Schnee liegt nur noch in den Furchen der Felder. Die Wege werden sichtbar. Der Scheftheimer Weg, der Judenpfad, die Hammelstrift, der Seitersweg, der Katharinenfalltorweg.
Aus dem Wald schallt das Balztrommeln eines Buntspechtpaars. Er trommelt, sie trommelt, beide mit den Schnäbeln gegen denselben hohlen Baumstamm, in dem sie eine Höhle beziehen werden, um zu brüten, aber das Ritual will es, daß sie erst einmal nebeneinander sitzen und lange und sehr schnell trommeln.
Auf der Betonmauer am Tor des Wasserreservoirs sonnt sich eine Eidechse und über dem brachliegenden Feld daneben flattert ein Zitronenfalter, zartgelb und schwerelos über der braunen Erde. An den Wegrändern öffnen sich die Körbchen der Maßliebchen, wenden sich langsam der Sonne zu und beginnen sich wieder zu schließen, als sie über dem aus der Stadt herausragenden Schornstein der Müllverbrennungsanlage steht.
Im Abendlicht wirft ein Jogger gequält die Beine von sich, ein letzter Spaziergänger verschwindet auf der Rosenhöhe.
Auf dem Oberfeld wird es so still, daß man den Wind und das Surren der Reifen von der Erbacher Straße hören kann. Die Krähen versammeln sich, schreiten durch den Acker, hüpfen und picken und fliegen plötzlich alle gleichzeitig los, mit gemessenem Schwingenschlag über die Felder nach Osten, nach Hause, lassen sich mit gewaltigem Gekrächz in ihrem Schlafbaum nieder.

Über dem Schornstein der Müllverbrennungsanlage leuchtet der Himmel.

In der Dämmerung tritt ein Reh aus dem Wald beim Scheftheimer Weg, der einst, als die Maßliebchen aus den Tränen der Gottesmutter entstanden und Marienblümchen hießen, nach Scheftheim führte, ein halbes Stündchen durch den Wald, nach dem Weiler Scheftheim, von dem nichts überdauert hat als der Name des Weges, der zu ihm führte.

Nichts ist geblieben von den Bauernstuben, den niedrigen, dunklen, mit ihren Wänden aus dem Holz des Waldes, dem festgestampften Lehmboden und dem Loch im Dach, damit der Rauch abziehen konnte, nichts von den Menschen, die um den grobgezimmerten Tisch herum saßen und Kohlsuppe aßen mit hölzernen Löffeln. Im Winter das Rattern des Spinnrades in der Schneestille, entzündete Augen, Reißen in den Gliedern und Geschichten von Werwölfen und Zeichen und Wundern und gebannten Seelen. Sonntags noch im Dunkeln über das Oberfeld in die Stadt, zur Kirche, bei jedem Wetter, am Steinbruch vorbei, über den Feldweg, die von den Ochsenkarren hinterlassenen Furchen, die gefrorene Erde, dem Wind ausgesetzt, der immer schon eisig über die Felder strich. Heute heißt es, das Oberfeld ist die Frischluftschneise der Stadt, aber damals, als die Scheftheimer zur Kirche gingen, waren es die Seelen der Verstorbenen, die als heftiger Wind wiederkehrten, und nicht immer konnte man sich vor ihnen retten, indem man *Kikeriki* in die Dunkelheit rief, weil der erste Hahnenschrei dem Treiben der Geister ein Ende bereitet. Geistersichtige Menschen haben es schwer, die ständige Aufregung macht sie krank, sie siechen dahin, und wenn sie sterben, werden sie selber zu Geistern. Sie wohnen in Steinen, und manchmal sieht man sie in der Abenddämmerung auf ihrem Stein sitzen. Niemand kann sagen, wie viele Geister in den Steinen des Oberfelds wohnen, aber in hellen Mondnächten erscheinen die Schatten der Scheftheimer, ohne daß sie selber da sind, die Schatten von Murschel und Goschel und Jute und Bele und dem geistersichtigen Mädchen

Gütel, das schreckliche Angst hat, nicht im Wald, sondern auf dem freien Feld sich vor allem fürchtet, vor den Steinen und dem Wind und dem weiten Himmel, vor jedem Schritt durch diese Welt, in der es keinen Schutz gibt, im Winter das bedrohliche Blinken der Sterne, im Sommer das unheilvolle Schwarz der Krähen, da hilft es nichts, wenn Bele der Gütel erklärt, die Krähen seien bloß deshalb so schwarz, weil sie im Wirtshaus die Zeche geprellt haben und durch den Schornstein geflohen sind.
Die Krähen schlafen, manche haben ein Bein hochgezogen, an den ungeschützten Plätzen zaust der Wind das Gefieder. Geräuschlos überfliegt ein Waldkauz den Schlafbaum, hat ein brütendes Weibchen zu versorgen, fliegt über die Felder, auf denen noch einzelne Schneetupfer leuchten, wendet den Kopf nach rechts und nach links, späht durch die Dunkelheit, entdeckt die Laufgänge einer Feldmauskolonie, hört die Bewegungen unter der Erde, hört und wird selber nicht gehört mit seinen lautlos auf und ab streichenden Schwingen, die weich und geschmeidig sind, so flaumweich und darunter die spitzen Krallen, die einen Mäuserich packen, der aus der leeren Vorratskammer nach oben gekommen ist und nur einen Augenblick zappelt, bevor die Krallen ihn erdolchen und über die Felder tragen, dem Wald zu, wo das Kauzweibchen in einer Baumhöhle auf den Eiern sitzt.
Die Alte Bache hat sich mit ihrer Rotte an dem Weg verteilt, der den Scheftheimer mit dem Judenpfad verbindet. Über dem Oberfeld ist es still und dunkel, ein leichter Nieselregen benetzt die Borsten, während die Rüssel sich unter die feuchten Grasnarben an den Wegrändern wühlen, um sie anzuheben und das im Erdreich verborgene Getier freizulegen. Die Felder rechts und links bleiben unbeachtet, da gibt es nichts außer einem üblen Geruch. Der Bauer hat gespritzt. Der Boden soll nur das hergeben, was er soll: einen guten Ertrag. Das kleine Getier, das sonst darinnen lebt, ist von Pestiziden vernichtet.
Für die Wildschweine ist die Welt in Ordnung, an den Wegrändern gibt es Engerlinge, Würmer und Insekten, und es gibt die

Grillen, die der Sohn der Alten Bache so geschickt zu fangen versteht. Vieles hat er gelernt in dem Jahr, in dem er auf der Welt ist, weiß das Pfeifen von Mäusen zu deuten, das Fiepen von Rehkitzen, das Klagen von Hasen wie die andern auch, aber eines kann er besser als alle anderen: Grillen fangen.
Die Welt ist in Ordnung. Es riecht nicht nach Gefahr, nur nach den Spuren von Menschen und Hunden, die nichts zu bedeuten haben, solange es bloß Spuren sind. Ab und zu wird ein leises Grunzen gewechselt, ich bin da, bist du auch da, ein leises, zufrieden klingendes Grunzen. Im Himmel zieht ein Flugzeug zielstrebig seine Bahn, das Rot, das aufblinkt und verlischt, ist die einzige Farbe in der Nacht.
Die Alte Bache führt die Rotte an dem Fuchsbau vorbei, der immer schon da war, schon als sie selbst noch ein Frischling war. Kein Geräusch dringt aus den Löchern, kein Atem, keine Bewegung, trotzdem hat die Rotte es eilig, den Bau des Feindes hinter sich zu lassen, auch wenn es nicht hier war, daß der Fuchs einen kränklichen kleinen Frischling geholt hat, unvergessen das gellende Kreischen, und dann fehlte wieder einer.
Ohne anzuhalten, trottet die Rotte quer über die Felder zu der Streuobstwiese am Rande der Rosenhöhe hinauf, wo die Alte die Luft prüft und dann den Kopf senkt, um den Rüssel unter das Gras zu schieben. Die anderen verteilen sich in der Dunkelheit. Der Grillenfänger hat eine gute Stelle, schmeckt und schluckt zufrieden, schmeckt und schluckt und wird plötzlich abgedrängt von einer Bache, die genauso alt ist wie er und viel schwächer, will sich das nicht gefallen lassen, seinen Platz behaupten, ist stark und wohlgenährt und klemmt doch den Schwanz ein und zieht sich mit einem protestierenden Quieken zurück, versteht die Welt nicht mehr, aber gibt seine Stelle auf.
Noch weiß er nicht, daß dies erst der Anfang ist und die Rotte ihn am Ende ausstoßen wird, wie die anderen Frischlingskeiler auch, die alle ihren erkämpften Rang verloren haben und sich auf einmal ganz unten wiederfinden, an letzter Stelle der Rangfolge. Aber er spürt, daß es sinnlos ist, um seinen Platz zu kämp-

fen und die kleine Verwandte etwas hinter sich hat, das nichts mit körperlicher Kraft zu tun hat, etwas, das ihr Sicherheit gibt und ihn schwach macht. Niemand steht ihm bei. Er ist allein und kann nicht wissen, daß das, was ihm geschieht, Generationen von kleinen Keilern vor ihm geschehen ist. Für ihn ist es das erste Mal und etwas, das nur ihm geschieht.

Langsam bewegt sich die Rotte weiter über die Wiese, das eingeklemmte Schwänzchen des Gedemütigten löst sich, der Rüssel schiebt sich energisch unter eine Grasnarbe, die Zunge schmeckt Erde und Würmer, die Ohren hören etwas, das sie noch nie gehört haben – unter der Erde zwitschert es, unter der Erde, nicht im Himmel und nicht auf einem Baum. Letztes Jahr um diese Zeit, wenn sich die Maulwürfe paaren, lag der Grillenfänger noch im Kessel und kannte nichts von der Welt außer dem Geschmack der Muttermilch.

Durch die Lüftungsgänge unter der Erde verbreitet sich der Geruch der Wildschweine. Das Paar im Liebeskampf achtet nicht darauf, hat das Erzittern des Bodens überhört, alles überhört. Es gibt nur noch eins, die rosigen kleinen Schaufelhände, die zupacken und sich wehren, sanfte und weniger sanfte Bisse, Davonlaufen und Hinterherjagen. Zweimal im Jahr. Im Frühling und im Sommer, muß das Männchen sich auf den Weg machen, die bergende Dunkelheit seines eigenen unterirdischen Reichs verlassen, tastend und schnuppernd eine gefährlich weite Welt durchqueren, um zu suchen und endlich zu finden und wieder in die Dunkelheit einzutauchen, sich in den Bau eines Weibchens zu wagen und mit der Entrüstung empfangen zu werden, die sein muß, so wie es sein muß, daß er den Widerstand überwindet.

Als es endlich so weit ist, daß sie nachgibt und die beiden miteinander auf Jagd gehen wollen, um den Bund zu besiegeln, bebt die Erde.

Die Alte Bache ist im Begriff, das Pärchen auszugraben.

Die beiden ziehen sich in die Nestkammer zurück, die tiefer unter der Erde liegt als die Gänge. Da sitzen sie und haben Todesangst.

Die Morgendämmerung naht, die Alte Bache gibt auf, Zeit, in den Wald zurückzukehren.
Auf dem Scheftheimer Weg bleibt sie plötzlich stehen und schnauft. Der Schwanz, der eben noch locker hin und her pendelte, steht steil nach oben.
Es ist nur ein schwacher Geruch, den der Wind ihr entgegen trägt, aber es ist ein Geruch, der höchste Gefahr bedeutet.
Die Alte grunzt, laut und abgehackt, macht kehrt und rast zurück, hinter sich das Trappeln vieler Füße. Der Geruch des Menschen hat die Erinnerung an ein großes Massaker zurückgebracht, bei dem fast die ganze Familie umgekommen ist.
Auf einem fahrbaren Hochsitz an der Hammelstrift wartet der Jagdpächter mit seinem Gewehr. Das Fleisch der Sauen steht schon auf der Speisekarte. Wildschweinbraten mit Preißelbeeren, Rotkohl und Klößen, 19,90 Euro.
Die Rotte flieht zur Rosenhöhe hinauf, über die Streuobstwiese, vorbei an den Maulwurfshügeln, hinein in das von Dornengestrüpp umgebene Eichenwäldchen neben dem Haus eines Steuerberaters, der mit einer grandiosen Grundstücksspekulation reich geworden ist und als Immobilienunternehmer und bescheiden gekleideter, zurückhaltender Mann mit seiner Familie in London lebt. Das Grundstück am Rande des Oberfelds ist von einem ebenso soliden Zaun umgeben wie das Wasserreservoir, der Eingang von einer Videokamera überwacht.
Während die Wildschweine aneinander geschmiegt den Tag verdösen, verläßt der Maulwurfsmann den Bau des Weibchens, ohne zu wissen, daß er zusammen mit seinem Samen ein harzähnliches Pfröpfchen verschossen hat, der seinen Schatz im Leib des Weibchens bewachen und anderen Männern den Zugang versperren wird. Warum sich nur bei den Maulwürfen dieser nützliche kleine Verschluß entwickelt hat, bleibt eines der vielen Geheimnisse der Natur.
Dem Maulwurfsmännchen ist es nicht geheuer auf seinem Weg durch das feuchte Gras, ohne die schützende Erde um sich. Er

hat es eilig, nach Hause zu kommen, um von seinen Regenwürmern zu fressen, denen er den Kopf abgebissen hat, damit sie sich nicht davonmachen können. Sie leben noch, tot mag er sie nicht, aber sie können nicht weg und müssen einfach daliegen in seinem Vorratsspeicher, bis er sie vertilgt, damit er leben kann, weil er sterben muß, wenn er nur einen Tag lang nichts zu sich nimmt.
Es ist ihm nicht geheuer auf seinem Weg zurück in den eigenen Bau, obwohl er mit seinen Augen, die nur so groß wie Grassamen sind, bloß hell und dunkel unterscheiden und so die Schemen der Vergangenheit nicht sehen kann.
Murschel und Goschel, die armen Scheftheimer Bauern, tragen schwer an Körben voller trauriger Kohlköpfe, die sie auf dem Markt in der Stadt zu verkaufen hoffen und erzählen sich Geschichten von vergrabenen Schätzen und sagenhaften Reichtümern.
„In einem Beutel aus Maulwurfsfell," sagt Goschel, „geht dir das Geld nie aus." Murschel weiß noch etwas Besseres: „Du brauchst bloß einem lebenden Maulwurf die Pfote abzubeißen, und schon wirst du reich."
In der Nacht hört es auf zu nieseln, es kommen warme, sonnendurchflutete Tage. Zwischen dem saftigen, nur dem Frühling eigenen Grün der Gerstenfelder und dem von rosa bis violett changierenden Braun der frisch gepflügten Äcker die wandelnden Striche der Spaziergänger. Über allem das silbrige Gezwitscher der Lerchen, die als winzige schwarze Flecken in der Bläue schwirren.
In den Kleingärten blühen Winterlinge, Krokusse und Märzenbecher, an den Wegrändern Hirtentäschel und Greiskraut.
Auf der Feldholzinsel am Querweg schlägt ein Buntspecht ein Loch in die Rinde eines jungen Baums und leckt den austretenden Saft auf.
Die alte Weide in einem der Gärten am Judenpfad steht im ersten Grünschleier
In einer Fichte hinter dem Spanischen Turm am Rande des

Oberfelds liegt ein Eichhörchen mit seinen Jungen im Dämmer des Kobels, der, anders als die Nester der Vögel, nach oben hin geschlossen ist. Die Jungen sind noch nackt und blind, auf Moos und Federn gebettet, saugen an den Zitzen, bis sie einer nach dem andern satt sind und den Geruch von Fichtennadeln und Harz mit in den Schlaf nehmen, sanft gewiegt in dem Wipfel, der immer ein wenig schwankt, auch ohne Wind, hoch über dem Spanischen Turm, von dem niemand weiß, wann er erbaut wurde und zu welchem Zweck.

Im Kobel ist es warm, die Bäuche der Kleinen heben und senken sich, der Wipfel schwankt, es knarrt und rauscht, die Nadeln rascheln.

Das Eichhörnchen schlüpft durch das Loch an der unteren Seite des Kobels, läuft im Halbdunkel des heraufkommenden Tages über Äste und Zweige, springt bis zum äußersten Rand der Spitzen, die heftig wippen, ohne daß das Eichhorn das Gleichgewicht verliert, die Bäume sind sein Zuhause, in den Bäumen verbringt es fast sein ganzes Leben, springt weiter, durch die Luft auf einen Zweig der nächsten Fichte, ohne zu zögern und ohne jemals abzustürzen, weshalb die Magd Gütel zu einer Zeit, da die Erde noch eine von der Sonne umkreiste Scheibe war, den Kot eines Eichkatzweibchens sammelte, trocknen ließ, zu Pulver verstampfte und mit Wasser vermischt trank, um so schwindelfrei zu werden wie die Eichkatz. Und dann Scheftheim für immer zu verlassen, zu den Gauklern zu gehen und auf dem Seil zu tanzen wie der Mann, dessen Blick sie entzündet hat wie ein Funke das strohgedeckte Dach, und jetzt brennt das ganze Haus. Es ist im Jahre 1604, und Gütel läuft über das sonst so gefürchtete Oberfeld auf das Feuer der Gaukler zu, die außerhalb der Stadtmauern nächtigen müssen und ist fest überzeugt, daß sie keine Angst haben wird mit der Balancierstange zwischen Himmel und Erde, spürt schon die Wirkung des nach altem Rezept bereiteten Tranks, bewegt sich mit schlafwandlerischer Sicherheit durch die Dunkelheit wie die Eichkatz, damals und heute, da die Erde nur noch eines von unzähligen

Pünktchen im Weltall ist.
Das Eichhorn läuft den Stamm hinunter, sucht nach den Gerüchen von Samen und Bucheckern, die es im Herbst versteckt hat. Die Astlöcher sind leer. Am Boden liegt ein Fichtenzapfen. Das Eichhorn hält ihn mit den Vorderpfoten fest und zerlegt ihn, um an die Samen heranzukommen. Es ist sehr hungrig und bemerkt die Nähe des Feindes erst im letzten Augenblick, läßt den Zapfen fallen und flieht. Der Baummarder setzt ihm nach, den Stamm hoch, über heftig schwankende Zweige, auch er auf den Bäumen zu Hause, aber springen kann er noch besser und noch weiter als das Eichhorn. Der Abstand zwischen ihm und dem begehrten Fleisch wird immer geringer. Fast hat er die Beute erreicht, als das Eichhörnchen sich durch einen Sprung zur Erde rettet, von weit oben.
Der Marder bleibt zurück, das kann er nicht, aus großer Höhe springen, alle Viere ausgestreckt, die Fallgeschwindigkeit mindern, auf den Füßen landen und gleich weiterlaufen.
Das Eichhörnchen ist noch einmal davongekommen. Es versteckt sich, wartet. Vögel zwitschern in der Morgendämmerung. Die Angst vergeht. Der Hunger kommt zurück. Im Garten hinter dem Spanischen Turm brütet eine Amsel. Der Vogel zetert. Seine Schreie holen das Männchen herbei. Das Männchen kann auch nichts tun. Das Eichhörnchen nimmt das Nest aus. Als es satt und zufrieden in den Kobel zurückkommt, ist nur noch ein wimmerndes Junges da.
Über dem Waldrand im Osten des Oberfelds rötet sich der Himmel. An der Hammelstrift kämpfen zwei Rammler miteinander. Die Häsin, um die es geht, ist nirgends zu sehen. Die Rivalen betrommeln sich mit den Vorderläufen. Ein Flugzeug brummt. Die Hasenmänner fauchen und knurren und pissen sich gegenseitig an. Über ihnen gurren die Tauben, gurren und verbeugen sich voreinander
Am Katharinenfalltorweg erheben sich die Krähen von ihrem Schlafbaum und lassen sich auf dem brachliegenden Feld vor dem Wasserreservoir nieder.

Am Wegrand steht ein Veilchen, der Samen im letzten Jahr von einer Ameise verschleppt, weit getragen, fallengelassen und aufgegangen, um im Schnabel eines Krähenweibchens zu verschwinden. In seiner Nähe treibt sich ein Männchen herum, seit Tagen schon, weiß noch nicht genau, wie man wirbt, es ist das erste Mal. Die Alten brüten bereits, die Jungen müssen erst zusammenfinden. Sie picken und äugen, hüpfen und äugen. Gemessenes Watscheln mit leicht angehobenen Flügeln, aufgefächerter Schwanz. Er stellt seine Schönheit heraus, sie deutet ein kleines Betteln an. Später, wenn es ernst wird, berührt sie ihn mit dem Schnabel und schlägt mit den Flügeln wie ein hungriges Junges, und er füttert sie oder tut so als ob. Aber noch ist es nicht so weit, noch ist nichts entschieden.
Am Waldrand gurren die Tauben, gurren und verbeugen sich mit monotoner Förmlichkeit. Den Scheftheimer Weg hoch trabt eine trächtige Füchsin ihrem Bau zu. Zwei Krähenherzen – ein Gedanke. Männchen und Weibchen erheben sich in die Luft, um die Füchsin zu ärgern, vor ihrer Schnauze her zu fliegen, auf und ab, gerade außerhalb der Reichweite des Mauls. Die Fähe schnappt. Die Krähen krächzen vergnügt. Fuchsärgern ist ein wunderbares Spiel. Auf und ab, den Schwanz umkreisen, das vergeblich zuschnappende Maul fast berühren, aber nur fast. Immer schneller strebt die Fähe mit schwankendem Bauch ihrer Höhle zu.
Die Krähen drehen ab, kehren zu den anderen zurück, um, jetzt gemeinsam, auf Nahrungssuche zu gehen. Das Fuchsärgern hat sie zusammengebracht.
Gegen Mittag sitzen sie still beieinander, kraulen sich ein wenig und breiten dann die Flügel aus, um sich zu sonnen und die Köpfe mit weit geöffneten Schnäbeln und geschlossenen Augen der Sonne entgegen zu halten.
Am Abend, wenn die Leberblümchen zwischen den verwitterten Gartenzwergen am Katharinenfalltorweg nicken, bevor sie sich für die Nacht schließen, zieht sie zu ihm auf seinen Schlafast.
Im Jugendschwarm der Krähen haben auch andere Paare zusam-

mengefunden und angefangen, Nester in der Krone einer alten Eiche zu bauen.
Reisig wird vom Boden aufgelesen, Zweige von den Bäumen abgebrochen und nach heftigen Streitigkeiten um die guten Plätze, die schön geschützten, locker aufeinander geschichtet. Doch plötzlich ist alles weg, hinterrücks geklaut von anderen Nestbauern, die zu faul sind, sich ihre Zweige selbst zu beschaffen. Einer muß dableiben, um aufzupassen. Und der andere tut, was man ihm getan hat, wartet, bis der Nachbar mal kurz wegschaut und versucht, ein Zweiglein aus dessen Nest zu ziehen, wird jedoch mit wütendem Krächzen vertrieben und fliegt davon, um wieder Zweige vom Boden aufzulesen, zwischendurch ein paar Ameisen aufzupicken, sich den Bauch mit unter dem trockenen Laub gefundenen Würmern vollzuschlagen, während sein Weib das Nest bewacht und die Angreifer abwehrt, welche sich die soeben verbauten Zweige anzueignen versuchen.
Das Nest ist fast fertig, es fehlen nur noch Moos und Gras, um die Mulde auszupolstern. Ringsum sitzen die Faulenzer und sinnen darauf, wie sie sich das Leben leicht machen können. Plötzlich stürzen sich zwei von ihnen auf das Weibchen. Wildes Gekrächze. Das Weibchen fliegt auf und wehrt sich. Die anderen fallen über das Nest her und plündern es bis auf das letzte Zweiglein aus. Das Paar muß von vorne anfangen.
Mitten am Tag beginnen die Leberblümchen unter den heruntergekommenen Gartenzwergen zu nicken und schließen sich. Feuchtigkeit liegt in der Luft. Der Himmel hat sich zugezogen. Nebelschwaden wabern über die Felder. Die Tauben verstummen. Gespenstische Stille, nur das ferne Brummen unsichtbarer Flugzeuge. Von der Stadt im Westen ist nichts mehr zu sehen. Es gibt keinen Hochzeitsturm mehr, dessen gestuftes Dach sonst wie die fünf Finger einer beschwörend erhobenen Hand gegen den Himmel steht, keinen Schornstein der Müllverbrennungsanlage, keine Kirchturmspitze. Alles verschwunden. Auch die Rosenhöhe, die Pferdekoppeln im Norden des Oberfelds, die in

die Äcker hinein ragenden Kleingärten. Nebelschwaden ziehen um das Tor zum Wasserreservoir, verdichten sich zu einer Gruppe grauer Gestalten, fließen aufeinander zu, vereinigen sich und trennen sich wieder, winden sich einen Augenblick wie in Verzweiflung und richten sich im nächsten zu furchteinflößender Größe auf wie die Nebelfrau, die sich einst an einen armen Bauern heranmachte und ihn verfolgte, als er schneller ging, ihn einholte und sich mit tödlicher Sanftmut über ihn legte. Da erkannte der Mann, daß es die Pest war.

Man weiß es heute nicht mehr, es ist vergessen und wie nie gewesen, aber damals, zu Eppes und Gumpes Zeiten, war es der Nebel und nicht ein *Pasteurella pestis* genannter Bazillus, der die Pest brachte, die Nebelfrau, die schon durch ganz Europa gezogen war und schließlich auf dem Oberfeld anlangte. Es war im Jahre 1622.

Das Hämmern und Klopfen im Steinbruch wurde schwächer, Mattheit befiel Fronarbeiter und Aufseher. Einer mußte sich hinsetzen, und auch der Junge, der neben dem mit Steinbrocken beladenen Ochsenkarren herging, konnte sich nicht mehr auf den Beinen halten. Sein Körper brannte, die Luft flirrte, die Ochsen blieben stehen.

Der Junge wurde durch einen andern ersetzt, doch auch dieser fiel schon bald aus.

Der Bauer Bertram, der eigensinnig hinter dem Pflug her taumelte und von den Geschwüren auf seinem Körper nichts wissen wollte, starb auf seinem Acker

Der Steinbruch lag verlassen. An der Stadtmauer wurde nicht weiter gebaut. Die wenigen Bauern, die noch auf den Feldern arbeiteten, achteten darauf, einander nicht zu nahe zu kommen. Und jeder betastete angstvoll seinen Körper. Der schwarze Tod ging um und machte den Ochsen die Arbeit leichter. Die Toten wogen so viel weniger als die Steine. Hilde und Hans und Trine und Gretel und Eppes Enkel Heinrich und Friedrich, im Leben verfeindet, im Tod einer auf dem Leib des andern liegend und Mechthild und Friederun und Wendelmut.

Die Glocken läuteten.
Auf den Feldern wucherte das Unkraut.
Die Krähen fraßen sich satt an Dinkel, Gerste, Roggen.
Nachts war niemand mehr da, der die Felder bewachte, das Wild vertrieb. Die Wölfe kamen bis ans Oberfeld und holten sich dort die an den Ähren knabbernden Rehe und die Frischlinge der fett gewordenen Bachen.
Die Glocken verstummten. Der Glöckner war tot, der Herr Pfarrer, der bis zuletzt Buße gepredigt hatte, ebenfalls und keiner fragte, wieso das Strafgericht Gottes auch über den frommen Mann gekommen war. Es betastete nur ein jeder seinen Körper und dachte dabei an seine Sünden.
Gerüchte gingen um. Die Juden hatten die Brunnen vergiftet. Die Juden waren schuld. Man schlug die Juden tot. Doch der Zorn des Allmächtigen ließ sich nicht so leicht beschwichtigen. Das Strafgericht ging weiter.
Als der Schweinehirt Murkel im Herbst mit seinen Schweinen beim Scheftheimer Weg aus dem Wald kommt, bleibt er stehen und erstarrt. Die Felder sind verwüstet. Sein Blick geht zum Acker seiner Eltern, ein Hase knabbert an den von Unkraut überwucherten Rüben. Noch weiß Murkel nicht, was geschehen ist, und doch weiß er schon alles.
Von der Pest war bereits im Frühling die Rede gewesen, als er die Schweine über das Oberfeld trieb, auf dem die Eltern und Geschwister arbeiteten, Verwandte und Nachbarn, der Ohm Bertram, die Magd Grete und Trine, die schönste aller Basen und Heinrich und Friedrich, Seite an Seite, ohne ein Wort miteinander zu reden. Die Lerchen sangen, und im Steinbruch wurde gehämmert und geklopft. Der helle Klang von Metall auf Stein hatte Murkel in den Wald begleitet, und jetzt ist niemand mehr da, und Murkel steht allein im Wind, der auf dem Oberfeld noch heftiger bläst als im Wald, im Innern die große Leere und draußen das Brausen, in dem manchmal ein kurzes Pfeifen mitklingt, das auf- und abschwellende Rauschen nicht eines, sondern vieler Winde und das Geräusch der gegeneinander schla-

genden Zweige und durch die Luft wirbelnde Blätter und Angst, namenlose Angst, die nichts mit der Angst vor Wölfen, wütenden Bachen und Räubern gemein hat – vor dieser Menschenleere auf den verwüsteten Feldern gibt es keine Flucht und kein Versteck, nur noch die Zuflucht bei Gott. *Nun hebet auf eure Hände, daß Gott dies große Sterben wende*, der monotone Gesang der Geißler, die überall von Ort zu Ort ziehen, manchmal sind es Dutzende und manchmal Hunderte, Männer in schwarzen Mänteln, die Gesichter unter Kapuzen verborgen, Fahnen tragende Männer, Kreuze tragende Männer, Männer mit entblößten Oberkörpern und Geißeln in den Händen, die im Rhythmus der Schritte auf blutige Rücken niederfahren.
Seelenverwandte können sie auch heute noch sehen, die Schemen des Geißlerzuges, wie sie das Oberfeld durchqueren, die ewig Schuldigen und Büßer, die meinen, sie kämen davon, wenn sie Gottvater die Arbeit abnehmen und sich selber strafen, schlag dich, dann nimmt er dich wieder an, wenn du deine Wunden vorweist, hat Er vielleicht Mitleid mit dir. *Nun hebet auf eure Arme, daß Gott sich über uns erbarme*. Buße tun, den Zorn besänftigen, Vergebung finden. *Jesus, durch deine Namen drei, mach, Herre, uns von Sünden frei.* Zuschlagen im Rhythmus der Schritte. Gott sieht dich. Er weiß alles. Er sieht dir tief ins schwarze Herz hinein. Zuschlagen und singen, immer dieselben Worte, wieder und wieder dieselben, längst sinnentleerten Worte. *Jesus, durch deine Wunden rot, behüt uns vor dem jähen Tod.* Kirchenmänner, Fanatiker, Bettler, Wahnsinnige, zwei und zwei nebeneinander, doch nicht miteinander, geeint nur in dem düsteren Gesang, der die Angst fernhält, *nun hebet auf eure Hände*, einen Fuß vor den andern setzen, den Arm heben und die Geißel auf den Rücken niederfahren lassen. *Nun hebet auf eure Arme, daß Gott sich über uns erbarme.* Die Füße gehen wie in Trance, und so heben sich auch die Arme, um die Strafe des Allmächtigen zu vollstrecken und selber ein wenig zu werden wie Er, Sein Stellvertreter auf Erden.

APRIL

Das Leben fließet wie ein Traum
Mir ist wie Blume, Blatt und Baum.

(Theodor Storm)

Von der kleinen Anhöhe aus geht der Blick über die grünenden Gerstenfelder, in denen noch die schnurgeraden Streifen der braunen Erde durchschimmern.
Der schnelle Läufer rennt unter dem blaßblauen Himmel, klein, mager und sehnig, mit nacktem Oberkörper und kurzer Hose, schmeißt die Gelenke von sich, als wolle er sie hinter sich lassen, alles hinter sich lassen. Man sieht nicht, wer oder was hinter ihm her ist, aber man sieht, daß jemand oder etwas ihn verfolgt und ihm, auch wenn er noch so schnell läuft, immer dicht auf den Fersen bleibt. Bei jedem Schritt fliegen Hände und Füße nach hinten, als seien sie nur lose an den Körper angeheftet. Er kommt aus Griesheim, von weither, mit dem Bus oder dem Fahrrad, jeden Tag, um unter dem weiten Himmel mit dem Gewirr von sich auflösenden Kondensstreifen Erleichterung zu finden, den Seitersweg entlang zu hetzen, den Scheftheimer Weg, die Hammelstrift. Und vielleicht hört er nicht nur den eigenen keuchenden Atem, sondern auch die Lerchen singen. Ein harmloser Irrer, dem man es ansieht, anders als den weniger harmlosen, denen man es nicht ansieht, die nicht aus dem Rahmen fallen, pünktlich im Amt erscheinen, bei öden Sitzungen nicht die Nerven verlieren, nicht auffällig werden, der nette Nachbar von nebenan, immer freundlich, immer hilfsbereit, und wenn dann rauskommt, was der gemacht hat, sind alle fassungslos, *warte, warte nur ein Weilchen, bald kommt Harmann auch zu dir, mit dem Hackehackebeilchen macht er Schabefleisch aus dir.*
Der Schwarzdorn blüht. Der Bauer bringt den Rübensamen aus.

In den Kleingärten verblühen die Blausternchen. Die Anemonen entfalten sich.
An den Wegrändern kommt der Löwenzahn aus der Erde, und niemand ist da, der die jungen Blätter pflückt, um einen Salat daraus zu machen, nur in der Abenddämmerung, wenn die Schemen aus der Vergangenheit kommen, sieht man hier und da eine gebückte Gestalt mit einem Korb und einem Messer in der Hand, meist sind es Kinder, die ausgeschickt wurden, die Blätter für den leicht bitter schmeckenden Löwenzahnsalat zu sammeln. Manche von ihnen leben noch und reden gern von der Zeit, als es noch nicht alles gab, so wie heute. Ihre Kindheitsschemen haben noch feste Konturen, man kann sogar noch die dicken Zöpfe der Mädchen sehen, alles noch nicht so verblaßt und verwischt wie die Gestalten der jungen Bäuerinnen, die in einer weiter zurück liegenden Vergangenheit die Pfahlwurzel des Ackersteinsamens ausgruben, weil sie einen roten Farbstoff enthält, mit dem sie sich die Backen einrieben, weshalb die Pflanze auch Bauernschminke oder Schminkwurz heißt.
Bleifarbene Wölkchen ziehen langsam über den blaßblauen Himmel. Wind streicht über das Oberfeld. Der schnelle Läufer rennt mit leerem Blick. Ein Fahrradfahrer überholt ihn, Spaziergänger kommen ihm entgegen. Er sieht niemanden an, hetzt durch den Frühling, an dem er nicht teilhat, läuft nur, um zu entkommen, nicht um anzukommen, während die Luft um ihn herum erfüllt ist von Rufen, die alle ankommen wollen. Vom Wald her ruft der Kuckuck nach einem Weibchen, im Himmel singt die Lerche für ein Weibchen, im Gebüsch balzt der Fasan, laut, fordernd und monoton, um nicht nur ein Weibchen, sondern einen ganzen Harem für sich zu gewinnen.
Der schnelle Läufer biegt in den Querweg ein, läuft an der Feldholzinsel vorbei, ohne Blick für den kleinen Zaunkönig, der zwischen den blühenden Schwarzdornbüschen vor einem Weibchen herfliegt, um ihm mächtig zwitschernd ein Nest zu zeigen, das er gebaut hat, eines von vielen, die er, tief im Gebüsch versteckt, gebaut hat, in der Hoffnung auf mehr als ein

Weibchen, auf viele Nachkommen, die die Weibchen alleine großziehen, und wenn eines der Nester leer bleibt, nutzt der kleine König es eben, um darin zu schlafen.

Die Augen starr geradeaus gerichtet, hetzt das magere Kerlchen mit seinem nackten Oberkörper durch einen ganzen Kosmos, an vielen Welten vorbei, eingesperrt in seiner eigenen Welt, in der es keinen Raum und keine Bewegung gibt außer der Flucht, Tag für Tag an den großen ausgefransten Erdlöchern vorbei, die in die dunkle Welt des Fuchsbaus führen, mit Ein- und Ausgängen und Tunneln und einer feucht-fauligen Kotkammer, Fluchtröhren und dem Kessel, in dem die Fähe mit halb geschlossenen Augen liegt und ihre noch blinden Jungen säugt.

In dieser Welt gibt es weder Tag noch Nacht, es ist dunkel und warm und überall ist Erde und der vertraute scharfe Geruch des eigenen Körpers, und manchmal weht ein Geruch von draußen herein, und die Geräusche sind gedämpft.

Die Ohren der Fähe zucken nur ein wenig, als der Läufer vorbeirennt. Täglich gehen, joggen, fahren Menschen den Weg entlang, oft haben sie Hunde dabei. Mit ihren Gerüchen und Stimmen und den Erschütterungen des Bodens ist die Füchsin aufgewachsen, sie waren immer schon da, schon als sie selber noch so klein war wie ein Maulwurf und ihre Mutter über ihren Körper leckte und sie mit den Geschwistern auf dem warmen Berg ihres Leibes herumtorkelte und den Kopf in ihren Pelz steckte.

Die Fähe wird unruhig, hebt den Kopf, lauscht, steht auf und zwängt sich durch den Tunnel. Die Jungen finden zu einem kläglich fiependen Knäuel zusammen.

Draußen schnuppert die Fähe die frische Luft, reckt und streckt sich und läuft dem Rüden entgegen, der in respektvollem Abstand vom Bau auf sie wartet. Aus seiner spitzen Schnauze hängen die Füßchen und der Schwanz einer Maus. Die Fähe schlingt die Maus hinunter, ohne zu kauen, mit einem einzigen Happ und kehrt zu ihren Jungen zurück.

Der Rüde trollt sich, Nase am Boden, schnüffelt hier, schnüffelt da, überquert den Judenpfad im ersten Morgenlicht, hebt den Kopf und lauscht. Steht da, die rechte Vorderpfote erhoben, damit er besser hören kann, nicht das Flugzeug, das hoch über ihm brummt und blinkt, sondern den Schwingenschlag der Krähen, die ihren Schlafbaum verlassen haben. Der Schwarm fliegt zu dem Feld, in dem die Maschine des Bauern den Rübensamen ausgelegt hat. Der Fuchs läßt sich fallen und stellt sich tot. Rührt sich nicht, blinzelt nicht, atmet nur noch verhalten. Hat so viel Selbstbeherrschung, daß er nicht einmal die Ohren spitzt, obwohl er angestrengt horcht. Hört, wie der Schwarm auf dem Acker landet, liegt mit geschlossenen Augen, der buschige Schwanz schlaff und scheinbar ohne Leben. Nicht einmal die Nase zuckt, als er die Krähe riecht, die näher hüpft, noch ein Stückchen und noch ein Stückchen, hüpft und äugt. Noch hält sie Abstand, noch kann sie jederzeit auffliegen, auf und davon, unerreichbar für den Fuchs, der sich nicht rührt und nicht einmal den Speichel schluckt, der sich in seinem Maul sammelt. Wartet, kaum noch atmet. Die Krähe legt den Kopf schief, nicht sicher, ob das wirklich totes Fleisch ist, wohlschmeckendes totes Fleisch, mehr als genug. Noch ein Stückchen näher und noch ein Stückchen, bis sie sich nicht mehr retten kann, als der Fuchs aufspringt und zuschnappt. Die Krähe kreischt. Der Schwarm fliegt auf. Vielstimmiges Krächzen und die Todesschreie der Krähe im Maul des Fuchses, der zu dem Bau am Querweg eilt, wo die Fähe ihn schon erwartet.

In der Stille nach dem letzten Todesschrei ist nur noch der Wind zu hören, fernes Reifensurren, das Brummen eines Flugzeugs und das Prusten und Schnaufen zweier Igel im Liebeskampf. Scheinbar lautlos überfliegen die aus ihrem Winterquartier heimkehrenden Fledermäuse das Oberfeld. Der Fuchs kann sie nicht hören, die Igel nicht und die Krähen nicht, und auch die beiden morgendlichen Jogger, die im Takt nebeneinander her laufen, können sie nicht hören, und doch ist die Luft erfüllt von den Ortungsrufen der kleinen Drachen, die mit den Ohren sehen, unermüdlich das Echo der Rufe deuten, die sie im Rhythmus der

Atemzüge und Flügelschläge aussenden, und wenn sie auf nichts treffen, verlieren sie sich im Nichts, und wenn sie auf etwas treffen, rollen sie zurück wie Meereswellen, die sich am Strand brechen. Die Großen Abendsegler haben Mäusekörper und Flügel ohne Federn und wissen genau, wohin sie wollen, noch ein paar Meter, dann haben sie ihre Wochenstube erreicht. Die Jogger sehen sie, einen Schwarm seltsam stummer Schwalben über dem Wasserreservoir, und der Waldkauz sieht sie ebenfalls, hört ihre Ortungsrufe genauso wenig wie die Menschen, aber weiß, daß es keine Schwalben sind. In der Nistmulde wartet das Weibchen, und die frisch geschlüpften Jungen sperren die Schnäbel auf.
Die Schreie der Fledermaus in den Krallen des Kauzes sind für alle hörbar, für die Menschen und die Igel und die verschreckten Krähen in den Bäumen der Schrebergärten am Judenpfad. Die Fähe in ihrem Bau hebt den Kopf, lauscht und legt die Schnauze mit einem zufriedenen Schnaufer auf ihrer Flanke ab.
Die Großen Abendsegler verschwinden in der Spechthöhle, in der sie schon letztes Jahr ihre Jungen zur Welt gebracht haben. Auch das tote Weibchen, das der Kauz mit schwerfälligem Flügelschlag davonträgt, ist in der Spechthöhle geboren und aufgewachsen, mit den anderen nach Kiel geflogen, als es kalt wurde, um den Winter unter der Levensauer Brücke zu verschlafen und im Frühling wieder zurückzufliegen, geführt von den Alten und Erfahrenen, die den Weg schon oft gemacht haben, über Städte und Dörfer und Wälder und Straßen und Autobahnen hinweg, ohne die Sterne über sich, die Lichter unter sich zu sehen, mit einer Landkarte aus Hörbildern im Kopf, Echos von Kirchtürmen, Hochhäusern, Bäumen, Telegrafenmasten, die ihnen sagen, wo es lang geht und wo die Rastplätze sind, an denen schon ihre Vorfahren Halt gemacht haben, um zu jagen und zu schlafen, die federlosen Flügel gefaltet, dicht beieinander mit dem Kopf nach unten hängend, seit Jahrmillionen. Sie waren lange vor den Menschen da. Als die Dinosaurier ausstarben, lernten ihre Urahnen das Fliegen. Sie lebten auf

Bäumen und fraßen die ersten Insekten und ihre Jungen entwikkelten sich im Innern ihrer Körper und nicht draußen in Eiern. Sie haben alles überlebt, das Aussterben zahlloser Arten – der Elefantenvogel Diatryma kam und ging, das Glyptodon mit seiner Panzerkuppel und das Megatherium, das, auf die Hinterbeine aufgerichtet, die Baumkronen abweidete. Die Fledermäuse haben sie alle überlebt, und jetzt sind sie selber vom Aussterben bedroht, aber noch hängen sie in der Spechthöhle am Katharinenfalltorweg hinter dem Schrebergarten von Kid O'Hara, Altmeister der Raubtierdressur.
Seine Nachbarn nennen ihn den Bärenmann wegen der beiden Zirkusbären, die er in aller Heimlichkeit auf seinem zum Weg hin durch Strohmatten abgeschirmten Grundstück hielt.
Sie hießen Willi und Muffi und wußten nichts davon, daß sie einst vor Helmut Kohl aufgetreten und in Schweden und Frankreich gewesen waren, kannten bloß ihren Käfigwagen und den Mann, das Chapiteau und ihren Platz auf dem Podest und den Geruch der Menschenmenge, der Sägespäne und Löwen und Tiger, Kid O'Hara mit seiner gemischten Raubtiergruppe, das Scheinwerferlicht und die immer gleiche Musik und die Stimme des Mannes und das Peitschenknallen und ihren Auftritt und das Zuckerstückchen zur Belohnung.
Ein Vierteljahrhundert lang Fahrradfahren und Purzelbäume schlagen und dann keine Bewegung mehr: Willi und Muffi, zwei betagte Bärinnen, jede in ihrem Käfigwagen am Rande des Oberfelds.
Im Sommer die Gerüche aus den Bienenstöcken des Bienenzüchters, der Brombeeren und der Kaninchen von nebenan. Im Winter das Brummen der Flugzeuge in der Schneestille, die Fernsehgeräusche aus dem Haus des Mannes und hin und wieder ein vorbeifahrendes Auto. Sieben Jahre lang.
Das Stroh im Käfig und der Mann mit der Mistgabel.
Der Mann mit dem Futternapf.
Haferflocken. Äpfel. Gemüse.
Wenn der Mann nicht da war, kam ein anderer.

Sieben Jahre lang. Dann fremde Stimmen auf dem Grundstück, fremde Menschen hinter den Gitterstäben.
Der Bärenmann hatte beschlossen, eine Unterkunft für Willi und Muffi zu suchen. Die Zeitung berichtete. Es wurden Spenden gesammelt, ein Gehege im Tierpark Fasanerie eingerichtet, extra für Willi und Muffi, das größte und schönste Bärengehege im ganzen Land. Der Bauer, der das Oberfeld bewirtschaftet, kam mit seinem Traktor. Willi und Muffi wurden verladen und gingen ein letztes Mal auf die Reise.
Seitdem gibt es keine Bären mehr am Oberfeld, aber zu der Zeit, als die Zigeuner ihren Kindern erzählten, die Fledermaus sei aus einem Kuß entstanden, den der Teufel einem schlafenden Weib raubte, gab es schon einmal einen Bären auf dem Oberfeld. Der Bach war noch nicht in Rohren unter die Erde verbannt und plätscherte zwischen den Äckern dahin. An seinen Ufern quakten die Frösche, und in der Dämmerung kamen die Fledermäuse, um im Flug zu trinken.
Der Bär war angekettet und trug einen Maulkorb aus Lederriemen. Er war unruhig, vielleicht hatte er Hunger. Ihm stieg der Geruch der Igel in die Nase, die die Zigeuner in Lehm gewälzt und in heißer Asche gebraten hatten. Sie saßen um das Feuer herum und aßen und tranken das Wasser aus dem Bach. Auch ein Hündchen war dabei und sah ihnen beim Essen zu und sprang ein paar Schritte zurück, wenn einer Holz nachlegte und die Funken stoben.
Über den Himmel zogen tintenfarbene Wolken. Die Äcker versanken in Dunkelheit, das Zelt, der Karren mit dem angebundenen Pferd und der Bär an seiner Kette. Das Feuer wurde zu einer Insel in der Nacht, bewacht und beschützt von der Feenkönigin Matuya, die die Zigeuner vor Jahrhunderten aus Indien mitgebracht hatten wie die Farbe ihrer Haut, die bunten Kleider und die Armreifen.
Matuya stand den Armen und Verlassenen bei, und manchmal tröstete sie sie mit ihren Geschichten. Auch heute noch tritt sie in dunklen Nächten aus den Flammen, wenn man um ein Feuer

herum sitzt und still in die züngelnden Flammen schaut. Dann erzählt sie die Geschichte von Petru und Lolerme.
Lolermes Vater Dimiti hatte sich in der Stadt umgesehen, und als er an das Feuer zurückkam, war er nicht allein. Der Mann, den er mitbrachte, trug einen Kasten unter dem Arm. Er hieß Petru und war ein Puppenspieler. Lolerme sah ihn und hatte das Gefühl, daß sie ihn schon immer kannte.
Er setzte sich zu ihnen ans Feuer und Lolerme, das heißt rote Blume, sah, daß er seinen Körper ganz bewohnte, nicht wie manche Menschen, die wie ausgestopft durch die Welt laufen.
Er war ganz da und redete mit dem ganzen Körper und ging weit aus sich heraus und machte seiner Wut auf die *Gadsche* Luft, die ihn nicht in die Stadt gelassen hatten, *der Wind soll sie zerreißen.*
Die Frösche quakten in die Nacht hinaus. Nono hatte Angst vor dem Phuvusch, der ein Krötengeist und sehr böse ist. Mellele schlief in Kiotos Armen. Dosia und Tschoré fingen an zu singen. Dimiti holte die Geige, und Lolerme dachte, das Herz würde ihr zerspringen.
Sie war dreizehn Jahre alt und wußte, daß sie bald heiraten und fortziehen würde zu der Familie des Mannes, den die Eltern für sie ausgesucht hatten. Sie war einverstanden gewesen. Andere Mädchen in ihrem Alter trugen längst das Kopftuch der verheirateten Frauen. Der Kaufpreis war schon ausgehandelt. Petru war so unerreichbar für sie, wie wenn er ein Gadscho gewesen wäre. Aber er brauchte sie nur anzusehen, und sie wußte, daß sie bis ans Ende der Welt mit ihm gehen würde. Alles verlassen, den Stamm, Vater, Mutter, Geschwister, um mit ihm zusammen zu sein. Wohlwissend, was denen geschieht, die sich gegen das Gesetz vergehen: Sie werden ausgestoßen.
Eine Ausgestoßene lebt nicht mehr. Sie ist *baletschido*, „hinter dem Leben". Der Gedanke daran erfüllte Lolerme mit Grauen. Ausgestoßen in eine Welt, in der jeder ihr straflos Gewalt antun konnte.
Sie sah Petru an.
Die Frösche quakten.
Petru sah sie an und öffnete seinen Kasten und holte den

Peterkin heraus, und der Peterkin machte sich auf den Weg, um den Ort zu suchen, wo der Tod nicht auf ihn wartet. Über ihm stand Petru mit dem Spielkreuz in der Hand, aber alle sahen nur den Peterkin, der um das Feuer herumging, im Dunkeln verschwand, wiederkam, unterwegs auf der Suche nach dem Ort, wo der Tod nicht auf ihn wartet.

Immer wenn er glaubt, den Ort gefunden zu haben, stellt sich heraus, daß der Tod am Ende auch dorthin kommen wird. Schließlich gelangt er zum Wind. Beim Wind ist er sicher, lebt hundert Jahre und altert nicht. Eines Tages sagt der Wind zu ihm: Du kannst überall hingehen, aber meide den Berg des Bedauerns und das Tal der Traurigkeit. Schnurstracks begibt sich Peterkin zum Berg des Bedauerns und ins Tal der Traurigkeit. Dort packt ihn die Sehnsucht nach seinen Eltern und Geschwistern. Die Sehnsucht ist so überwältigend, daß er den Wind verläßt und sich auf den Heimweg macht. Als er ankommt, ist sein Elternhaus nicht mehr da, und die Eltern und Geschwister sind schon so lange tot, daß sich niemand mehr an sie erinnern kann.

Peterkin fiel in sich zusammen und starb und lag einen Augenblick lang ganz still, dann stand er auf, verbeugte sich vor Lolerme und sagte: Ich lebe, denn einmal sterbe ich.

Lolerme verstand. Und plötzlich hatte sie keine Angst mehr. Noch in derselben Nacht floh sie mit dem Puppenspieler Petru. Der Bär an seiner Kette war der einzige, der hörte, wie das Paar das Lager in der blauen Stunde verließ und den Scheftheimer Weg entlang ging. Ob sie glücklich geworden sind, wissen wir nicht, denn sie kamen nie mehr zurück zum Oberfeld.

In der Spechthöhle hinter dem Schrebergarten des Bärenmannes erwachen die Fledermäuse und fliegen in den dämmernden Morgen hinaus, um zu jagen.

Ein Marderweibchen verkriecht sich in dem Kobel eines Eichhörnchens, das es in einer Winternacht erjagt, getötet und gefressen hat. In dem trockenen Laub unter den Bäumen rennen zwei Igel im Liebesspiel prustend und schnaufend hintereinander her, beißen und boxen sich und drehen sich gemeinsam im Kreis. In der

Erdschicht über dem Wasserreservoir liegt eine Maulwürfin in der mit Gras und Blättern gepolsterten Nestkammer. Vier nackte Jungen saugen blind an ihren Zitzen.
Der Feldhamster, der knurrend und fauchend empfangen worden ist, darf sich endlich auf die Hinterbeine stellen und das Weibchen im Dunkel seines Baus begatten.
Im Unterholz legt die Igelfrau die Stacheln an, damit der Mann sich nicht verletzt.
Die Sonne geht auf. Die Fledermausweibchen kehren in ihre Wochenstube zurück und zetern und schreien, als ein Männchen mit hinein will.
Die jungen Füchse in dem Bau am Querweg öffnen die Augen.
Das letzte Marderjunge flutscht aus dem Leib der Mutter und krabbelt blind und fiepend, aber schon bepelzt zu den Zitzen.
In der Krone ihres Horstbaums sitzen die Krähenweibchen auf ihren Eiern. Kein Gezänk mehr um geklaute Zweiglein. Nur wenn es einem Männchen einfällt, ein Weibchen, das nicht seines ist, begatten zu wollen, gibt es empörtes Gekrächze.
Das Paar, das beim Fuchsärgern zusammengefunden hat, hat sein Nest am Rand, ungeschützt, es schwankt ein wenig, wenn sie aufsteht, um die Eier zu wenden, damit sie von allen Seiten gewärmt werden. Es ist das erste Mal, daß sie brütet. Niemand hat ihr gezeigt, wie es geht, und doch erhebt sie sich in den richtigen zeitlichen Abständen, dreht die Eier vorsichtig um und kuschelt sich wieder zurecht, um geduldig zu warten, und wenn dann unter all den Krähenmännern, die ihre Frauen versorgen, der Ihre auftaucht, erkennt sie ihn schon von weitem und fliegt ihm ein Stück entgegen. Er würgt einen fetten Regenwurm aus, schiebt ihn ihr in den Schnabel und verschwindet wieder. Sie kehrt zu ihren Eiern zurück.
Überall auf dem Oberfeld sitzen Vögel auf ihren Eiern – die Lerchenweibchen unsichtbar in den frühlingsgrünen Gerstenfeldern, über denen die Männchen tirilieren, die Amselweibchen gut versteckt im Unterholz, die Tauben und die Eichelhäher in ihren Reisignestern hoch oben in den Bäumen. Nur der Kuck-

uck macht sich einen schönen Lenz, denkt nicht daran, sich zu plagen, weiß nichts von Nestbau, Brüten, Junge großziehen, kommt aus Afrika zurück, ruft in den Wald hinaus, dunkel, monoton und weithin zu hören, und wenn er eine Frau gefunden und begattet hat, begleitet er sie auf der Suche nach einem Vogelpaar, dem sie ein Ei unterschieben können.

Heimlich still und leise beobachten die beiden ein Rotkehlchen beim Nestbau, wobei das Ei in ihrem Körper wunderbarerweise die Farbe der Rotkehlchen-Eier annimmt

Das Paar im Hinterhalt wartet ab, bis das ahnungslose Vögelchen sich zum Brüten niedergelassen hat. Dann kommt das große Ablenkungsmanöver. Der sonst so scheue Kuckuck verläßt seine Deckung und flattert um das Vögelchen herum und macht es verrückt, bis es das Nest alleine läßt. Jetzt fliegt das Kuckucksweibchen herbei, entfernt ein Ei aus dem Gelege, nur eins, damit es nicht so auffällt, frißt es auf und legt sein eigenes hinein.

Das Paar fliegt davon, das Rotkehlchen kehrt zu seinem Nest zurück, und wenn der junge Kuckuck, blind, kahl und rosahäutig, geschlüpft ist, nimmt er alles, was im Nest ist, Eier, schlüpfende und schon geschlüpfte Junge, auf den Rücken zwischen die Flügelansätze, klettert rückwärts bis an den Nestrand und wirft die Bürde ab, sperrt den signalroten Rachen auf, verschlingt die Nahrung, die die Zieheltern eifrig herbeischaffen und sitzt immer schön still, als wüßte er, daß das Nestchen viel zu klein für ihn ist und auseinanderfallen würde, wenn er herumhampelt.

Aus dem Wald kommt der Balzruf eines Bussards, es klingt wie das Miauen einer Katze. Amselhähne singen.

Über dem braunen Zuckerrübenacker mit den grünen Tupfern der ersten Blättchen flattert ein Zitronenfalter.

In den Gärten blühen die Kirschbäume, auf den Feldholzinseln die Weißdornbüsche. Weiß und Braun und eine Vielzahl von Grüntönen. Zögernd grün die Bäume am Waldrand, durch die noch das schwärzliche Skelett der Stämme und Zweige schim-

mert, heiter grün die weithin sichtbare Weide am Judenpfad und hier und da das düstere Grün der Fichten mit den sattgrünen jungen Trieben an den Zweigspitzen. Es gibt Moosgrün und Flaschengrün und Olivgrün und Lindgrün und das zarte Apfelgrün des Zitronenfalter-Weibchens, das seine Eier auf dem Blatt eines Faulbaums ablegt. Und am Rande der in der Sonne leuchtenden Gerstenfelder das stumpfe Gelbgrün der Wolfsmilch, deren weißer Saft, zusammen mit Krötenmark-Schmalz, Mohn, schwarzem Bilsenkraut und bittersüßem Nachtschatten, eine wunderbare Salbe ergibt, mit der sich die Hexen in der Walpurgisnacht einreiben, manche nur unter den Achseln, andere am ganzen Körper, alle mit dem gleichen Spruch, *schmier ich wohl, fahr ich wohl,* bevor sie zum Schornstein hinaus fahren, was heutzutage nicht mehr so einfach ist wie früher, als die Schornsteine noch nicht überdacht waren, *schmier ich wohl, fahr ich wohl*, gefeit gegen die Rückstände von Kohlenmonoxid und Kohlendioxid, der Weg zum Blocksberg geht wie eh und je durch den Schornstein, *schmier ich wohl, fahr ich wohl,* um mit dem Teufel zu buhlen, der in Gestalt eines gigantischen Bocks auf seinem Thron sitzt und sich von seinen Hexen berichten läßt, was sie seit der letzten Versammlung Böses getan haben. Sie trinken Wein aus Totenschädeln, ein Katzen-Orchester spielt auf Nattern und anderen Schlangen zum Tanz auf, und die Hexen tanzen splitterfasernackt.
Wer in der Nacht zum ersten Mai mit einem Gundelrebenkranz aufs Oberfeld geht, kann sie wild lachend mit den Satelliten um die Wette fliegen sehen, auf Stecken und Besen, auf Mistgabeln und Schaufeln, auf Säuen und Ziegen und Katzen und Wölfen. Darum sperrt man in der Walpurgisnacht alle Geräte und alle Tiere weg – damit die Hexen nicht darauf reiten können. Auch heute noch erkennt man sie daran, daß sie jeden Sonntag und jeden Karfreitag in die Kirche gehen. Betschwestern sind sie alle, aber sie vertragen das Weihwasser nicht. Und man soll nicht über sie reden, wenn man sie erkennt. Sie hören es, wenn man über sie redet, außer man sagt vorher dreimal: *Dreck vor die*

Ohren. Hunde und Pferde merken es, wenn jemand eine Hexe ist. Alle Hexen blinzeln. Sie sind schmutzig, es gibt aber auch reinliche. Sie haben zerzaustes Haar, es gibt aber auch welche mit seidig-glänzendem Haar. Und immer werden Hexen-haare zu starken Ketten. Sie sind häßliche alte Frauen mit roten und entzündeten Augen, triefenden Augen, leuchtenden Augen. An den zusammengewachsenen Augenbrauen kann man sie erkennen. Sie haben einen Schnurrbart, ein spitzes Kinn und sprechen wie ein Mann. Sie sind mager. Sie sind bleich. Sie hinken und haben einen Buckel. Sie haben eine krumme Nase. Es gibt aber auch junge, schöne, mit gerader Nase. Sie sammeln Kräuter. Sie essen gerne fett. Sie tragen einen roten und einen schwarzen Strumpf. Auf den Armen haben sie dunkle Flecken, Fingerspuren des Teufels.

Sie balgen sich darum, wer sich Ihm hingeben darf. Sie reißen sich an den roten Haaren und wehe, die Haare sind gefärbt. Dann fallen alle her über die Betrügerin, die meint, sich das Leben schön machen zu können, bloß weil es heute keine Scheiterhaufen mehr gibt.

Das Fest dauert bis zum ersten Hahnenschrei, und wer wissen will, wo in der Stadt die Hexen wohnen, muß auf das hölzerne Aussichtstürmchen gegenüber dem Wasserreservoir hinaufklettern – von da aus kann man den feurigen Qualm sehen, der aus jedem Haus aufsteigt, in dem eine Hexe lebt. Man wundert sich, wie viele es sind.

MAI

Maikäfer flieg, dein Vater ist im Krieg,
Mutter ist in Pommerland, Pommerland ist abgebrannt,
Maikäfer flieg.

Die Kräheneier müssen jetzt häufig gewendet werden. Manchmal ist schon ein schwaches Rufen von drinnen zu hören, und wenn das brütende Weibchen die Eier umgedreht und sich wieder darauf niedergelassen hat, spürt es die Bewegung unter sich, das Schubbern und Reiben mit dem Eizahn, dem harten Höckerchen auf der Spitze des Schnäbelchens, das nur dazu da ist, dem Kleinen beim Öffnen der Schale zu helfen und abfällt, wenn es geschlüpft ist.

Blind und nackt liegt es in dem eng gewordenen Ei und reibt und pickt, schläft ein wenig und reibt und pickt, schläft und reibt, bis der erste feine Riß in der Schale auftaucht und dann ein winziges Loch, eine letzte Kraftanstrengung und die erste Luft in der Lunge, die Schale bricht, der federlose kleine Krah arbeitet sich heraus, kann das Nest, die Mutter, den Baum noch nicht sehen, aber spürt, wie er unter die Flügel genommen wird und ist geborgen und gewärmt und sperrt den Schnabel auf, wenn der Vater mit dem ersten Wurm kommt.

Die Mutter frißt die Eierschalen auf. Ein zweites Junges schlüpft, ein drittes, zuletzt sind es vier, die bettelnd mit den Flügeln schlagen und mit Würmern, Käfern und Heuschrecken gefüttert werden.

Die Augen beginnen zu sehen, die Federchen wachsen.

In allen Nestern auf dem Horstbaum werden Junge gefüttert und gehudert, Nester gesäubert, die Kotballen erst gefressen, später im Schnabel fortgetragen und fallengelassen, und noch später spritzt der überlebende kleine Krah den Kot über den Nestrand.

Die anderen hat der Marder in der Nacht geholt.

Am Morgen streicht der Wind über die Felder, zaust das

Gefieder der Krähenmutter, das Nest schwankt ein wenig, grüne Wellen rollen durch das Korn.
Die Gerste steht schon so hoch, daß die Häsin, die zu ihrer im Acker versteckten Sasse hoppelt, ganz darin verschwindet. Nur der Krähenvater, der von einem Ast des Horstbaums aus auf die Felder hinunter schaut, sieht die langen Ohren zwischen den Halmen und für einen Augenblick die ganze Häsin, die plötzlich mit einem Riesensatz zur Seite springt und wieder zurückläuft – für alle Fälle, um den Fuchs zu täuschen, es könnte ja sein, daß er ihr gefolgt ist.
Von dem aufmerksamen Blick der Krähe ahnt sie nichts, begrüßt ihre Jungen, die sich, nur einmal am Tag gesäugt, ausgehungert auf sie stürzen.
Quietschen und Knurren und endlich zufriedenes Schmatzen. Das Rascheln der sich im Wind biegenden Halme, Lerchengezwitscher und das Brummen eines Flugzeugs. Die Zitzen noch in den Mäulchen, schlafen die Häschen ein. In dem prallen Bauch der Mutter regt sich der neue Wurf, der schon in ihrem Leib zu wachsen begann, als die Kleinen noch drinnen waren.
Der Himmel zieht sich zu. Noch leuchtet das Gelb von Forsythien, Löwenzahn und Hahnenfuß in der Sonne – bald wird es regnen.
Als die Häsin ihre Sasse verläßt, fliegt der Krähenvater zielstrebig los. Schnabelhiebe, Fellgestöber, gellendes Schreien, und schon sind die andern Krähen da. Gerstenhalme knicken, die schwarzen Vögel drängen sich in der Mulde, hacken erbarmungslos auf die kreischenden kleinen Körper ein, erheben sich in die Luft, als die Häsin zurückkommt, streiten sich im Flug um die Beute, fetzen in sicherer Entfernung das Fleisch heraus, und als sie satt sind und es endlich still geworden ist, tragen sie die noch warmen Fleischbrocken zu den bettelnd mit den Flügeln schlagenden Weibchen.
Ungerührt streicht der Wind über das Oberfeld, treibt dunkle Wolken vor sich her, fährt in das trockene, noch immer nicht abgefallene Laub der Eiche am Judenpfad; es klingt wie das

Zischeln von vielen kleinen Schlangen. Als die ersten Regentropfen fallen, schlüpfen die Raupen aus den Eiern des Zitronenfalters, winziges grünes Gewürm, das buckelnd durcheinander kriecht und von dem Blatt zu fressen beginnt, auf dem es aus dem Ei gekrochen ist.
Die Sonne kommt heraus.
Feuchtigkeit steigt von den Feldern auf.
Über dem Oberfeld steht ein Regenbogen.
Die Starenmännchen versammeln sich, um gemeinsam zu singen und zu fliegen, eine zwitschernde Vogelwolke, die schnell dahinzieht und, als hätte der Wind plötzlich gedreht, die Richtung wechselt, ständig die Form verändert, doch immer eine auf und ab wogende Wolke bleibt, wieder die Richtung wechselt und schließlich auf dem Rübenfeld am Judenpfad niedergeht. Stille. Nur das Brummen eines unsichtbaren Flugzeugs, das sich wie fernes Donnergrollen in den Wolken über dem Wald verliert. Am Rande der Laubenkolonie erwacht der Siebenschläfer, hüpft abgemagert aus der Baumhöhle, in der er sieben Monate lang geschlafen hat, sieht sich nach Fressen um, springt durch die Dämmerung, entdeckt ein brütendes Goldammerweibchen in einer Hecke am Bach.
Das Männchen singt hoch oben in einer der Zitterpappeln *wiewiewie hab ich dich lieb.* Die Farben verblassen in dem schwindenden Licht. Der Gesang bricht ab. Das Goldammerpaar umflattert das Nest, in dem der Siebenschläfer sich seinen ungeborenen Nachwuchs einverleibt.
Der Wind wirbelt den Sand am Judenpfad auf, Sandwolken wälzen sich über den Weg. Die Vögel verstummen, Büsche biegen sich, weiße Blütenblätter treiben durch das Zwielicht. Wildes Lärmen in den Lüften, und wenn man da hinein horcht, still ins Zwielicht schaut und vergißt, wo man ist und wer man ist und nur horcht, kann man die Söldnerheere unter der Erde singen hören, alte Kriegslieder aus einer Zeit, als man noch wußte, daß es Krieg geben würde, wenn ein angeschnittenes Stück Brot zu bluten beginnt.

Im Zwielicht sitzt der Geist der dicken Trin auf dem Stein, in dem er seit fast vier Jahrhunderten wohnt, und wenn man ihn anspricht, *arme Seele, wo kommst du her?*, antwortet er mit verwehter Stimme: *Aus Regen und Wind, aus dem Dreißigjährigen Krieg.*
Die dicke Trin, die zu Lebzeiten nicht an Geister und Hexen glauben wollte, was sie den anderen unheimlich und auch verdächtig machte, war zu der Zeit, als sie noch einen Körper hatte, eine bodenständige Person mit quellendem Fleisch.
Sie war im Wald gewesen, um Feuerholz zu sammeln, und als sie zurückkam, hörte sie den ersten Schrei und wußte, daß der Krieg nach Scheftheim gekommen war. Sie ließ das Holz fallen und eilte auf ihr Dorf zu, verharrte am Rande der Lichtung, von wo aus sie die eisernen Männer sah, die das Vieh fortführten.
Alles sah sie, alles hörte sie und sprach zu Lebzeiten kein Wort mehr. Am Ende war sie die letzte Scheftheimerin. Von da an hieß sie die stumme Trin. Sie irrte im Wald umher, bis sie zu einer Anhöhe kam, von der aus sie den Feuerschein vieler Brände sah.
Die Dörfer der Umgebung brannten, da wollte sie sich in die Stadt flüchten. Als es dunkel war, kam sie aus dem Wald und sah die Lagerfeuer auf dem Oberfeld. Den Lärm und die Stimmen hatte sie schon von weitem gehört. Sie wußte nicht, daß sich ein Heer von Tausenden und Abertausenden von Söldnern um die Stadt zusammengezogen hatte. Sie sah nur das Gewimmel dunkler Gestalten am Bach und in den Steinbrüchen, von denen es jetzt mehrere gab. Sie brieten das geraubte Vieh, und ihre Stimmen sagten ihr, daß sie betrunken waren.
Sie wollte in den Wald zurück, aber es war schon zu spät. Einer, der Holz gesammelt hatte wie sie in einer fernen und unwiderruflich verlorenen Zeit, in der sie einen Mann und Kinder hatte, entdeckte sie.
Er kam von hinten und ließ das Holz fallen. Sie drehte sich um. Er packte sie. Sie schrie.
Sie hörte ihre eigenen Schreie wie die einer Fremden, und die

am Lagerfeuer hörten sie ebenfalls und wollten ihren Teil haben. Sie spürte die Steine im Rücken und das Gewicht der Männer und wunderte sich darüber, weil sie ja nur ein Ding war und ein Ding eigentlich nichts spürt. Sie hörte auch die Geräusche, die aus ihrer Kehle kamen. Es waren keine Schreie mehr, merkwürdige Geräusche, die sie nie zuvor gehört hatte. Sie hörte auch die Trommel, dachte aber, es wäre ihr Herz und begriff erst viel später, daß es die Trommel war, die die Männer zu den Waffen gerufen und ihr zufällig den Rest ihres Lebens gerettet hatte.

Sie schleppte sich in den Wald zurück und schob sich in ein Dickicht hinein wie ein Wildschwein, das Schutz vor dem Schnee sucht. Wußte nichts davon, daß die Söldner Mansfelds sich bloß genommen hatten, was ihr Führer ihnen beim Aufbruch versprochen hatte: Er wolle sie auf eine gute Weide führen, alles, was sie dort fänden, solle ihnen gehören. *Ihr seid die Söhne des Lichts, die gegen die Söhne der Finsternis kämpfen.* Die Söhne des Lichts nahmen die Stadt ein.

Spanische und bayrische Truppen rückten heran und vertrieben sie wieder.

Als die dicke Trin in der Stadt anlangt, ist sie nicht willkommen. Das Haus des Ohms ist voller Soldaten. Es gibt keinen Platz. Das Ursele läßt sie auf seinem Strohsack schlafen. Das Ursele teilt mit ihr, wenn es etwas zu essen gibt. Das Ursele sieht den Blick, mit dem die dicke Trin jede Bewegung der Männer verfolgt, und weiß, was geschehen ist.

Die Soldaten würfeln und saufen. Draußen auf der Gasse klappern die Hufe. Kürassiere, Dragoner, Musketiere reiten vorbei. Im Haus klappern die Würfel. Rülpsen und Furzen und Streit. Schmutzige Verbände und Läuse und Flöhe und die roten Straßen der Wanzen auf den Händen. Karabiner, Musketen, Pulvertaschen. Schwarze Zahnstümpfe und klaffende Narben. Und Hunger. Die Felder sind verwüstet. Keine Gerste mehr, keine Hirse. Kein Weizen, kein Hafer. Kraut und Rüben im Werden zertrampelt. Wütender Hunger. Und immer noch weniger zu essen. Die Katholischen verlassen die Stadt. Der Krieg geht weiter.

Die stumme Trin muß mit aufs Oberfeld, wo der Ohm seine Äcker hat. Die Eicheln, die sie mit dem Ursele sammelt, werden gemahlen und mit ein paar Apfelschnitzen und zerriebenem Traubentrester zu Brot verbacken.
Im Herbst sitzen die Frauen in der Küche, knacken Nüsse und machen Fett aus den gesottenen Kernen.
Im Winter verschwinden die Hunde und Katzen aus den Gassen. Das Ursele weint, als der Hofhund geschlachtet wird und weigert sich, von seinem Fleisch zu essen.
Im Frühling gibt es Brennesselspinat und Löwenzahnsalat.
Beim Beerensammeln entdeckt das Ursele eine von Wildschweinen angefressene Leiche. Das Kind erbricht sich. Die stumme Trin hält ihm den Kopf. Als sie Pilze suchen, galoppiert der Landgraf an der Spitze einer Jagdgesellschaft so dicht an ihnen vorbei, daß ihnen die Erdbrocken um die Ohren fliegen. Im Schloß gibt es Wildbret. Bauern und Bürgern ist das Jagen bei Todesstrafe verboten.
Das Ursele wächst, bekommt Pickel und Brüste.
Der Krieg geht weiter.
Es gibt Tee aus Hagebutten, aus wilder Minze und Kamille.
Wenn es regnet, geht die stumme Trin mit dem Ursele Schnecken sammeln, die Mutter Gundel mit Bärlauch würzt.
Auf der Suche nach Kröten stehen sie plötzlich auf einer Lichtung. Rauchgeschwärzte Baumstämme und Stille. In der Luft hängt noch immer ein schwärzlicher Geruch, obwohl schon Gras über die gemauerten Feuerstellen gewachsen ist. Tränenlos sucht die stumme Trin nach Überresten ihrer Kate. Ursele bringt ihr eine Handvoll wilder Erdbeeren.
Es kommt ein Winter, in dem Mutter Gundel Rattenfleisch mit Ackersenf und Türkischer Kresse zubereitet. Wer die stumme Trin jetzt sieht, würde nicht glauben, daß dies einmal die dicke Trin war. Die Haut hängt ihr am Leib wie ein Sack, der Bauch ist geschwollen, die Augen glänzen fiebrig. Sie hat die Krätze.
Der Krieg geht weiter.
Marodierende Soldaten machen das Land unsicher. Es darf kein

Mensch sich offen im Land blicken lassen, wenn er nicht gejagt werden will wie ein Wild, gnadenlos geschlagen, damit er verrät, wo er sein Geld versteckt hat, sein Vieh, sein Pferd, und beteuert er, er habe nichts, wirklich nichts, wird er mit dem Schwedentrunk traktiert. Diese barbarische Tränkung besteht aus Wasser und Pfuhl.
Die Pest bricht aus. Der Landgraf ordnet an, daß die Glocken geläutet werden, um zehn, zwölf und fünf Uhr nachmittags. So soll der schwarze Tod verscheucht werden.
Der Landgraf zieht sich mit seinem Hofstaat nach Lichtenberg zurück.
Der schwarze Tod holt die fromme Hildegard von nebenan, er holt den Vogelhannes und den Roten Christian, holt die alte Elsbeth und Urseles Bruder Paul mitten im Stimmbruch.
Mutter Gundel stirbt und bekommt noch ein ordentliches Begräbnis. Michel und Oswald und das Ännchen, dem es ergangen ist wie der Trin, werden umstandslos mit Freund und Feind verscharrt. Dann bleiben die Toten auf offener Straße liegen und verwesen.
Der stummen Trin frißt es das Herz, das Ursele so hohläugig zu sehen. Sie ziehen durch die stinkenden Gassen aufs Oberfeld hinaus, um Mispeln von den Bäumen zu holen, vorne der Ohm, der ganz krumm geworden ist, ein windschiefes Knochengestell, zu schwach, die Leiter allein zu tragen, hinten Ursele und die stumme Trin mit dem Korb für die Mispeln, die sie sieden, dörren, mahlen und zu Brot verarbeiten will.
Auf dem Oberfeld ist kein Mensch. Es weht ein kalter Wind. Der Himmel ist bedeckt. Das Unkraut steht kniehoch. Auf einem Baum sitzt eine Krähenschar, alle auf einem Baum wie schwarze Früchte.
Der Ohm wirft die Mispeln herunter. Ursele sammelt sie auf und legt sie in einen Korb. Trin hält die Leiter. Der Wind trägt ihr Männerstimmen zu. Sie kommen aus dem Wald. Zwei abgerissene Söldner, die eine fremde Sprache sprechen. Burgunder. Sie halten auf Ursele zu. Trin läßt die Leiter los und stürzt sich mit

ihrem ausgemergelten, krätzigen Körper auf die lachenden Burgunder, greift in den blanken Säbel, spürt den Schmerz nicht und hört auch nicht, wie es aus ihr heraus brüllt, *lauf, Ursele, lauf!* Und während Ursele der Stadt zu rennt, verschwindet die einstmals dicke Trin in ihrem Stein.

Wolken jagen über den Mond. Es wird dunkel und wieder heller. Jupiter steht über dem Wasserreservoir.

Die Alte Bache tritt aus dem Wald, prüft die Luft und führt ihre Rotte an dem Rübenfeld entlang, auf dem anstelle von Vogelscheuchen Gelbe Müllsäcke im Wind flattern. Das trockene Knattern entsetzt die kleinen Frischlinge. Alles ist neu. Der Duft der Nachtnelken am Wegrand. Die Geruchsspuren von Fahrradreifen, Menschenschuhen und Hunden. Der Geschmack von Klee, Gräsern und Kräutern. Einen Augenblick lang beleuchtet der Mond die gelb gestreiften Rücken der Kleinen und die hell gescheckten der Großen. Die ausgefallene Unterwolle ihres Winterkleids polstert die Vogelnester der Umgebung. Der Wind rauscht. Die Rotte, die sich auf der Feldholzinsel am Judenpfad verteilt hat, hält leise grunzend Kontakt - ich bin da, bist du auch da.

Ein Satellit zieht seine Bahn. Das Waldkauzpaar, das jetzt gemeinsam jagt, torkelt im Wind. Die Frischlinge spielen miteinander. Einer hört etwas, verharrt, lauscht. Alle lauschen. Der Geruch eines Igels steigt ihnen in die Nase.

Der Igel hat eine Kröte gefangen, sie nicht getötet, sondern einfach irgendwo abgebissen und kaut langsam und gründlich, während er sein Opfer mit den Pfoten am Boden festhält. Die Kröte zappelt.

Die Frischlinge brechen durchs Gebüsch.

Der Igel läßt die Kröte los, rollt sich ein und richtet die Stacheln auf. Ein Schnäuzchen wird gepiekt. Gellendes Geschrei und Flucht zu Mama. Die Mama hebt den erdverschmierten Rüssel, gluckst beruhigend und wendet sich mit einem tiefen, langgezogenen Brummen gegen den nichtsahnenden Grillenfänger, der einmal kurz aufquiekt, den Schwanz einklemmt und sich in

Sicherheit bringt. Die Bache dreht ab. Grillenfänger steht da und sinniert vor sich hin, bis er den tröstlichen Geruch seines Freundes wahrnimmt. Von den männlichen Frischlingen des Vorjahres haben nur diese beiden überlebt, Grillenfänger und der Silbergraue, beide herumgestoßen, ohne zu wissen, warum, ständig angegriffen, immer auf dem Sprung, bereit, ihren Platz zu räumen, die letzten in der Rangordnung.

Die Rotte zieht weiter, nach Norden, den Feldweg entlang zur Hammelstrift.

Der Igel entrollt sich, schnuppert, sucht, findet seine angebissene Kröte, die nicht weit gekommen ist, setzt seine Mahlzeit fort.

Jupiter steht über dem Haus des Bärenmannes.

Die Alte Bache führt die Rotte durch Schwaden von Pferdegeruch an der Koppel vorbei. Die Koppel ist leer, die Pferde sind in den Ställen, und doch hängt der Geruch ihrer Körper schwer in der Luft. Vorbei an der Mauer des im Dunkeln liegenden Lichtenberg-Hauses und den Stallungen des Reitervereins, in denen sich die Pferde leise rühren, Stroh raschelt, Mäuse huschen. Dann eilig vorbei an dem Gestank, der von der Tierarztpraxis ausgeht, hinunter auf die Wiese, wo die Großen die Rüssel energisch unter das Gras schieben und die Kleinen an selbst ausgegrabenen Wurzeln nagen.

Vor Sonnenaufgang, wenn die Hexen den Morgentau sammeln, verschwindet die Rotte im Dickicht. Die Bachen rufen ihre Frischlinge, die sich auf den mütterlichen Bauch stürzen und nach kurzem Gerangel jeder an seiner Zitze saugen, während der Silbergraue den Grillenfänger in respektvollem Abstand putzt, mit dem Rüssel die Haut abtastet, sie von Ungeziefer befreit, genüßlich Läuse und Zecken knabbert. Grillenfänger liegt wohlig grunzend auf der Seite und läßt sich vollkommen entspannt in jede Stellung schubsen.

Jupiter verlischt über der Hofmeierei.

Das Licht ist da. Blaßblauer Himmel und ein in der Morgensonne blitzendes Flugzeug. Tautropfen glitzern auf Spinnennetzen. Der Löwenzahn hat sich in Pusteblumen verwandelt, zarte, weißlich-graue Gebilde – ein Atemhauch und die Schirmchen fliegen davon, an jedem hängt ein Samen für eine neue Pusteblume, die auch Pißblume genannt wird, wegen der harntreibenden Wirkung, die dem Saft in ihren Stengeln zugeschrieben wird.

An den Wegrändern blühen Ackertäschel, Ackervergißmeinnicht und Ackermohn, die Alteingesessenen, schon seit Eppes und Gumpes Zeiten auf dem Oberfeld verwurzelt, wo sie sich den wenigen Platz, den die Pestizide gelassen haben, mit den Einwanderern teilen: dem spanischen Storchschnabel, der seine Samen weit von sich schleudert, wenn sie reif sind, dem persischen Ehrenpreis, der, aus dem Morgenland in die Gärten des Abendlands verpflanzt, zu der Zeit, als Napoleon in der Schlacht bei Austerlitz siegte, mit Hilfe von Ameisen aus dem Botanischen Garten von Karlsruhe ausbrach, und sich schon zehn Jahre später auf dem Oberfeld niederließ, und dem Franzosenkraut, das, den Landwirten verhaßt, andernorts Russenkraut genannt wird, auch wenn es aus den peruanischen Anden nach Frankreich gebracht wurde, wo es am Ende einer langen Reise zu Land auf dem Rücken von Trägern, zu Wasser im Bauch eines Segelschiffs und wieder zu Land in einer rumpelnden Kutsche in Paris eintraf, als Robespierre unter dem Fallbeil starb.

Es ging in der fremden Erde auf, blühte und brachte Samen hervor, die nach Karlsruhe geschickt wurden, wo sie zu Pflanzen heranwuchsen, die gleichzeitig mit dem persischen Ehrenpreis aus dem Botanischen Garten ausbrachen und mit Hilfe von Winden reisten, langsamer als der persische Ehrenpreis, aber schließlich auch auf dem Oberfeld ankamen, wo sie zu blühen beginnen, wenn die Eisheiligen kommen, erst die gestrengen Herren, Pankratius, Servatius und Bonifatius, dann die kalte Sophie, die eine Schönheit ist, mit blauen Augen wie in der Sonne gleißende Eisfelder, aber wer von ihrem Atem angeweht wird, verkriecht sich in seiner Jacke.

Auf dem Oberfeld sind nur wenige Menschen unterwegs. Eine

mit Kinderwagen joggende Mutter. Das Baby liegt unter einem durchsichtigen Verdeck und schaut in die Rauchkringel am Himmel, die schnell, so schnell vorbeiziehen. Ein Fahrradfahrer und zwei ältere Paare. Die Männer gehen vorneweg, die Frauen hinterher.

Sie reden mit den Händen. Ihre Hände durchschneiden die Luft, zerhacken sie, durchbohren sie, rasch, energisch und ohne Ton. Alle vier hören sie die Lerchen nicht und nicht den Wind und die fernen Verkehrsgeräusche. Auch nicht das Reifensurren in ihrem Rücken. Der Radfahrer hinter ihnen ist einer von denen mit straff, sehr straff sitzender schwarzer Glanzhose, nackten Waden, Helm und Sonnenbrille. Über die Lenkstange gebeugt, strampelt er verbissen, erwartet, daß man ihm Platz macht, sieht nicht die sprechenden Hände, bloß zwei unscheinbare ältliche Frauen, die keinen Platz machen wollen. Es bleibt ihm nur ein schmales Stückchen Weg zwischen Feld und Frau, die einen Schritt zur Seite macht, wie eine Puppe in die Luft geschleudert wird und auf das Pflaster knallt. Der Radfahrer fliegt in die Gerste, rappelt sich auf, hat seine Sonnenbrille verloren. Sein Gesicht ist jung und nichtssagend. Die Frau am Boden stößt dumpf röchelnde Laute aus.

Der junge Mann richtet sein Fahrrad wieder auf, untersucht Lenkstange und Vorderreifen, schwingt ein Bein über den Sattel und fährt davon, vorbei an den beiden Männern, die weitergegangen sind und ihr tonloses Gespräch fortsetzen, als wäre nichts geschehen. Für sie ist noch nichts geschehen.

Die unverletzte Frau läuft ihnen nach. Der Radfahrer verschwindet im Wald. Die joggende Mutter ist weit weg, ein Strich mit Ausbuchtung auf dem Judenpfad. Die Frau am Boden ringt nach Luft.

Die Männer sehen sich nach Hilfe um. Einer geht los zum Katharinenfalltorweg, klingelt an dem ersten Gartentor. Ein mißtrauisch dreinblickender Kerl erscheint in der Tür des Häuschens.

Der Mann deutet nachdrücklich und verzweifelt zum Scheftheimer Weg hin. Der Kerl glotzt mit offenem Mund, zuckt die

Achseln und schließt die Tür
Der Mann läuft an den Zäunen entlang, vorbei an den Sichtblenden vor dem Grundstück des Bärenmannes und weiter zur Straße, wo er versucht ein Auto anzuhalten. Alle fahren weiter. Der Mann überquert die Straße und steht auf dem leeren Hof der Meierei.
Als der Krankenwagen auf dem Scheftheimer Weg eintrifft, liegt die Verletzte mit geschlossenen Augen. Ihr Mann kauert neben ihr und hält ihre Hand.
Die kalte Sophie beobachtet, wie der Notarzt sie untersucht. Ihren Gletscheraugen entgeht nichts. Sie sieht, wie die Sanitäter die Bahre in den Wagen schieben, wie alle einsteigen und die Türen geschlossen werden. Was sie nicht sehen kann, ist der Strom von Wärme, der von der Hand des Mannes in die der Frau übergeht, durch ihren Körper fließt und aus den Augen herauskommt, mit heilenden Salzen versetzt.
Die Frau heult Rotz und Wasser, dann macht sie das Zeichen für Taschentuch, und der Mann reicht ihr sein Taschentuch wie immer, sie hat nie ein Taschentuch dabei. Sie schneuzt sich kräftig, und er weiß, daß sie leben wird.
Der Abgasgeruch, den der Krankenwagen auf dem Scheftheimer Weg hinterlassen hat, verflüchtigt sich. Über dem Grün der Felder zwitschern die Lerchen im Blau des Himmels. Windwellen rollen durch die Gerste, deren Ähren noch die gleiche Farbe wie die Halme haben.
Schwarzes Geflatter um den Horstbaum der Krähen. Der kleine Krah ist der einzige, der das Fliegen noch nicht gelernt hat. Unglücklich hockt er im Nest und hat Hunger. Die Eltern rufen. Er duckt sich und schlägt mit den Flügeln. Die Eltern bleiben auf ihrem Ast und rufen weiter. Der kleine Krah hüpft auf den Nestrand, krächzt kläglich, kann sich nicht entschließen, sich ins Leere zu stürzen. Sieht die anderen fliegen, aber weiß noch nicht, daß auch seine Flügel ihn tragen werden. Hat Angst und hat Hunger. Der Hunger ist furchtbar, aber nicht so furchtbar, daß er den sicheren Nestrand verläßt. Er bettelt, schlägt mit den

Flügeln, sperrt den Schnabel auf. Will den Wurm haben, mit dem der Vater von seinem Ast aus lockt. Wolken ziehen, Flugzeuge durchqueren den Himmel, sind schon in Frankfurt gelandet, als der Krah sich endlich abstößt, die Schwingen ausbreitet, die Krallen einzieht und auf die Eltern zufliegt.
Unter ihnen hängen die Großen Abendsegler in der Spechthöhle dicht beieinander, um sich gegenseitig zu wärmen. Sie mögen die Kälte nicht, dämmern vor sich hin, an der Decke festgekrallt, die Köpfe nach unten, still und reglos mit ihren prallen Bäuchen, bis sie spüren, daß das Wetter sich ändert und sie ihre Jungen in die Welt hinaus entlassen können, sich umdrehen, mit den Daumenkrallen an der Decke festhalten und in die ausgebreiteten Schwanzflughäute hinein gebären. Während die Männchen draußen schon wieder nach geeigneten Paarungsquartieren suchen, piepsen drinnen in der Spechthöhle die Neugeborenen und krabbeln blind, nackt und rosa wie Gummibärchen aus der Schwanzflughaut durch das mütterliche Fell an die Zitzen.
Draußen liegt das Oberfeld im milden Abendlicht, die Sonne scheint, von Äckern und Feldholzinseln steigt ein leichter Dunst auf, es hat geregnet.
Auf dem feuchten Weg gleiten zwei Weinbergschnecken aufeinander zu. Die Augen am Ende der ausgestreckten Fühler sehen sich an. Unter den Häusern klopfen die Herzen wie langsam fallende Tropfen. Es war ein langer Winter im verschlossenen Haus, und der Weg zueinander braucht seine Zeit. Bis sie sich so weit angenähert haben, daß sie einander riechen können, ist die Sonne untergegangen. Die Wasserfledermäuse verlassen ihre Baumhöhlen am Rande des Oberfelds, um sich über dem Steinbrücker Teich mit Mücken vollzufressen. Die Zwergfledermäuse kommen aus den Gartenhütten und schießen in hektischem Zickzack über die Schnecken hinweg. In den Baumwipfeln machen die Großen Abendsegler, die ihre Jungen unter der Obhut einer kinderlosen Tante zurückgelassen haben, Jagd auf Maikäfer. Als sich die ausgestreckten Fühler der Schnecken endlich berühren, zurückzucken und dann zögernd wieder hervor-

kommen, um sich zu betasten und zu schmecken, sind die Abendsegler bereits in die Spechthöhle zurückgekehrt, wo ihr nackter Nachwuchs in einer Traube zusammenhängt, um sich gegenseitig zu wärmen, und während die Mütter ihre Jungen, von denen jedes schon seinen eigenen Geruch und seine eigene unverwechselbare Stimme hat, zielstrebig aus der piepsenden Traube heraussuchen, um sie zu säugen, tändeln draußen im Mondschein die beiden Weinbergschnecken miteinander. Die Fühler verschränken, trennen und umschlingen sich im Rhythmus einer lautlosen Musik – möglich, daß indische Tänzerinnen die graziösen Wellenbewegungen ihrer Arme den Fühlern der im Liebesspiel versunkenen Schnecken abgeschaut haben.

Die Krähen schlafen. Die Blüten der Lichtnelke öffnen sich und duften in die Nacht hinaus. Die Wildschweine überqueren eilig das mondhelle Oberfeld, um in aller Ruhe die ungespritzten Wiesen auf der dunklen Rosenhöhe aufzuwühlen. Die Alte Bache weiß, daß der böse Mann ihnen hier nichts anhaben kann. Die mit Kräutern der Provence gegrillten Wildschweinkoteletts, die in seinem Restaurant auf der Speisekarte stehen, kommen aus der Tiefkühltruhe.

Alle möglichen Satelliten sind schon dreimal über das Oberfeld hinweg um die Erde herum geflogen, als die tändelnden Weinbergschnecken sich aufrichten, die Sohlen ihrer Kriechfüße aneinanderschmiegen und, sich mit Fühlern und Lippen betastend, sanft hin und her wiegen. Während sie sich einmal wiegen, macht die Langohrfledermaus, die im Rüttelflug vor einem Buchenblatt steht, um zu hören, ob da irgendwelche Käfer oder Insekten herumkrabbeln, Hunderte von Flügelschlägen. Der Duft der Lichtnelke zieht einen Nachtfalter an. Der Mond verschwindet hinter Wolken. Die jungen Waldkäuze, die zum ersten Mal ihre Nisthöhle verlassen haben, fliegen mit lautlos auf und ab streichenden Schwingen über die Felder, wenden die Köpfe nach rechts und nach links, spähen durch die Dunkelheit. Der Nachtfalter läßt sich auf einer Blüte der Lichtnelke nieder und

weiß nicht, wie ihm geschieht: an einem Ast hängend, frißt das Langohr genüßlich seinen Leib, die Flügel läßt es fallen.
Die Sterne verblassen. Der Morgen dämmert herauf. Das Langohr verschwindet in seiner Baumhöhle, klappt die riesigen Trichterohren nach hinten und steckt sie unter die Flügel, damit sie nicht austrocknen oder angeknabbert werden, während es schläft. Noch immer wiegen sich die Schnecken, auf ihren Rücken schwanken die Häuser.
Die Krähen sind wach. Die Wildschweine ruhen. Die Häsin liegt in einer neuen Sasse und säugt ihre in der Nacht geborenen Jungen. Eine der beiden Schnecken rammt der anderen ihren Liebespfeil in den Körper. Dort bleibt er stecken und bricht ab. Es ist nur eine kleine Spitze aus demselben Kalk, aus dem auch das auf dem Rücken schwankende Haus ist, aber sie stachelt die Getroffene zu höchster Schneckenleidenschaft an. Die Fühler tasten erregt, die Lippen saugen sich fest, und ihr eigener Liebespfeil senkt sich in den Leib der anderen. Ein paar Meter weiter vertreibt das Feldhamsterweibchen seinen ausgewachsenen Nachwuchs knurrend und fauchend aus dem Bau. Der schnelle Läufer rennt unter dem wolkenverhangenen Himmel, die Augen wie immer starr geradeaus gerichtet, dicht vorbei an den beiden Schnecken, deren lang ausgestreckte Penisse sich umeinander winden, leicht hin und her wogen wie Seetang unter Wasser, bis die Sonne untergeht und sie sich gemächlich entschlingen und jeder den Weg in das Innere des andern findet. Zwei Hermaphroditen, die, während einer den Samen des andern empfängt, regungslos verharren und sich erst voneinander lösen, als der Schemen des Zimmermanns Hannes Gansert aus dem Zwielicht kommt, um Wildwacht zu halten.
Hannes ist müde. Es ist schon die zweite Nacht, in der er keinen Schlaf bekommt. Seitdem er sein Käthchen geheiratet hat, ist er immer müde. Er arbeitet von vier Uhr morgens bis zehn Uhr abends, dann legt er sich auf den warmen Leib seiner Frau. Ihm ist kalt. Schwaden von Müdigkeit wabern durch seinen Körper. Die Augen fallen ihm zu. Er glaubt sich auf dem Dach mit der

Säge in der Hand. Irgendwo fängt ein Hund an zu bellen, andere fallen ein. Jemand ruft seinen Namen. Hannes schreckt hoch. Niemand da, von den anderen Wildwächtern ist nichts zu sehen, das Hundegebell kommt aus weiter Ferne. Hannes reibt sich die Augen und starrt blöde auf seinen Acker, auf dem ein großer Keiler steht.

Er hat ihm den Hintern zugekehrt, das Mondlicht fällt auf seinen Schwanz. Hannes weiß nur zu gut, wie der Acker am Morgen aussehen wird – die Frucht zertrampelt, die Erde aufgewühlt, geknickte Halme in den Brocken. Die Wut packt ihn. Wut nicht auf den Landgrafen, der allein das Jagdrecht besitzt, nicht auf das Gesetz, das ihm verbietet, den Keiler zu töten, nicht, weil ihm kein Schadensersatz zusteht und es niemanden gibt, bei dem er sich beklagen könnte.

Es ist der entspannt wedelnde Schwanz des Übeltäters, der ihn in helle Wut versetzt. Er schreit, er fuchtelt mit den Armen. Der Keiler läßt sich nicht stören. Wahrscheinlich weiß er aus Erfahrung, daß die Bauern auf dem Oberfeld machtlos sind. Hannes tastet nach einem Stein und schleudert ihn nach dem Keiler. Er hat nicht einmal gezielt, aber er trifft. Der Keiler fährt herum, senkt den Kopf und geht zum Angriff über. In seinem Wutgebrüll kommt Hannes die eigene mörderische Wut entgegen. Er greift nach der Stichaxt an seinem Gürtel und schlägt zu.

Der Keiler verendet mit einem langgezogenen Röcheln. Hannes steht mit hängenden Armen. Aus Wut wird Reue. Angst vor der gnadenlosen Strafe für Wildfrevel. Schon sieht er sich im Stockhaus, angekettet an Händen und Füßen, so daß er sich des Ungeziefers nicht erwehren kann und die Läuse ihm die Augen ausfressen.

Er horcht in die Dunkelheit hinaus. Schleift den toten Keiler zum Waldrand. Läßt ihn unter einem Gebüsch liegen und steht in regungsloser Panik unter dem Sternenhimmel, als die anderen Wildwächter fast gleichzeitig aus verschiedenen Richtungen angelaufen kommen. Er erkennt die Stimmen von seinem Schwager Adam und Martin, den sie *Memme Klotzkopp* nennen

- der würde die zwanzig Kronen Belohnung für die Anzeige eines Wilddiebs bedenkenlos einstreichen.
In der Ferne bellen noch immer die Hunde. Hannes behauptet, er habe einen Keiler verscheucht und verbringt den Rest der Nacht damit sich auszumalen, wie er zwischen das Geweih eines Hirsches gebunden und von einer Hundemeute zerrissen wird, zur Strafe für den begangenen Wildfrevel. Es ist das Jahr 1710.
Im Morgengrauen wacht er auf. Er hat im Stehen geschlafen wie ein Pferd. Vor ihm steht der Gundermann in seiner grünen Uniform. Seine Hunde haben den Keiler gefunden.
Der Landjägermeister fragt nichts, sagt nur, *du kommst mit*, und Hannes läßt sich abführen, hat schon mit allem abgeschlossen, als er *Nein* denkt, *Nein*. Aus Reue und Angst wird Entschlossenheit – leben, überleben, es wenigstens versuchen. Es ist seine einzige Chance. Er redet vor sich hin, ohne den Gundermann anzusehen, spricht von seiner Käthe, die unversorgt zurückbleiben wird, vielleicht mit einem Kind im Bauch. Der Gundermann schweigt, und Hannes redet und redet, von dem Spaten, der auf Holz traf, von dem Holzkästchen, das schließlich zum Vorschein kam, von den Goldmünzen, mit denen es bis zum Rand gefüllt war. Der Gundermann schweigt noch immer, aber Hannes spürt, daß er aufhorcht und zählt die Länder auf, aus denen die Münzen stammen, Holland, Spanien, England, Österreich, knüpft Vermutungen an, wer sie vergraben hat, ein Schwede vielleicht, ein Söldner aus dem Dreißigjährigen Krieg.
„Niemand weiß davon", sagt Hannes. „Wenn du mich laufen läßt, gehört die Hälfte dir."
„Alles", sagt der Gundermann.
Hannes gibt nicht gleich nach, es scheint ihm glaubwürdiger so. Er jammert ein bißchen, bis er das Gefühl hat, es ist genug, dann fügt er sich.
Der Landjägermeister bleibt stehen. „Wo ist es?"
„Bei einem Hof, den die Schweden niedergebrannt haben. Ich führ dich hin, wenn du gelobst, mich laufen zu lassen, sobald du das Kästchen hast."

Der Landjägermeister nickt kaum merklich und macht wortlos kehrt. Hannes folgt ihm wie seine Hunde.
Sie gehen den Weg zurück, den sie gekommen sind, bis zu dem Gebüsch, unter dem der Keiler liegt. Ein kurzer Befehl, und die Hunde lassen sich nieder, um den Kadaver zu bewachen. Hannes dankt seinem Gott und führt den Landjägermeister durch den singenden Wald nach Süden zu dem verwüsteten Anwesen, in dem er als Kind mit seinen Vettern gespielt hat. Seitdem hat es viele Male den Besitzer gewechselt, ist wieder aufgebaut worden, heruntergekommen und von neuem aufgebaut worden. Heute ist es ein Hotel-Restaurant, *ein Ort der ländlichen Ruhe und der Gaumenfreude.* Damals, als der Zimmermann Hannes Gansert und der Landjägermeister Adam Gundermann aus dem Wald traten, stand das Gras hoch zwischen den rußgeschwärzten Grundmauern, Schmetterlinge flatterten in der Morgensonne, Brombeergestrüpp wucherte, und aus den einst herrschaftlichen Zimmern wuchsen Bäume.
Hannes sagte, er habe einen Spaten versteckt, den wolle er holen, und schon kletterte er über Schutt und Mauern.
Als er sicher war, daß der Gundermann ihn nicht mehr sehen konnte, lief er los, um den Geheimgang zu suchen, den sie einst als Kinder entdeckt hatten. Er lief geduckt und ohne zu denken, unter seinen Füßen knirschten zerbrochene Ziegel. Irgendwo da draußen, weit weg rief der Gundermann seinen Namen, aber da kroch er bereits durch die moderige Dunkelheit und konnte noch nicht glauben, daß er entronnen war. Und als er endlich wieder bei seiner Käthe war, freute er sich seines geschenkten Lebens und ertrug mit Gleichmut den stummen Haß des Landjägermeisters, der schweigen mußte, wenn er sich nicht selber bloßstellen wollte.

JUNI

Leise segelt das Löwenzahnlicht
über dein weißes Wiesengesicht
segelt wie eine Wimper blaß
in das zottige wogende Gras

(Peter Huchel)

Der Wind hat die Samenschirmchen der Pusteblumen verweht. Der Flieder an den Zäunen der Kleingärten ist braun und häßlich geworden. Das Gelb des Ginsters schwindet, die Unterschiede in den Grüntönen verwischen sich, der Frühling geht seinem Ende zu - das Grün wird allgemein. Ab und zu das Rot einer Mohnblume, das Weiß der blühenden Holunderbüsche und die senffarbenen Tupfer der Kamille, die Wunden heilt und aufständische Mägen beruhigt und vor Johannis gepflückt werden muß – danach wird sie ungenießbar, weil die Hexen drauf pinkeln.
Der kleine Krah hat sich ans Fliegen gewöhnt und sucht sein Futter jetzt alleine.
Die jungen Füchse in dem Bau am Querweg werden nicht mehr gesäugt, fetzen das Fleisch aus Mäusen und Hamstern, die der Vater bringt, und spielen dann vor dem Bau, balgen sich, beschnuppern den Boden und lernen die tausend Gerüche der Oberwelt kennen.
In der Spechthöhle öffnen die jungen Abendsegler die Augen, zarter Flaum bildet sich an ihren schlafenden Körpern.
Über einen Zweig des kahlgefressenen Faulbaums buckelt die einzige überlebende Raupe langsam aber zielstrebig vorwärts, bis sie ein geschütztes Plätzchen gefunden hat, an dem sie in aller Ruhe den Kokon spinnen kann, in dem sie sich, von niemandem gesehen, in einen Zitronenfalter verwandeln wird.
Der Himmel ist verhangen. Fernes Brummen unsichtbarer Flugzeuge.

Am Seiterswiesenweg das verschämte Rosa der Heckenrosen neben den abgeblühten Schlehen, auf deren stechenden Spitzen ein Neuntöter seine Vorräte aufgespießt hat, alle möglichen Insekten und ein Mäuschen mit traurig hängendem Schwanz. Der Vogel sitzt auf einer Birke und ruft nach einem Weibchen, verstummt plötzlich, schwingt sich in die Luft, fängt eine Wespe im Flug, kehrt auf die Birke zurück, streicht die Eingeweide und den Stachel mit dem Schnabel aus dem Hinterleib heraus, streift das alles an einem Zweig ab, schluckt den Rest und fängt wieder an zu rufen. Die Birke kennt er nur begrünt, Schnee hat er noch nie gesehen, vom Winter weiß er nichts, den Winter verbringt er in Afrika. Und jedes Jahr kehrt er aufs Oberfeld zurück, zu den Schlehenhecken am Seiterswiesenweg, überfliegt Simbabwe, Sambia, Tansania und Kenia, Äthiopien und den Sudan, das Rote Meer und Saudi-Arabien, Syrien, die Türkei und Bulgarien, Jugoslawien, Italien, Österreich und Bayern und Baden-Württemberg und den Odenwald, um zur Brutzeit auf der Vogelschutzinsel am Seiterswiesenweg anzukommen, im Schlaraffenland, wo ihm die Wespen in den Schnabel fliegen. Wenn er sich dann erholt und genug gefressen hat, läßt er sich auf seiner Birke nieder und ruft. Jenseits des Zuckerrübenfelds sitzt ein Weibchen, versteckt in den an den Fichten vor dem Spanischen Turm herabflutenden Knöterich-Kaskaden, die in einer anderen Wirklichkeit die Haarschleppen der Grünen Frau und ihrer Töchter sind. Alle drei blicken unverwandt nach Westen, als ob sie auf jemanden warten, der von der Stadt her kommen soll. So angespannt warten, daß sie sonst nichts wahrnehmen, blind und taub für alles, was um sie herum vorgeht. Reglos die grünen Haarfluten. Warten lähmt, es macht, daß die Zeit still steht. Für diese drei ziehen die Wolken nicht, am Tag wandert die Sonne nicht, und der Mond in der Nacht nimmt nicht zu und nicht ab und steht so reglos am Himmel wie diese ihrer Erlösung harrenden Schönheiten, die nicht einmal merken, wie ihr Haar wächst und alles verpassen, das ganze Leben und die Rufe des Neuntöters. Aber das Weibchen in den Knöterich-Haarfluten

hört sie, erkennt die Stimme und schwingt sich in die Luft, um sich zu zeigen.
Sie haben sich aus den Augen verloren, nachdem sie ihre Brut großgezogen und das Oberfeld verlassen haben – vergessen haben sie sich nicht. Doch braucht es seine Zeit, bis sie wieder zusammenfinden. Viele Flugzeuge fliegen über das Oberfeld hinweg, beschreiben den Himmel mit weißen Strichen, an deren Spitze ein gleißender Punkt vorwärtsstrebt, verschwinden unter dunklem Gewölk. Regen fällt. Die Sonne kommt wieder hervor. Weiße Wolken spiegeln sich in den Pfützen. Die Pfützen trocknen. Neue Wolken ziehen heran, als das Vogelpaar sich abermals einig ist und ein Nest in der Schlehenhecke zu bauen beginnt. Er bringt die Halme und Stengel herbei, die sie verarbeitet.
Der kleine Krah schließt sich mit den anderen Jugendlichen zu einem Schwarm zusammen. Die Raupe des Zitronenfalters verpuppt sich in ihrem Kokon, der als regloses, papierfarbenes Gebilde auf einem Zweig des Faulbaums steht.
Die Zauneidechse am Wasserreservoir gräbt ein Höhlchen, um ihre Eier abzulegen.
Das Nest ist fast fertig, Halme und Stengel fest gefügt. Der Neuntöter kommt jetzt mit Moos im Schnabel angeflogen. Das Weibchen polstert das Nest damit aus. Über das Oberfeld streicht der Wind.
Der schnelle Läufer rennt an den Kleingärten entlang. Das Rauschen der Zitterpappeln am Judenpfad ist schon von weitem zu hören. Jedes Blättchen dreht sich an seinem Stengelchen, es klingt wie Meeresrauschen. Über ihm tanzt der Pappelsamenflaum mückengleich durch die Luft. Am Bach entlang liegen die weißen Flöckchen wie Schnee. Der Wind fährt in die Gerste, grau-grüne Strudel kreiseln durch das Feld. Und vielleicht würde der schnelle Läufer auf seiner ewigen Flucht sich gerne in ein Mäuschen verwandeln und in dem Wald von Halmen verschwinden, wo er sich verstecken und sicher fühlen könnte, hoch über ihm die schwankenden Ähren.
Gegen Abend legt sich der Wind. Stille. Die Ähren der

Wintergerste neigen sich alle in eine Richtung, nach Süden, verneigen sich wie einst vor dem träumenden Josef, der unbekümmert den bunten Rock trug, den sein Vater Jakob ihm und nur ihm hatte machen lassen, so daß die Brüder ihm feind wurden, weil ihr Vater ihn lieber hatte als sie. Er aber erzählte ihnen übermütig (oder war es hochmütig) von seinem Traum: *Siehe, wir banden Garben auf dem Felde, und meine Garbe richtete sich auf und stand, aber eure Garben stellten sich ringsumher und neigten sich vor meiner Garbe*. Da wurden sie ihm noch mehr feind und zogen ihm den bunten Rock aus und verkauften ihn an vorüberziehende Ismaeliter, die ihn mit nach Ägypten nahmen, wo die Gerste schon seit Jahrtausenden angebaut und zu Fladenbrot und Bier verarbeitet wurde, *versitz mir nicht im Bierhaus die Zeit, leicht fällst du zu Boden und brichst dir die Glieder*. Mit Säcken voller Gerste entrichteten die Bauern ihre Steuern, mit Anweisungen auf die in städtischen Speichern gelagerte Gerste wurden die Beamten bezahlt.

Auf dem Oberfeld wird Saatgut produziert. Der Ertrag liegt bei sechs Tonnen pro Hektar. Der Landwirt, der die Felder bestellt, muß zehn Prozent der Getreide-Anbaufläche stillegen – wegen Überproduktion in Europa. Dafür bekommt er eine Prämie von zweihundertundfünfzig Euro. Die Gerste wird im Silo gelagert. Es werden Proben gezogen, auf Reinheit untersucht und an die Genossenschaft geschickt. Der Landwirt ist Mitte Sechzig. Als sein Vater im Jahre 1928 die ehemalige großherzogliche Domäne pachtete, waren fünfzig Leute auf dem Hof beschäftigt. Heute bewirtschaftet er die Felder mit einem Mitarbeiter. Er hätte den Hof lieber nicht übernommen, und doch hat er sein ganzes Leben auf dem Oberfeld verbracht.

Als er ein Kind war, gab es neben dem Domänenland noch viele kleine Äcker im Besitz von etwa zwanzig Bauernfamilien. Nachts bewacht von Feldschütz Blechohr, so genannt wegen des Hörgeräts in Form eines überdimensionalen Ohrs, mit dem der halbtaube Mann, ein Invalide aus dem Ersten Weltkrieg, seinen Dienst versah. Aufpassen, daß die Kartoffeln nicht geklaut werden.

Er macht einmal die Runde, dann läßt er sich am Waldrand nieder. Allein unter der Weite des nächtlichen Himmels, taub nicht nur für das Rauschen des Windes und Rascheln der Mäuse, ohne jeden Sinn für irgendwelche Schemen aus vergangenen Zeiten, in Gedanken damit beschäftigt, wie er ein Ofenrohr auftreiben könnte für den Kohleherd, den er auf einem Trümmergrundstück gefunden und mit einem geliehenen Leiterwagen in seine Behausung geschafft hat, eine Ruine, die wie ein Puppenhaus nach vorne hin offen ist. Die Kartoffeln, mit denen die Bauern ihn entlohnen, kocht er über einem Holzfeuer in einem rostigen Topf auf drei Steinen. Steine sind das einzige, das es im Überfluß gibt. Mit dem Schutt aus den Ruinen haben sie den stillgelegten Steinbruch aufgefüllt, in dem das Jungvolk gestern noch am Lagerfeuer saß und das Jungvolk-Lied schmetterte: *Voll Hoffnung stürmt die Jugend ins Dritte Reich hinein, das Vorbild unserer Tugend soll Adolf Hitler sein! Sieg Heil! Sieg Heil! Sieg Heil!* Aber daran denkt der Feldschütz nicht, obwohl die Stimmen kaum verklungen sind, und auch wenn er wüßte, daß er an genau derselben Stelle hockt, an der einst der Zimmermann Hannes Gansert im Stehen schlief wie ein Pferd, ließe ihn das kalt, *was geht mich das an?*
Die Stadt liegt in Trümmern, kaum ein Stein ist auf dem andern geblieben.
Jetzt geht es darum, irgendwie an Kohlen zu kommen.
Mit Geistersichtigkeit ist er nicht geschlagen, der Feldschütz, den sie Blechohr nennen, sonst würde ihn beunruhigen, was nur ein paar Schritte hinter seinem Rücken vorgeht. Er würde das Gelächter und die Flüche hören und das dumpfe Poltern aufgeworfener Erde.
Sie heben einen Graben aus, um das Wild fernzuhalten. Unter den Teichgräbern sind die Enkel von Hannes Gansert und dem Landjägermeister, der lange Fritz und Gundermanns Walter, die sich nicht ausstehen können und bei jeder Gelegenheit aneinander geraten. Alle wissen, daß die Familien Gansert und Gundermann verfeindet sind, keiner weiß warum.

Die beiden Zorngiggel wissen es auch nicht, und trotzdem gehen sie aufeinander los, nennen sich Sauwedel und Lausewenzel und schlagen mit den Spaten aufeinander ein, während Blechohr darüber nachsinnt, wo er die organisierten Kohlen verstecken könnte, damit sie ihm nicht geklaut werden.
Als der Graben zwischen Oberfeld und Wald fertig war, verwüsteten Wildschweine und Rehe die Äcker wie zuvor.
Unter denen, die ein halbes Jahrhundert später einen Wildzaun errichten, sind auch die Nachfahren von Gundermanns Walter und dem langen Fritz. Einträchtig treiben sie die Pfähle in den Boden, der Zwist zwischen den Familien ist wie nie gewesen. Niemand weiß mehr davon. Als Blechohr eifrig Ahnenforschung betrieb, um zu belegen, daß er keine jüdische Großmutter hatte und *rein arisch* war, fand er sowohl Ganserts als auch Gundermanns unter seinen Vorfahren, ohne sich darüber zu wundern, und wenn er jetzt ganz und gar unempfänglich ist für das Hämmern und Klopfen in seinem Rücken, hat das nichts mit seiner Schwerhörigkeit zu tun. Er ist ein gutmütiger Kerl, der die Jungs, die er beim Kartoffelklauen erwischt, bloß anraunzt, *mecht me das? noch ah Mol, un ich haach der uff dein Kobb, daßde durch die Ribbe guckst wie de Aff durchs Gidder.* In der Dunkelheit unter dem fahlblauen Himmel, über dem ein blasser Halbmond steht, hockt er, eine bilderlose Seele mit Hörgerät und ohne Fragen, will nicht wissen, was war und nicht mehr ist, und glaubt nicht wirklich, daß auch er eines Tages zu den Schatten gehören wird. Man könnte sie beneiden, die Blechohren dieser Welt, die keine Angst vorm Sterben haben, weil sie tief in ihrem Innern fest davon überzeugt sind, daß *ihnen* das nicht passieren wird.
Der Feldschütz gähnt. Ihm ist kalt. Einen Mantel hat er nicht. Rauchen würde er gerne. Zigaretten gibt es nicht – die Amis werfen die halb gerauchten Kippen weg. Was soll ihm da ein Wildzaun, von dem nichts geblieben ist als die Namen der Falltore, durch die man ein und aus ging. Der Katharinenfalltorweg führt auf die Meierei zu, in der er sich jeden Morgen einen

Becher Milch abholt.
Heutzutage ist der Hof still und leer. Kein Hühnergackern, kein Hähnekrähen, kein Misthaufen. Keine Fliegen, keine ländlichen Gerüche. Damals, als der Landwirt ein Kind war, war der Hof voller Menschen. Die Frauen trugen lange Röcke, Schürzen und im Nacken zusammengebundene Kopftücher. Futtereimer und Milchkannen wurden hin und her geschleppt, Schubkarren zum fliegenumschwirrten Misthaufen gefahren, Holz gehackt, die Pferde angeschirrt, Ackergäule mit mächtigen Hintern. Die Kinder müssen mitarbeiten. Rüben vereinzeln. Rüben hacken. Kartoffeln lesen. Die Pferde vorfahren von Hocke zu Hocke – die schweißschäumenden Hälse locken die Bremsen an. Die Stiche schmerzen. Das Kind versucht, sich zu drücken. Eine Zeitlang gibt es jeden Tag den Frack voll. Die Mutter schlägt mit dem Kochlöffel, der Vater mit der Reitgerte. *Ich bin erzogen worden wie ein Jagdhund.*
In diesen Nachkriegstagen gibt es keine Spaziergänger auf dem Oberfeld.
Die Bauern, die Milch haben, suchen Labkraut, das die Milch gerinnen läßt, um Käse daraus zu machen.
In den Kleingärten stehen sie auf Leitern und pflücken die Kirschen, die heute von den Vögeln gefressen werden.
An den Wegrändern das Gelb des Johanniskrauts und das Blau der Glockenblumen. Kornblumen in den Feldern und das glühende Rot der Mohnblumen.
Graue Frauengestalten, die trockenes Holz sammeln, Bärenklau für die Kaninchen, Kamille für Tee, Brennesseln für Spinat.
Und Kätter, die heute eine steinalte Frau ist mit rundem, runzligem Gesicht und lebendigen Augen. Wenn sie lacht, sieht sie aus wie ein Kind – man muß sie lieben, und doch ist sie eine Mörderin, die nie für ihre Tat gebüßt hat und sagt, daß sie es wieder tun würde, nur früher.
Es ist ein Sonntag im Sommer 1946. Die Stadt liegt in Trümmern, aber auf dem Oberfeld ist Frieden. Lerchen singen. Am Himmel stehen weiße Bilderbuchwolken. Kätter ist eine

junge Frau und geht den Scheftheimer Weg entlang. Sie hat einen Korb voll Brennesseln bei sich, und manchmal bückt sie sich, um an einer Pflanze zu riechen. Wenn sie nicht nach Mäusepisse stinkt, ist es nicht die Richtige. Sie sehen sich alle so ähnlich, Wiesenkümmel und Wiesenkerbel, Schafgarbe, wilde Möhre, Bärenklau und Bibernelle, zum Verwechseln ähnlich. Alle haben sie weiße Dolden und gefiederte Blätter. Auch der Kälberkropf, der giftig ist, aber nicht giftig genug.
Kätter hat lange still gehalten und kann es nun nicht mehr. Sie hat versucht, ihm davonzulaufen. Er hat sie aufgespürt. Niemand wußte, wo sie war. Er konnte es auch nicht wissen. Und doch hat er sie aufgespürt. *Ich finde dich überall*. Von abergläubischem Schrecken erfüllt, ist sie mit ihm nach Hause gegangen. Und hat weiter still gehalten. Und konnte nicht mehr lachen und nicht mehr weinen und mußte sich selber hassen für das, was er ihr antat. Aber versuchte nicht mehr wegzulaufen. *Ich finde dich überall.* Darum sucht sie den Gefleckten Schierling, der nach Mäusepisse stinkt, wenn es heiß ist. Sie will ihm einen Trunk daraus machen.
"Wenn ich keinen Schierling gefunden hätte", sagt sie, "hätte ich Hundspetersilie genommen – die sieht so ähnlich aus, stinkt nach Knoblauch. Aber das hätte schiefgehen können, ich meine, das hätte er vielleicht überlebt." Und sie lächelt verschmitzt, die steinalte Kätter, und dann ist sie ganz plötzlich ganz müde und schläft ein und fängt an, erstaunlich kraftvoll zu schnarchen. Um ihren Mund liegt ein kleines, schwer deutbares Lächeln. Vielleicht lebt in ihr der Geist der geflügelten Lilith weiter, die Adams erste Frau war und nicht vom Baum der Erkenntnis des Guten und Bösen gegessen hat.
Der alte weitverzweigte Walnußbaum hinter dem Zaun des letzten Kleingartens am Scheftheimer Weg trägt schon – dralle grüne Bällchen. Auf der anderen Seite des Zauns ist ein junges Nußbäumchen gewachsen. Sein Stamm ist noch silbergrau und das Blattwerk deutlich heller als das des alten Baums, aber es ist schon so groß, daß ein Mensch darunter stehen kann.

Irgendwann vor ein paar Jahren, im September oder Oktober, als herbstliche Schwermut über dem Oberfeld lag und der alte Baum seine Früchte fallen ließ, ist eine Nuß liegen geblieben, von keiner Krähe gefressen, keinem Siebenschläfer verschleppt und keinem Eichhörnchen vergraben worden, kein Mensch hat sie aufgelesen, sie ist nicht verfault und nicht verschimmelt, hat haarfeine Wurzeln geschlagen, einen Sproß hervorgebracht, der nicht vertrocknet und nicht zertreten, von keinem Traktor plattgewalzt worden und zu einem stämmigen Bäumchen herangewachsen ist, dessen Zweige sich über die mit großen, derben rosa Blüten übersäten Brombeerhecken am Zaun neigen.

Auf der anderen Seite des Zauns verschwindet eine trächtige Igelin mit Moos im Maul unter einem Reisighaufen. Die Wehen haben eingesetzt, und die Igelin eilt hin und her, um sich das Lager für die Geburt zu bereiten.

Es dämmert, aber unter dem Reisighaufen ist es schon ganz dunkel. Die Wehen kommen und gehen. Aus den Büschen schweben Glühwürmchen. Der Nußbaum verströmt seinen herben Geruch. Die Igelin hustet. Draußen läuft ein später Jogger vorbei. Er hört es und wendet den Kopf - es klingt wie das Husten eines Menschen. Die Igelin auf ihrem Lager spürt die Erschüt-terungen des Bodens, die Erde bebt und beruhigt sich wieder, nachdem der Jogger sich entfernt hat. Das Moos duftet. Es fängt an zu regnen. Unter dem Reisighaufen bleibt es trocken. Die Pfoten der Igelin zucken. Sie hört die Bewegungen eines Regen-wurms unter der Erde und das Schurren der schleimigen Sohle einer Schnecke. Auf ihrem angespannten Bauch laufen die Flöhe aufgestört durcheinander. Die Igelin erzittert. Ein Junges plumpst in das Moos, noch in der Fruchtblase, blind und taub, mit winzigen weißlichen Stacheln.Die Mutter frißt die Plazenta, leckt das Junge, nimmt es vorsichtig ins Maul und legt es sich an den Bauch.

Es hat aufgehört zu regnen. Die Wolken verziehen sich. Über der ausgefransten Silhouette des südlichen Waldrands leuchtet Jupiter hell am nachtblauen Himmel. Stille, nur das trockene

Rascheln der Gerste und eine undefinierbare Unruhe von der Stadt her.
In der Spechthöhle hinter dem Schrebergarten des Bärenmannes säugen die Abendsegler ihre Jungen und nehmen sie dann zum ersten Mal mit hinaus in die dunkle Welt. Zwitschernd breiten die kleinen Fledermäuse die federlosen Flügel aus und folgen ihren Müttern bis hinauf zu den Baumwipfeln, und manchmal stoßen sie an Zweige und Äste, weil sie noch lernen müssen, mit den Ohren zu sehen. Sie senden Ortungsrufe aus, aber müssen erst lernen, das Echo, das zu ihnen zurükkommt, zu deuten. Müssen lernen, wie das Echo eines Astes und das eines Blatts klingt, müssen das Echo einer Mücke von dem eines Maikäfers unterscheiden lernen. Müssen sich ein Hörbild machen von der Welt, die Welt aus Tönen zusammensetzen, die die Echos ihrer eigenen Stimmen sind. Sie fliegen mit geöffneten Mäulern und schallen mehr und mehr im Rhythmus ihrer Atemzüge und Flügelschläge, und irgendwann kommt ein Echo zurück, das sie wiedererkennen, so klingt ein Zweig und so ein Ast. Sie müssen lernen, wie der Weg nach Hause klingt, wo es langgeht und wo zu Hause liegt. Und irgendwann fliegt ihnen eine Mücke ins Maul, und sie lernen, wie Mücke schmeckt und werden sich beim nächsten Mal, wenn das Echo einer Mücke zu ihnen zurückkommt, daran erinnern. Und dann bringen die Alten sie zurück in die Spechthöhle. Diesmal hatten sie Glück. Der Waldkauz war woanders unterwegs.
Gegen Morgen sind es sieben Junge, die an den Zitzen der Igelin saugen. Der Himmel hat sich wieder zugezogen. Graue Wolken türmen sich übereinander. Ein kalter Wind fegt über das Oberfeld. Unter dem Reisighaufen ist es warm, dunkel und friedlich.
Plötzlich bebt die Erde, alle Geräusche gehen in donnerndem Getöse unter, Gestank breitet sich aus. Der Hobby-Imker, der seine Bienenkästen in dem verwilderten Garten untergebracht hat (nachdem er von irgendeinem anderen Hobby-Imker um seine draußen stehenden Kästen beklaut wurde, aber das ist eine

andere Geschichte), parkt vor dem jungen Nußbaum, schlägt die Wagentür zu, kommt selbstvergessen furzend in den Garten, um nach seinen Bienen zu sehen und merkt nichts davon, daß die aufgestörte Igelin mit ihren Jungen im Maul zwischen dem Reisighaufen und dem anderen Ende des Gartens hin und her eilt, bloß weg von dem Erdbeben und dem unheilverkündenden Knallen.

Als es wieder still geworden ist in dem Garten, schlafen alle erschöpft, die Mutter und ihre Jungen auf einem schnell zusammengescharrten Lager im Gebüsch.

Der Wind fährt in die noch blaßgelbe Sommergerste, die schon sandfarbene Wintergerste und die sattgrünen Blätter der Zuckerrüben, wirbelt die schmuddeligen Reste des zusammengeklumpten Pappelsamenflaums am Rand der Laubenkolonie auf und trägt eine plattgedrückte Zigarettenschachtel in das Gebüsch der Feldholzinsel am Judenpfad, wo eine Fasanenhenne in einer mit Blättern und Gras ausgelegten Mulde auf ihren Eiern sitzt. Unter ihr piepst und reibt und schurrt es. Über ihr pladdert es auf das Blätterdach. Es piepst und pocht und knackt. Die Sonne kommt wieder hervor. Das Pflaster dampft. In der Mulde liegen die aufgepickten Eierschalen. Im Gebüsch wuselt ein Dutzend Fasanenküken um die Henne, mit Schalenresten auf dem Steiß, gelbem Flaum und durchsichtigen Schnäbeln, schon auf der Suche nach Futter, Ameisen und Insektenlarven. Auf der Birke am Rand des Gehölzes landet eine Krähe. Die Henne stößt einen Warnruf aus, und alle Küken rennen unter ihre Flügel.

Am Seiterswiesenweg hudert das Neuntöterweibchen seine Jungen, während das Männchen hin und her fliegt zwischen dem Nest und den Knöterichkaskaden vor dem Spanischen Turm. In den grünen Haarfluten summen Hunderte von Bienen. Der Knöterich blüht. Von weitem sieht es so aus, als sei das Haar der grünen Frauen weiß geworden vom vielen Warten.

Über dem Zuckerrübenfeld flattern zwei Kohlweißlinge im schwerelosen Liebesspiel. Der Duft, der von ihr ausgeht, hat ihn quer über das Oberfeld angelockt, und jetzt folgt er ihr, hin und her, auf und ab, trunken von ihrem Duft, und sie flattert vor ihm her, hierhin und dorthin und wieder zurück.

Unter dem von Kondensstreifen durchzogenen Himmel, in dem eine tief fliegende Maschine mit ihren starren Schwingen schnurgerade vorwärtsstrebt, tanzen die weißen Gaukler der Lüfte über den sattgrünen Zuckerrübenblättern. Er befächert sie mit seinen Flügeln, berührt sie mit seinen Fühlern, betrommelt sie mit seinen Beinen, läßt sich auf einem Blatt nieder, klappt die Flügel auf und zu, erhebt sich, taumelt hinter ihr her, stundenlang.

Gegen Abend sitzen die beiden still auf einem Zuckerrübenblatt. Die runden schwarzen Augen in den bepelzten Köpfen blicken in entgegengesetzte Richtungen. Die nackten Hinterleibe, die noch etwas von der wurmartigen Puppe haben, aus der der Schmetterling hervorgegangen ist, sind miteinander verbunden. Nachdem er seinen Samen in ihr versenkt hat, schmiert er ihr einen Duftstoff auf den Bauch, der andere Männchen abschreckt, und flattert davon.

Sie bleibt zurück mit dem abstoßenden Geruch, der andere Kohlweißlinge von ihr fernhält, aber eine Schlupfwespe anzieht, die sich mit ihren befruchteten Eiern im Leib in den Knöterichkaskaden herumgetrieben hat. Still und leise setzt sie sich auf den Schmetterlingsrücken und läßt sich davontragen, ohne einen Mucks von sich zu geben, während das Kohlweiß-lingsweibchen von Pflanze zu Pflanze flattert, mit den Füßen riecht, ob es die Richtige ist und schließlich unter einem der ersten Kohlköpfe in der Laubenkolonie seine goldfarbenen Eier ablegt, damit die Räupchen etwas zu fressen haben, wenn sie die Eier verlassen, weshalb sie von Gärtnern und Bauern als Schädlinge angesehen werden, die schmarotzenden Schlupf-wespen dagegen als Nützlinge, weil sie die Eier der Kohlweiß-linge mit ihrem Legestachel anstechen, um ihre eigenen Eier hineinzulegen und dann leicht und leer durch den dämmernden Garten zu fliegen, während die Johanniswürmchen lautlos aus den Büschen schweben.

Die Tage werden wieder kürzer. Auf den Feldern brennen die Johannisfeuer. Die Bauern tanzen um die Flammen und verbrennen eine Strohpuppe, die alles Böse verkörpert, natürlich eine Hexe. Am Johannistag geschehen Wunder über Wunder. Die Sonne macht Sprünge. Man kann ihr Spiegelbild in einem Eimer Wasser tanzen sehen. Die Pferde können reden. Versunkene Städte tauchen auf, und verklungene Geräusche sind wieder zu hören. Erst fernes Glockenläuten in sonntäglicher Stille, dann Regenrauschen, dann Stimmen in dem stetigen Rauschen. Männerstimmen am Judenpfad, die leise miteinander reden, in einer vertrauten und doch fremdartigen Sprache, die zärtlich klingt, voller Witz und Trauer, und nicht zu der düsteren Erscheinung der beiden Männer passen will, die unter einem Nußbaum darauf warten, daß der Regen nachläßt. Beide mit schwarzen Bärten und schwarzen Augen, in langen schwarzen Mänteln mit einem gelben Ring in Höhe des Herzens. Meyer und Gumpel aus Roßdorf auf dem Weg in die Stadt, wo sie sich ein Pferd anschauen wollen, das man ihnen zum Kauf angeboten hat. Und Salomo aus Eger, der im Jahre 1712 durch den Regen gelaufen kommt, grüßend seine Kiepe vom Rücken nimmt und, nachdem er eine Weile schweigend in den Regen hinaus geschaut hat, sagt, was man so sagt, wenn es regnet: Rachel bewejnt ijre Kinder.
Die beiden anderen nicken. Gumpel erkundigt sich nach dem Woher und Wohin, dann folgen die üblichen Fragen:
„Ifil ost di Kinder?“
„Ich hob nisch Kinder.“
„Kejne Kinder?“ Gumpel schnalzt bedauernd mit der Zunge. „In dan Wab?“
„Ich hob nisch kejn Wab mer.“
„Kejn Wab mer? Oi, kejn Wab! In dan Mischpoche?“
„Ale gestorbn.“
Mitten am Tag kommt der Geist der dicken Trin aus seinem Stein heraus – da ist einer, dem es so ergeht, wie es ihr ergangen ist. Es ist mehr als ein halbes Jahrhundert her, daß sie ihren Stein

bezogen hat, die wilde Verzweiflung hat sich längst gegeben, auch der Schmerz darüber, eine Übriggebliebene zu sein, allein auf der Welt, hat sich gelegt, aber die Erinnerung an die Einsamkeit im Haus des Ohms hat sich gehalten, und so sitzt die einstmals dicke Trin auf ihrem Stein und hört mitfühlend zu, wie der Fremde sich beeilt, den beiden Roßhändlern klarzumachen, daß er nicht einsam ist.
„Wir sind von Geistern umgeben. Die Geister sind zahlreicher als die Menschen. Jeder hat deren Tausende zu seiner Linken und Myriaden zu seiner Rechten."
Meyer und Gumpel wechseln einen Blick. Gumpel streicht sich den Bart, *mit dem stimmt etwas nicht.*
Salomo hört seine Gedanken und hütet sich, noch mehr preiszugeben, spricht vom Wetter, der viele Regen, die angeschwollenen Bäche, behält für sich, wie schön es ist, aus Bächen zu trinken, sich in Bächen zu waschen und das eigene Gesicht im Wasser schwanken zu sehen, sich den Bauch mit Himbeeren vollzuschlagen oder mit Brombeeren und abends am Feuer zu sitzen, auch am Schabbat. Was Gumpel erst denken würde, wenn er wüßte, daß er seit Jahren nicht mehr in der Synagoge war, keine Tefillin mehr legt, das Morgengebet nicht mehr verrichtet und außerdem kein Geld hat, nichts mehr hat außer der Kiepe mit seinen Instrumenten und heilenden Kräutern.
Schweigend beobachten die drei unter dem Nußbaum am Judenpfad eine von zwei Pferden gezogene Kutsche, die auf dem Scheftheimer Weg der Stadt zu rollt. Der Kutscher auf dem Bock schlägt auf die Pferde ein, wahrscheinlich ist er bis auf die Haut durchnäßt und wütend. Die Pferde fangen an zu galoppieren. Plötzlich steigen sie. Etwas muß sie erschreckt haben. Sie gehen durch, querfeldein. Die Kutsche kippt um. Salomo läuft als erster los. Meyer und Gumpel folgen zögernd. Als Salomo bei der Kutsche ankommt, drehen sich noch die Räder in der Luft.
So lernte Salomo den Bürgermeister der Stadt kennen, der einen Sonntagsausflug mit Frau und Kindern gemacht hatte und

womöglich verblutet wäre, wenn Salomo ihm nicht den Arm abgebunden hätte.
Johann Ludwig Fresenius war ein beleibter, gefühlvoller Mensch, der gerne aß und trank, ein nachsichtiger Vater und Gatte. Er brachte Salomo im Gasthaus seines Schwagers unter, schickte ihm trockene Kleidung und ließ ihn bitten, nach seinem jüngsten Sohn zu sehen, der sich ein Bein gebrochen hatte. Salomo hatte es noch auf dem Oberfeld notdürftig geschient und das Kind durch den Regen getragen. Der Bürgermeister stützte Frau und Tochter, die beide weinten, die eine laut, die andere leise. Die Glocken läuteten noch immer, und der kläglich hinkende Kutscher hatte Mühe, die eilig dem Stall zustrebenden Pferde zurückzuhalten. Der Junge lag still in Salomos Armen und sah ihn an. Salomo schützte sein Gesicht mit einem Zipfel seines Mantels vor dem Regen, und der Kleine sagte: „Du stinkst ja gar nicht, die Else sagt als, Judde stinke."
„Und wer ist die Else?"
„Unsere Kinderfrau."
„Und wie heißt du?"
„Johann Jacob, aber ich werd Köbbsche gerufen."
„Als ich so alt war wie du, haben sie mich Schloimele gerufen."
„Schloimele", sagte der Kleine und schloß die Augen. Salomo sah, daß er die Zähne zusammenbiß und sagte: „Es wird bald besser, bald wird es besser."
Erst als er sein Gastzimmer bezogen hatte, fiel ihm auf, daß Gumpel und Meyer sich irgendwann still und leise verdrückt hatten.
Salomo nahm seine Kiepe und folgte dem feindselig schweigenden Kutscher zu der Hofreite des Bürgermeisters.
Der Kleine hatte den Stadtmedicus nicht an sich heranlassen wollen und nach dem Schloimele verlangt. Am nächsten Tag wußte es die ganze Stadt - dem Hannes sind die Gäul durchgange, der Bürgermeister hat wie eine Sau geblutet, und dem Bürgermeister sein Jüngster hatte ein Bein ab, ein Judd hats wieder drangemacht.

Als Salomo zum ersten Mal allein durch die Gassen geht, ziehen sich die Köpfe der alten Weiber schleunigst vom Fenster zurück, *der schlächt Judd zaubert ahm nochn Kobb im Fenster fest.* Die Hofreite des Bürgermeisters ist voller Augen, die dem *schlächt Judd* auf Schritt und Tritt folgen, seinem Blick ausweichen und sich in seinen Rücken bohren, wenn er vorbeigegangen ist. Mägde und Knechte, die Köchin, der Kutscher und das Kindermädchen zerreißen sich die Mäuler.
Als Salomo die beiden Roßhändler auf dem Markt wieder trifft, erwidern Gumpel und Meyer seinen Gruß mit Zurückhaltung und wenden sich wieder Löw Herz zu, der in der Vorstadt wohnt und ihn zum Gottesdienst in sein Haus einlädt.
Er vergißt hinzugehen, verbringt den Schabbat im Haus des Bürgermeisters, bereitet, vom Gesinde mißtrauisch beäugt, einen Kräutertrunk in der Küche.
Köbbsche trinkt das Gebräu, ohne zu murren, dann fragt er: „Gell, ihr haßt den lieben Gott nicht?"
Salomo schüttelt den Kopf.
„Ihr habt ihn nicht ans Kreuz geschlagen?"
„Und auf eurem Altar sitzt auch keine Kröte?"
„Nein", sagt Salomo, „auf unserem Altar sitzt keine Kröte", und der Kleine murmelt, „die Els ist eine Babbellies", und schläft beruhigt ein.
Salomo betrachtet das schlafende Kind und erinnert sich an die Angst, die er vor den Kindern der Gojm hatte, sogar noch als Erwachsener, und fragt sich, ob unter anderen Umständen auch Köbbsche und Johanna in der Horde johlender Kinder mitgelaufen wären, Köbbsches große Schwester Johanna, die sich einen Tag und eine Nacht lang erbrochen hatte, nachdem sie gezwungen worden war, den gekochten Kopf eines Hasen zu essen.
„Warum?" hatte Salomo gefragt.
„Weil sie eine Bettsarcherin ist", hatte Köbbsche geantwortet.
„Eine was?"
„Bettsarcherin. Die Else hat gesagt, es gibt nix Besseres wie ein gekochter Hasekobb, wenn sone klaa Aaschkrott ins Bett sarcht."

Salomo hatte Johannas revoltierenden Magen mit Kamillentee befriedet und ihre Angst vor der Nacht mit Johanniskraut und der Geschichte vom Seelenbaum – „ich verrate dir ein Geheimnis, du mußt aber versprechen, es für dich zu behalten. Versprochen? So höre: Versteckt in einem Wolkengebirge steht der Seelenbaum, zu dem die Seelen der Menschen fliegen, wenn sie schlafen, da treffen sie sich und tuscheln miteinander wie die Blätter der Zitterpappel, und wenn der Schlafende erwacht, fliegen sie schnell zurück und schlüpfen wieder in ihn hinein. Auch deine Seele. Du kannst dich darauf verlassen, daß sie immer zurückkommt, selbst wenn sie sich mal verspätet. Sie kommt zurück. Du brauchst keine Angst zu haben. Sie weiß genau, wo sie wohnt und strebt dahin zurück wie ein Pferd in seinen Stall."
„Bestimmt?"
„Ganz bestimmt."
Salomo gewöhnte sich daran, willkommen zu sein im Haus des Bürgermeisters, nicht nur bei den Kindern. Ihr Vater, der die Stadt immer nur für ein paar Tage verlassen hatte und nicht weiter gekommen war als bis nach Frankfurt, ließ sich gerne von Salomos Reisen erzählen, und ihre Mutter, eine zerbrechliche kleine Prinzessin, die, nach Moschus duftend, mit ihren aus dem spitzenbesetzten Ausschnitt quellenden Brüsten lockte, bat ihn, wenn sie nicht allzu leidend war, von fernen Ländern zu erzählen. Ihre Stimme, die so sanft war wie ein Windhauch und nur, wenn sie mit dem Gesinde schalt, in schrille Höhen stieg, brachte ihn jedesmal so durcheinander, daß sein Kopf leer wurde und er sich an nichts mehr erinnern konnte – *siehe, meine Freundin, du bist schön; schön bist du, deine Augen sind wie Taubenaugen.* Alles, was er erlebt hatte, erschien ihm nichtig. Wenn sie da war, verstummte er, wenn sie nicht da war, erzählte er lebhaft und warf ab und zu einen Blick zur Tür.
Er gewöhnte sich daran, in einem Bett zu schlafen und regelmäßig und gut, wenn auch nicht koscher, zu essen und nahm es in Kauf, daß Pfarrer Haberkorn, der fast täglich kam, um der Frau Bürgermeister geistlichen Beistand zu leisten, und ihn gönner-

haft nach dem Befinden seines kleinen Patienten fragte, es schon bald darauf anlegte, seine Seele zu retten. Salomo trug es mit Fassung, aber Köbbsche, zur Unbeweglichkeit verdammt, die Stimmen der draußen spielenden Kinder im Ohr, legte eine gewisse Unduldsamkeit an den Tag – „alleweil hab ich die Nas voll von dere Abeemick."

Es dauerte eine Weile, bis Salomo heraus hatte, daß *Abee* Abort und *Mick* nicht Mücke, sondern Fliege bedeutete. Nachdem er das begriffen hatte, mußte er immer, wenn Pfarrer Haberkorn ihm die selig machenden Wahrheiten der christlichen Religion nahezubringen suchte, an die Fliege denken, die sich im Abort beharrlich auf den nackten Hintern setzt.

Die anderen Herren, die im Hause ein und aus gingen, konnte er lange nicht auseinanderhalten. Für ihn sahen sie alle gleich aus unter ihren gepuderten Perücken, der Geheime Rat Johann Gottfried Möser und der Superintendent Johann Conrad Greber, der den Pfarrer mit einer gewissen Herablassung behandelte, was dieser mit angemessener Unterwürfigkeit hinnahn, ohne zu ahnen, daß der gelangweilte *kleine Patient*, der sich die Zeit damit vertrieb, die Erwachsenen zu beobachten, ihn *Babbich Gudsje* getauft hatte. Der Apotheker Johann Christoph Engel war der *Labbeduddel*, der Hofdiaconus Johann Jacob Wieger das *Breimaul*, der Ratsherr Johann Philipp Pistorius, der mit jammervoller Stimme endlos redete, das *Achherrjesche*, die Ratsherren Johann Adam Thiel und Johann Kaspar Kauffinger *Bleiaasch* und *Lumbes*.

Als Köbbsches Bein geheilt war, hätte Salomo gehen können, aber er blieb.

Löw Herz, der die Straßenseite wechselte, wenn er ihn sah, wußte lange vor ihm selbst, daß er ein *Meschummed*, ein Verräter werden würde. Der Weg war vorgezeichnet, auch wenn er sich noch sperrte.

Er ging aufs Oberfeld hinaus und sah den Wolken zu, wie sie gemächlich die Mäuler aufrissen, Fabelwesen, deren Gestalt sich ständig veränderte, nur eines blieb sich immer gleich:

die weit aufgerissenen Mäuler, die fressen wollten und nie genug bekommen konnten. Ihm kamen die Worte des Predigers in den Sinn – *ein Tor legt die Hände ineinander und verzehrt sein eigenes Fleisch.* Das wollte er nicht. Lieber das Fleisch der anderen verzehren.

Am nächsten Tag wußte die ganze Stadt, daß der Judd sich taufen lassen würde. In der Vorstadt traf er auf den Giftengel Samach, der ihm in Gestalt von Löw Herz ins Gesicht spuckte.

Der Bürgermeister und sämtliche Räte standen Pate. Die Kirche war bis auf den letzten Platz besetzt. Auf den hinteren Bänken das Volk, auf den vorderen die Honoratioren. Pfarrer Haberkorn hielt einen Sermon über die Worte *Freuet euch mit mir, ich habe mein Schaf gefunden, das verloren war.*

Draußen schien die Sonne. Salomo sah den Pfarrer an und dachte, *as ale zejn soln dir arojssfaln, nor ejn zon sol dir blajbn far zejnwejtog* - alle Zähne sollen dir ausfallen, nur einer soll dir bleiben für Zahnweh.

„Geliebte und andächtige Freunde in Christo Jesu, dieweil wir im Namen des Heiligen versammelt sind, Salomo aus Eger, der im jüdischen Unglauben und Lästerung geboren und erzogen worden, und nun durch Gottes besondere Gnade ein Christ zu werden begehrt..."

Salomo fing an, innerlich zu singen:

Ojfn pripetschik brent a fajerl,
un in schtub is hejs.
Un der rebe lernt klejne kinderlech
dem alef-bejs.

„Willst du nun auf diesen Messiam Jesum Christum, den ihr gekreuzigt habt, dich taufen lassen?"

Es wurde so still, daß man die Hühner draußen gackern hören konnte, Pferdegetrappel, das Holpern von Wagenrädern, Gänseschnattern, das Gebell streunender Hunde. Es roch nach dem Atem vieler Menschen, Schweiß und dem Puder der Perücken.

As ihr wet, kinderlech, elter wern,
wet ir alejn farshtejn,

wie'fl in die ojsjes liegn treren
un wie fiel gewejn.
Niemand hörte Salomos Gesang, außer Köbbsche, der ihm zulächelte und dann aufhörte zu lächeln und versuchte, ihm etwas mit den Augen zu sagen. Ihm fiel ein, daß er antworten mußte.
„Ja, ich bitt und begehre es von Herzen."
„Wie willst du aber hinfort in deinem Christentum heißen?"
„Johann Ludwig." Leise Unruhe auf den hinteren Bänken. Der Judd wurde auf den Namen des Bürgermeisters getauft.
„Verleugnest du auch öffentlich das verstockte Judentum mit allen seinen Lästerungen, Unglauben und allem anderen gottlosen Wesen?"
As ihr wet, kinder, dem goles schlepn,
ojsgemutschet sajn,
solt ir fun di ojsjes kojech schepn,
kukt in sej arajn!
Haberkorn schöpfte mit beiden Händen Wasser, goß es dem Täufling auf das gebeugte Haupt und sagte: „Johann Ludwig, ich taufe dich im Namen Gottes Vaters und des Sohnes und des Heiligen Geistes, Amen."
Salomo richtete sich auf. Das Wasser rann ihm über das Gesicht.
„Wohlan, lieber Johann Ludwig und Bruder in Christo Jesu, dieweil dich der liebe Gott vor vielen tausend Juden aus der jüdischen Blindheit und Finsternis errettet und durch dieses heilige Wasserbad die Vergebung aller deiner Sünden versichert hat: Solche Wohltat sollst du nimmermehr vergessen und Gott den Herrn für dich selbst und dein gewesen Volk anrufen, daß er deren noch viel und womöglich alle bekehren..."
Bei dem anschließenden Festessen hauchte Köbbsche ihm ins Ohr: „Schloimele, du hast gesungen. Was hast du gesungen?"
Salomo sah sich ängstlich um und flüsterte, er habe von dem Rebbe gesungen, der den Kinderlech das Alphabet beibringt und ihnen sagt, daß sie eines Tages, wenn sie älter sind, verstehen werden, wie viele Tränen in den Worten liegen und daß sie Kraft aus den Worten schöpfen sollen, wenn sie es müde sind, als

Ausheimische durch die Welt zu gehen.
Der Bürgermeister hielt eine Rede und überreichte *dem lieben Johann Ludwig* das Taufgeschenk, eine ansehnliche Geldsumme. Seine Gattin hielt ihm die Hand zum Kuß hin. Er beugte sich linkisch darüber und küßte die Luft. Ihr Moschusduft ekelte ihn an.
Er nahm seinen Platz an der Tafel ein zwischen Köbbsche und dem Bürgermeister und wußte, daß er nie ein Johann werden und auch keiner sein und überhaupt nicht zu ihnen gehören wollte. Es gab nichts, das ihn mit ihrem Heiligen verband, der ein Rufer in der Wüste gewesen war, wo er sich von Heuschrecken ernährt hatte, bevor er unter die Menschen gegangen war, Buße gepredigt und ihren Jesus getauft hatte. Am Ende war er geköpft worden, und jetzt sagten sie, wo ein Johannes im Haus wohnt, schlägt der Blitz nicht ein und der *liebe Johann Ludwig* sagte sich: *Errette dich wie ein Reh aus der Schlinge und wie ein Vogel aus der Hand des Fängers.*
Köbbsche zupfte ihn am Ärmel und wisperte ihm ins Ohr:„ Gell, du machst dich fort."
„Ja", flüsterte Salomo.
„Jetzt gleich?"
„Jetzt gleich."
Salomo, der aus den Augenwinkeln sah, daß *Quellworschd* und *Schnedderedett*, die imposanten Gattinnen von *Lumbes* und *Bleiaasch*, zu ihnen herüberstarrten, dachte, sie werden die ersten sein, die bemerken, daß der Judd den Abschied hinter der Tür genommen hat.
Er strich dem Kleinen über den Kopf. „Wir treffen uns auf dem Seelenbaum, ja?"
Köbbsche sah ihn an und biß die Zähne zusammen wie damals, als Salomo ihn mit dem gebrochenen Bein nach Hause getragen hatte.
„Kommst du?"
Köbbsche nickte.
Hinkend kam Salomo auf dem Oberfeld an. Er hatte sich den

Fuß verstaucht beim Sprung aus dem Abortfenster und verkroch sich in seinen festlichen gojschen Kleidern in einem Gebüsch am Bach, um den Fuß zu kühlen.
Sommersummen. Sonntagsstille.
Salomo bedauerte, daß er seine Kiepe hatte zurücklassen müssen und sah zu den Wolken auf. Diesmal keine aufgerissenen Mäuler, nur weiße Berge und irgendwo dahinter der Seelenbaum.

JULI

Am Waldessaume träumt die Föhre,
Am Himmel weiße Wölkchen nur;
Es ist so still, daß ich sie höre,
Die tiefe Stille der Natur.

(Theodor Fontane)

Die Sonne brennt. Die Luft flirrt. Dralle Wolken ziehen träge über die Felder hinweg. Mattbraun steht die Wintergerste in der Sonne, fahlgelb die Sommergerste. Schlaff hängen die Blätter der Zuckerrüben. Kleine Risse in der Erde kündigen an, daß die Rüben durchbrechen wollen. Windstille. Kein Geräusch außer dem Summen der Insekten, dem Brummen eines tief fliegenden Flugzeugs und dem Schnarren der Grillen.
Das Oberfeld liegt wie ausgestorben. Die Schnecken haben sich in ihre Häuser zurückgezogen. Die Regenwürmer graben sich tiefer in die Erde. Es sieht so aus, als ob sich nichts mehr regt, und doch ist überall kleines Getier unterwegs, Käfer, Wespen, Bienen, Fliegen und Tausende von Ameisen in jedem Garten, auf jedem Weg und jedem Busch und Strauch, auch auf dem Faulbaum mit dem Kokon des Zitronenfalters, der schmuddelig geworden ist in Regen und Wind und lautlos aufreißt, während eine Lerche tirilierend in den Himmel steigt. Der Riß verbreitert sich, der Kokon platzt auf. Vorsichtig kommen zwei Fühler aus dem Spalt, tasten in der Luft herum, nehmen die ersten Düfte wahr, die süßen Sekrete der Blattläuse, die fauligen Ausdünstungen der Rinde und vielleicht sogar den Geruch der Zecke, die darauf wartet, daß ein Wesen aus Fleisch und Blut vorbeikommt, auf das sie sich fallenlassen kann, um den roten Saft zu saugen.
Den Fühlern folgen zwei haarfeine Vorderbeine und ein pelziger Kopf, das erste Licht trifft auf die Augen. Der Saugrüssel, der

noch zweigeteilt ist, rollt sich ein und aus, bis die beiden Teile aneinander haften und zu einem verschmelzen. Die Mundwerkzeuge der Raupe sind verschwunden, der Falter braucht sie nicht mehr. Die Zeit des gierigen Fressens ist vorbei, und falls die Augen die abgenagten Blätter wahrnehmen, weiß der Schmetterling doch nichts davon, daß er selber es war, der die Blätter in einem früheren Leben verzehrt hat.

Die Brust kommt ans Licht mit Flügeln, die, in der Enge des Kokons zusammengefaltet, klein, schlaff und zerknittert sind. Und dann ist auch der unansehnliche Hinterleib draußen, eine letzte Erinnerung an die wurmartige Puppe, aus der der Schmetterling hervorgegangen ist.

Flugzeuge überqueren den Himmel, Grillen schnarren, der Falter sitzt reglos. Nachdem er sich erholt hat, beginnt er, Luft und Blut in die Flügeladern zu pumpen. Die Flügel scheinen zu wachsen, glätten sich, strecken sich. Ihre Farbe wird erkennbar. Sie sind zitronengelb. Ein Männchen ist zur Welt gekommen und erhebt sich in die Luft, zu einem ersten torkelnden Flug, über Gräser und einzelne Mohnblumen hinweg, blaue Wegwarte und weißen Klee, hin zu dem nach Honig duftenden Acker mit den Büschelschönchen, die der Landwirt als Gründüngung gesät hat.

Über dem tiefblauen Rechteck am Judenpfad summen Hunderte von Bienen, lassen sich auf den Blüten nieder, tunken die Rüssel hinein, saugen den Nektar auf, fliegen weiter, zur nächsten Blüte. Hoch am Himmel ziehen immer noch die Sommerwolken, prall und weiß wie Frau Holles Federbetten. Kein Mensch ist unterwegs, es ist zu heiß. Die Blätter der Zitterpappeln zeichnen reglose Schatten auf das Pflaster. Grün glänzt in der Sonne. Das Goldgelb des Rainfarns im blendenden Licht, das gewalttätige Rot der Mohnblüten und das Blaßblau der Glockenblumen. Wollüstige Trägheit über allem. Die Gänseblümchen halten die Gesichter in die Sonne, die Stengelspitzen der Ackerwinden wachsen und suchen nach der nächsten Stütze und beschreiben dabei einen Kreis in derselben Zeit, die E-Bird, Echostar oder

Mars Express brauchen, um die Erde zu umrunden.
Die Büschelschönchen wachsen bis an den Zaun des Grundstücks, auf dem das alte Weidenpaar steht, das jedes Jahr, wenn alles noch kahl ist, mit einem weithin sichtbaren Grünschleier den Beginn des Frühlings verkündet. Das Häuschen, das im Sommer vom Weg aus nicht mehr zu sehen ist, ist schon lange unbewohnt. Keine Haustiere mehr, keine Schweine, Gänse, Hühner, nur Vögel, Eichhörnchen und Marder, Blindschleichen und Ringelnattern, Frösche und Kröten und Igel und Flöhe und Fliegen und Pisaura mirabilis, der Vielbeinige, der nicht nur acht behende Beine hat, sondern ebenso viele Augen, dafür aber kein Herz, bloß ein Gehirn. Er ist listig, verschlagen und tückisch, doch sie ist noch tückischer als er. Erst hat sie sein Geschenk nicht beachtet und ihn davon gejagt, dann hat sie angenommen und trotzdem versucht, ihn zu fressen, und jetzt ist es schon fast zu spät. Wieder legt er sich auf die Lauer, fängt eine Fliege, verzichtet darauf, sie selber auszusaugen, umspinnt die Zappelnde mit seiner Seide. Es geht ganz schnell, schon ist das letzte in der Luft rudernde Beinchen verschwunden.
Als Geschenk verpackt, trägt Pisaura mirabilis die Fliege zu der großen Dame, nähert sich ihr mit der gebotenen Vorsicht und überreicht ihr das weißliche Paketchen am ganzen Leibe zitternd. Es würde jeden Spinnenphobiker heilen zu sehen, wie er die Kiefertaster schüttelt, als strecke er flehentlich die Arme aus. Diesmal läßt sie sich dazu herab, die Fliege auszusaugen, ohne ihn davon zu jagen. Er schleicht sich von hinten an und führt endlich den Taster mit seinem Samen in ihr Geschlecht ein, das, unter dem Mikroskop betrachtet, der Gestalt eines Schmetterlings ähnelt. Dann macht er sich in würdeloser Eile davon.
Ein Eichelhäher rätscht. Flugzeuge durchqueren den Himmel, ohne Kondensstreifen zu hinterlassen. Silbrig glänzende Fische, die mit starren Flossen träge durch die Bläue schwimmen. Eine Blindschleiche schlängelt sich unter dem Zaun auf der anderen Seite des Grundstücks hindurch, wo eine Hundertschaft junger Pappeln in Reih und Glied steht, Überbleibsel einer vor Jahren

aufgegebenen Baumschule. Pferde des Reitervereins dösen in ihrem Schatten.
Durch das abgeweidete Gras krabbelt ein bläulich schimmernder Mistkäfer, der soeben ein Weibchen begattet hat. Er streckt die Fühler in die Luft, um frische Pferdeäpfel zu orten, und bewegt sich dann zielstrebig auf einen noch dampfenden Haufen zu. Das Weibchen folgt und hält sich in der Nähe auf, während er ein Stückchen aus dem Mist herauslöst und ein Kügelchen daraus formt. Der Pillendreher klemmt sich das Kügelchen zwischen die Hinterbeine und rollt es rückwärts laufend unter dem duftenden Riesenleib hindurch. Himmelhoch über ihm der ruhig atmende Bauch, neben ihm ein behaarter Stamm, durch den hin und wieder ein Zittern läuft. Der Koloß spürt jede Fliege, sein Schweif ist in ständiger Bewegung und fegt dicht über den Pillendreher hinweg, der seine Kugel weiterrollt hin zu einer guten Stelle, an der er sie eingräbt, damit sie schön feucht und frisch bleibt. Kopf und Vorderbeine verschwinden in der Erde. Der aus dem Loch herausragende Hinterleib ist das Zeichen für das Weibchen, daß es gleich seine Eier an dem Mistkügelchen ablegen kann. So haben die Larven etwas zu fressen, wenn sie schlüpfen, und wenn sie dann genug gefressen haben, verpuppen sie sich, um in dem Kügelchen zu überwintern und im Frühjahr als metallisch blau schimmernde Käfer ans Licht zu kommen.
Über den Koppeln schießen Schwalben auf der Jagd nach Mücken und Fliegen durch den dämmernden Himmel. In den Ställen des Reitervereins kleben ihre Nester in regelmäßigen Abständen an den Wänden über den Pferdeboxen. Durch die geöffneten Türen fliegen die Schwalben aus und ein, pfeilschnell zu ihren Nestern, in denen zwei oder drei dunige Junge die Schnäbel aufsperren. Die Luft steht. Die Boxen sind leer. Es riecht nach den Leibern und dem Mist der Pferde. Frisches Stroh in jeder Box und Heu in den Raufen.
Das helle Zwitschern der Schwalben und das Getrappel der Pferde, die von der Weide hereingeführt werden. Die Schiebetüren rasten ein, die automatischen Tränken rauschen. Oben füt-

tern die Schwalben ihre Jungen, unten fressen die Pferde ihr Heu. Jeder lebt in seiner Welt. Selbst wenn die Schwalben im Frühjahr aus dem Kongo zurückkommen, zucken die Pferde nicht einmal mit den Ohren.
Tausende von Kilometern vom Kongo zum Oberfeld, über viele Länder und viele Grenzen hinweg. Fliegen und rasten und weiterfliegen, im Schwarm, gegen den Wind oder mit dem Wind im Rücken und mit einem kleinen eingebauten Kompaß im Körper, die Schnäbel in den Wind gestreckt, die Füße angezogen. Fliegen von Sonnenaufgang bis Sonnenuntergang, und wenn einer müde wird, reißen die andern ihn mit, alle fliegen, und alle hören das trockene Geräusch der Flügelschläge und die gezwitscherten Fragen, *ich bin hier – wo bist du?* und die Antworten, *ich bin hier*, hören das Brummen der Flugzeuge über sich und die von der Erde aufsteigenden Geräusche. Wo sie im letzten Jahr gerastet haben, rasten sie wieder und jagen Insekten und schlafen und wachen alle fast gleichzeitig auf und erheben sich fast gleichzeitig in die Luft, um weiterzufliegen, über Wüsten und Dörfer und Wälder hinweg, fliegen und ruhen und weiterfliegen, über mehr und mehr Städte, bis die ersten den Schwarm verlassen, um sich auf den Weg in ihr Brutgebiet zu machen. Die andern fliegen weiter, *ich bin hier, wo bist du?* Es ist lauter geworden, viel Lärm steigt von der Erde auf, und schließlich verlassen auch die Schwalben des Oberfelds den Schwarm, um ihre Nester in den Ställen des Reitervereins zu beziehen, jedes Paar das Seine, das, aus Lehmkügelchen und Speichel gebaut, immer wieder ausgebessert und mit Federn gepolstert, schon Generationen von jungen Schwalben beherbergt hat. Und jedes Jahr gibt es genug Mücken und Fliegen, um die Alten und ihre Jungen zu ernähren. Den ganzen Sommer über geht die Nahrung nicht aus, wächst und gedeiht in den Pferdeäpfeln, auf denen die Fliegen ihre Eier ablegen, damit ihre Larven ordentlich zu fressen haben - wenn es schön warm ist, dauert es bloß zwei Wochen, bis ihre Nachkommen sich aus dem Mist erheben, von dem Augenblick an, in dem der Fliegenmann die Fliegenfrau im

Flug gepackt, zu Boden gerissen und begattet hat.
Die Sonne geht unter. Wind kommt auf. Die Farben ziehen sich zurück. Dunkel steht der Waldrand gegen den Himmel. Tief im Westen, dicht über der Stadt leuchtet Venus, der Abendstern. Zwischen den aufgestellten Weizengarben sitzt die einstmals dicke Trin auf ihrem Stein und sieht den heimkehrenden Ackersleuten nach. Die Frauen tragen im Nacken geknotete Kopftücher, lange Röcke und Sensen über den Schultern. Sie haben von morgens bis abends in der Sonne gearbeitet, die Männer für sechs, die Frauen für drei Groschen am Tag. Es ist das Jahr 1840 und fünf Jahre her, daß ein kurzsichtiger Dichter mit einem Gesicht wie ein Mädchen, steckbrieflich gesucht als Verfasser des *Hessischen Landboten*, einer die Bauern aufwiegelnden Flugschrift, im letzten Augenblick aus der Stadt geflohen war. Seine Schrift, *Friede den Hütten, Krieg den Palästen*, war zu früh gekommen. Die meisten Bauern hatten sie brav bei der Polizei abgeliefert und Büchners Schorsch war in der Fremde gestorben. Noch sitzen die Herren fest im Sattel. Zar Nikolaus hält sich in der Stadt auf, um die Bedingungen für die Verbindung seines Sohnes und Nachfolgers mit Prinzessin Marie, der sechzehnjährigen Tochter des Großherzogs, auszuhandeln, und am Heiligkreuzberg, im Norden des Oberfelds, ist eine Villa entstanden, das erste Haus am Oberfeld, noch weit außerhalb der Stadt, erbaut von einem mächtigen alten Herrn, Freiherr August Konrad von Hofmann, der es vom Hofkammerrat zum Finanzminister gebracht hat und der Familie seines Landesherrn seit Jahrzehnten verbunden ist. Er ist vierundsechzig Jahre alt und weiß nicht, daß er bald sterben und das Gut Heiligkreuzberg nur ein Jahr lang bewohnen und nicht einmal mehr erleben wird, wie die Stockrosen blühen, die sein Gärtner im Frühling gesetzt hat. Er steht an der Flügeltür des großen Salons und schaut auf das regenverhangene Oberfeld hinaus. Im Salon ist es still, nur das Ticken der Standuhr und das Knistern des Seidenkleids von Mamsell Martha, die schon so lange für ihn arbeitet, daß sie seinem Rücken ansieht, wie er sich fühlt.

Der Rücken sagt ihr, daß er in Ruhe gelassen werden will. Sie verläßt den Raum, schließt leise die Tür hinter sich und begibt sich in die Küche, um das neue Dienstmädchen einzuweisen.
Das Mädchen kommt aus dem Odenwald und wagt nicht, zu der Dame im hochgeschlossenen schwarzen Kleid aufzublicken, hält den Kopf beharrlich gesenkt und spielt mit den dicken schwarzen Zöpfen, während Mamsell erklärt, was zu tun und zu lassen ist.
Wenn du dem gnädigen Herrn begegnest, trittst du respektvoll beiseite und läßt ihn vorbeigehen.
Wenn er dich ansieht, machst du einen Knicks. Aber du sprichst ihn nicht an. Du wartest, bis du angesprochen wirst.
Wenn der gnädige Herr dich etwas fragt, sagst du: Ja, gnädiger Herr. Und wenn er dir etwas aufträgt: Wie gnädiger Herr wünschen. Danach fragst du: Haben gnädiger Herr noch einen Wunsch?
Im übrigen hältst du dich nur zum Arbeiten im herrschaftlichen Bereich auf. Sonst hast du dort nichts zu suchen.
Die Köchin klappert mit den Töpfen. Das Mädchen nickt und starrt auf seine Füße.
„Wie heißt du?“
„Marie.“
„Wie alt bist du?“
„Zwölf.“
„Was kannst du?“
Marie kann Ställe ausmisten, Vieh hüten, auf dem Feld arbeiten, und waschen und putzen kann sie auch. Mamsell geht mit ihr durch das Haus, um ihr zu zeigen, was sie neben der Küchenarbeit sonst noch zu tun hat. Großer Salon. Herrenzimmer. Speisezimmer. Bibliothek. Die privaten Zimmer des gnädigen Herrn im ersten Stock. Der gnädige Herr steht früh auf. Nachtgeschirr ausleeren. Feuer machen.
Es ist das erste Mal, daß Marie ihr Dorf verlassen hat und ein vornehmes Haus von innen sieht. Die Mamsell geht vor ihr her, dürr, aufrecht und mit grauem Dutt. *Ein gutes Dienstmädchen*

muß stark wie ein Ochs und sanft wie ein Engel sein. Marie hat keine Angst vor der Arbeit. Arbeiten kann sie. Aber sie fürchtet sich, etwas falsch zu machen.

Ihr Dienst beginnt um 6.00 und endet gegen 22.00 Uhr. Alle vierzehn Tage bekommt sie einen freien Sonntagnachmittag - falls sie entbehrlich ist. Und selbst dann darf sie das Gut nur mit Erlaubnis verlassen. Marie weiß das schon. Ihre Eltern waren noch Leibeigene, auch sie durften den Hof nicht verlassen. Mamsell mustert sie. Du wirst die Zöpfe um den Kopf schlingen und feststecken. Marie nickt. Du teilst die Kammer mit Elsbeth. Elsbeth hat Hamsterbacken, die ihrem Gesicht einen dümmlichen Ausdruck verleihen und ist ein paar Jahre älter als Marie. Ihre Strohsäcke in der winzigen Kammer sind nur durch einen schmalen Spalt getrennt. Elsbeth schnarcht, und manchmal weint sie im Schlaf, aber sobald sie wach ist, gibt sie sich angriffslustig oder düster schweigend, immer geladen, immer bereit, ausfällig zu werden. Marie spürt, wie die Kammer sich mit ihrer schwelenden Wut füllt und hält die Luft an.

Frei atmen kann sie nur im Pferdestall. Zu Hause gab es bloß den Hans, einen alten Ackergaul mit stumpfem Fell. Hier haben die Pferde glänzende Leiber und edle Glieder, aber ihre Mäuler sind genauso zart und die Nüstern so weich, und sie verströmen den gleichen betörenden Geruch wie Hans. Und Balles ist da und mistet und schüttet Stroh auf und verbreitet Ruhe. Beim Essen in der Küche sitzt sie neben ihm, das ist ihr Platz.

Draußen über dem Oberfeld fliegen die Krähen schon mit Nüssen in den Schnäbeln. Marie kennt alle, die um den Tisch herum sitzen und hat eine Freundin gefunden: Anna, die auch aus dem Odenwald kommt, und zwei Jahre älter ist als Marie, blond, sanft und hochgewachsen. Ihr gegenüber sitzen Tulla und Liesel, die Stubenmädchen mit weißen Hauben und Schürzen, und Lore, das faule Trampel, das sich vor der Arbeit drückt, wo es nur geht. Fräulein Ottilie, die Köchin und der Gärtner Kalle und der Diener Fritz mit seinem vom Alter gebeugten Rücken und dem Poposcheitel im schütteren Haar. Er hat ein langes

Gesicht und war ihr von Anfang an unheimlich, schon am ersten Tag, als sie eingeschüchtert am Tisch saß und zuhörte, was die anderen redeten.
Es ging um die Ratten, die sich bei der neu angelegten Mistkaute vermehrt und schon alle Scheu verloren hatten, da die Katzen seit dem Umzug verschwunden waren. Marie sah aus dem Fenster. In dem Ausschnitt des Oberfelds, den sie von ihrem Platz aus überblicken konnte, waren Weizengarben aufgestellt. Das Heimweh drückte ihr das Herz ab.
Um eine Katze ans Haus zu gewöhnen, sagte Fräulein Ottilie, streut man ihr Salz auf die Nase.
Anna meinte, man müsse sie dreimal ums Tischbein herum führen und dazu murmeln: Dreimal ums Bein, Katze bleib daheim.
Der Diener Fritz erklärte, man müsse einer Katze den Schwanz abhacken – dann weiß sie, wo sie hingehört.
Er sah Marie an und grinste. Marie zuckte zusammen. Eine Hand legte sich auf ihren Arm. Es war Balles große rissige Hand. Sie nahm einen schwachen Pferdegeruch wahr.
Balles ist der Stallbursche und heißt eigentlich Balthasar, aber nur Mamsell nennt ihn so. Der Pferdegeruch steckt in seinen Kleidern und vielleicht auch in seinen Poren. Er war mit Pferden zusammen, solange er denken kann, er weiß, wie sie fühlen und hat selber schon etwas angenommen von ihrem Wesen. Wenn Marie bei ihm im Stall ist, vergißt sie ihr Heimweh. Die Mutter fehlt ihr, sogar die immer furchteinflößende Gegenwart des Vaters. Es fehlt ihr die Nähe der Geschwister, mit denen sie das Bett geteilt hat, es fehlt ihr die tröstliche Wärme der anderen Körper. Allein mit Elsbeth und ihrer gefrorenen Wut. Es gibt niemanden mehr, der sie anfaßt. Berührung fehlt ihr. Nachts wiegt sie sich, schaukelt sich in den Schlaf. Am Tag steht sie in der Küche und putzt Silber, palt Erbsen aus, zieht die Fäden von den Bohnen. Sie reinigt Petroleumlampen, wischt Böden und klopft Flöhe aus den Betten. Am Waschtag schleppt sie das Wasser aus den Regentonnen zum Trog, schrubbt die Wäsche auf dem Waschbrett und hilft beim Aufhängen. Abends holt sie

Trinkwasser von den Drei Brunnen im Süden des Oberfelds, meist mit Tulla und Liesel, manchmal allein.
Sie ist allein, als sie den Diener Fritz zusammen mit Elsbeth aus dem Wald beim Glasberg kommen sieht. Etwas an der Art, wie die beiden nebeneinander her gehen, sagt Marie, was sie gerade gemacht haben. Ihre Gesichter sind ausdruckslos, sie reden nicht miteinander und sehen einander nicht an, und doch ist Marie ganz sicher. Zum Ausweichen ist es zu spät. Sie begegnen einander mit einem knappen Nicken.
Marie dreht sich nicht um, und als sie sich nach der Arbeit in der dunklen Kammer zu ihrem Strohsack tastet, hofft sie, daß Elsbeth schläft, aber kaum hat sie sich hingelegt, fällt Elsbeths Stimme über sie her:
„Hast du's schon überall rumerzählt?"
„Ich hab nichts gesagt", antwortet Marie ins Dunkle und kriecht unter die Decke. Sie kehrt Elsbeth den Rücken zu, zieht die Knie an und schaukelt sich.
Nebenan schnieft es. Marie schaukelt und hört, wie Elsbeth in immer kürzeren Abständen die Nase hochzieht, hört erstickte Laute, unterdrücktes Schluchzen, dreht sich um, tastet nach Elsbeths Hand und ergreift sie. Elsbeth heult auf. Marie quetscht ihre Finger und gibt alle möglichen beruhigenden Laute von sich, als wäre sie zu Hause und wieder die Große, deren Aufgabe es ist, die kleinen Geschwister zu trösten.
Es dauert eine Weile, bis Elsbeth sich beruhigt hat, geräuschvoll in ein Taschentuch schnaubt, das Marie ihr in die Hand gesteckt hat, und erzählt, wie sie vor Jahren in die Stadt gekommen ist, um bei der Witwe Emmeline Wagner in Stellung zu gehen.
Die Witwe Wagner war steinreich und stinkgeizig, aber für ihr Walterchen war ihr nichts gut genug. Sie hatte eine Korsettfabrik und war viel unterwegs. Walterchen war über Elsbeth hergefallen und hatte ihr einen dicken Bauch gemacht. Seine Mutter hatte sie vor die Tür gesetzt. *Sauwatz! Komm mir ja nicht mehr unter die Augen, du schamloses Ding du! Dreckwatz.* Elsbeth war vierzehn Jahre alt. *Mei Waldersche!*

Elsbeth macht ihre einstige Herrin nach und lacht laut und wild in die Dunkelheit hinaus. Es klingt, als wäre ein Pulverfaß in die Luft gegangen.
Dei Waldersche! Den Labbeduddel kannste behalte!
Aach noch pampich wern, du Aaschkrott! Mach, dasde fottkimmst!
Elsbeth war mit ihrem dicken Bauch durch die Stadt geirrt, ohne zu wissen, wohin, ohne einen Groschen. Fritz Möser hatte sie aufgelesen und ihr Geld gegeben, damit sie heimfahren konnte, nach Neunkirchen, wo sie das Kind zur Welt gebracht hatte. Die Eltern waren wütend. Ein Fresser mehr!
Das Kind war nur zwei Jahre alt geworden. Marie fragt nicht, ob es ein Junge oder ein Mädchen war. Elsbeth war zum Schullehrer gegangen und hatte ihn gebeten, einen Brief an Fritz Möser zu schreiben. Der Diener hatte dann bei Mamsell ein gutes Wort für sie eingelegt.
„Umsonst ist nur der Tod", sagt Elsbeth mit der alten Schärfe in der Stimme. Die Wut in ihrem Bauch ist schon wieder gefroren, und am Morgen, als sie alle zusammen um den Küchentisch herum sitzen, stellt sie die Stacheln wie immer, fährt Lore an, die behauptet, daß man nicht schwanger werde, wenn man Widderurin trinke oder ein Säckchen mit Hasenkot um den Hals trage.
In dem Ausschnitt des Küchenfensters, den Marie von ihrem Platz aus sieht, bewegen sich zwei gebückte Frauengestalten. Es ist die Jahreszeit, in der man die Wurzeln der Wegwarte ausgräbt, um sie zu rösten und Kaffee daraus zu machen, Ersatzkaffee, Muckefucke. Marie sieht ihnen zu, ohne etwas zu sehen. Ihre ganze Aufmerksamkeit ist auf ihr Knie gerichtet, das irgendwie mit Balles Knie in Berührung gekommen ist. Sie hört nicht mehr, was am Tisch geredet wird, rührt sich nicht, sitzt ganz still, schaut aus dem Fenster – und ist nur noch Knie. Er nimmt das Bein weg, und sie ist wieder allein.
Der Oktober ist sonnig. Auf den abgeernteten Feldern finden Gelände-Übungen statt. In der Küche riecht es nach saurem Wein. Marie hobelt den Kohl, Anna stampft das Kraut. Der

Fußboden bebt. Draußen zieht ein Dragonerregiment vorbei. Pferdewiehern. Degen und Uniformknöpfe blitzen in der Sonne. Federbüsche wippen. Nachdem sie fort sind, wird Marie mit Heini losgeschickt, um die Roßäpfel aufzusammeln.
Von Heini, der im Stall schläft, erfährt Marie, daß Balles lesen und schreiben kann. Heini hat ihn mit einem Buch gesehen. Und Heini weiß noch mehr: Balles war ein Freund von Büchners Schorsch. Marie hat keine Ahnung, wer Büchners Schorsch war. Heini kann es nicht fassen.
Marie hält die Schippe. Heini schiebt die Roßäpfel darauf. Schleppt die Eimer und ist plötzlich sehr schweigsam.
Marie fragt Anna, wer Büchners Schorsch war. Anna weiß es nicht. Elsbeth weiß es auch nicht. Und Balles sagt, das mußt du nicht wissen.
Es kränkt Marie, daß er sie wie ein Kind behandelt. Er ist nett zu ihr, einfach nur nett – wie zu den Pferden. Sie kann nicht mehr essen, hat nicht einmal Lust auf die gerösteten Maronen, deren Duft die Küche durchzieht, während sie Rotkohl hobelt und ihre Hände sich violett färben.
Anna polkt Kerne aus halbierten Kürbisköpfen. Fräulein Ottilie und Mamsell inspizieren die Vorratskammer. Draußen werden Jagdhörner geblasen, Hunde kläffen, die Erde bebt. Marie hobelt und schaut zum Fenster hin. Rotröcke galoppieren vorbei. Dreckbrocken fliegen von den Hufen. Marie schneidet sich in den Finger. Das Hufgetrappel verliert sich. Blut tropft in den Rotkohl. Marie schnappt seinen Namen auf, versucht leiser zu hobeln, horcht angestrengt.
„... immerhin ein Vetter", sagt Mamsell mit gedämpfter Stimme.
„Von unserm Balles?" fragt Fräulein Ottilie ungläubig. „Ein Vetter?"
Mamsell schließt die Vorratskammer ab und steht hager und hochaufgerichtet vor der rundlichen Köchin, die Balles gutmütig in Schutz nimmt. „Kann er doch nichts für."
Marie hobelt mit gesenktem Kopf, läßt das Blut in den Rotkohl tropfen und hört zu.

„Der gnädige Herr würde sich furchtbar aufregen, wenn er wüßte, daß ein Vetter von Koch Adam, der als Mitverschwörer von Büchner Georg seit Jahren im Gefängnis sitzt, bei uns angestellt ist. Was das für ein Licht auf uns wirft. Ich kann das nicht verantworten. Mir graut bei dem Gedanken daran, was der Großherzog dazu sagen würde. Der gnädige Herr darf sich doch nicht aufregen."

Als Balles am Abend in die nach Wildschweinbraten und Rotkohl duftende Küche kommt, sieht er Marie an und lacht, greift in die Tasche und holt sein Schnupftuch heraus.

„Du hast Rotkraut an der Backe."

Jetzt ist es ganz aus. Marie bringt keinen Bissen mehr hinunter und schlafen kann sie auch nicht. Immer muß sie daran denken, wie zärtlich er an dem Fleck herum gerieben hat. Wenn er in der Nähe ist, verschlägt es ihr die Sprache. Grauenhafte Schüchternheit überkommt sie.

Es fällt auf, daß sie nichts ißt. Sie schützt Bauchweh vor. Der Diener Fritz behauptet, Bauchweh werde von einer im Bauch hin und her schwirrenden Ratte verursacht.

Er weidet sich an ihrem Entsetzen. Sie weiß nicht, warum sie nicht mehr essen kann. Aber Elsbeth weiß es.

„Du bist verliebt."

Anna sagt: „Zünde eine Kerze an, stich mit einer Nadel in die Flamme und sprich: Ich stech das Licht, ich stech das Herz, das ich liebe."

Stattdessen geht Marie in den Stall und berichtet Balles, was sie beim Rotkohlhobeln gehört hat.

Balles fährt ihr mit einem rissigen Finger über den Nasenrücken.

„Die derr Gaaß, wenn die wüßt..." Er zögert, dann grinst er, kneift Marie in die Backe und erzählt ihr, daß ein Onkel von ihm *nach Amerika gemacht* hat, weil ein Spitzel den *Hessischen Landboten* unter seinem Hoftor gefunden hat.

„Wenn die Gewitterhex erst wüßt, wer ihn gewarnt hat. Er ist noch in der Nacht weg."

Die Schnittwunde, die Marie sich beim Rotkohlhobeln zugezo-

gen hat, entzündet sich. Es brennt. Es pocht. Der Finger ist rot und geschwollen.
„Steck ihn der Katze in den Hintern“, rät der Diener Fritz„, dann heilt er schneller.”
Er steht vom Tisch auf, verläßt die Küche und kommt mit der fauchenden Katze am ausgestreckten Arm zurück.
„Laß sie laufen“, sagt Fräulein Ottilie. „Wir versuchen es lieber mit Kamille.“
In der Küche türmen sich die Runkelrüben. Am Abend durchzieht der Duft des auf dem Herd köchelnden Sirups die Küche. Draußen ist es schon dunkel. Marie rupft ein Huhn nach dem anderen, die Hände wissen, was sie zu tun haben, die Gedanken sind bei Balles, wandern nach Amerika aus.
Mitte Dezember ziehen die Schafe durch den Ausschnitt des Küchenfensters. Der Schäfer ist da. Marie rührt den Teig für die ersten Weihnachtsplätzchen.Es gibt drei neue Mädchen, Pefferbix, Mobbel und Miggeschiß, eigentlich Martha, Magda und Sophie, drei Waisenmädchen, die der gnädige Herr aus Barmherzigkeit ins Haus genommen hat. In der Küche duftet es nach Zimt, und Marie ist eifersüchtig. Mobbel und Miggeschiß sind in ihrem Alter und keine Gefahr, die eine dicklich-plump, die andere klein und unscheinbar, eben ein Fliegenschiß. Aber Sophie, die sich mit träger Sinnlichkeit durch Haus und Garten bewegt, kommt bei den Männern an, auch bei *ihm*.
„Du mußt *ihm* einen Kuchen mit etwas von deinem Ohrenschmalz backen”, sagt Anna„, dann sieht er nur noch dich.”
Der erste Schnee fällt. Dicke Flocken wirbeln vor dem Fenster. In der Küche duftet es nach Bratäpfeln. Fräulein Otti verteilt, was die Herrschaften übriggelassen haben. Marie, die weiß, daß Balles für sein Leben gern Bratäpfel ißt, schiebt ihm ihren Teller hin. Balles zwinkert ihr zu und gibt den Teller an Sophie weiter. Marie sieht zu, wie Sophie ihren Bratapfel ißt. Balles kneift sie in die Backe.
Sie legt sich noch mehr ins Zeug, steht um vier Uhr auf, mistet die Boxen, während er noch schläft, fährt den Schubkarren

durch den Schnee, ölt Sättel und Zaumzeug ein. Immer in der Angst, daß Mamsell sie erwischt. *Du hast im Stall nichts zu suchen, das habe ich dir schon mal gesagt.* Wenn sie Wasser für die Pferde holt, tut sie das wie eine Diebin, sieht sich nach allen Seiten um, bevor sie zum Brunnen eilt und rennt mit den gefüllten Eimern zum Stall zurück, als sei der Teufel hinter ihr her. Nichts ist ihr zu viel. Alles will sie ihm recht machen, muß ihm zeigen, daß sie eine gute Frau sein wird, wenn sie erst in Amerika sind.
Von Amerika ist in diesen Tagen oft die Rede. Viele wandern aus. Sie fahren mit dem Rheindampfer *Prinzessin von Preußen* nach Bremen, wo sie sich einschiffen, um nie wiederzukommen. Der Diener Fritz, der weiblichen Wesen gern etwas erklärt, wobei er Daumen und Zeigefinger zusammenlegt, verweist darauf, daß man die Erlaubnis des Großherzogs benötigt, um auszuwandern. Marie sinkt das Herz.
Als an Heiligabend der letzte Herr seinen Zylinder aufgesetzt hat und die letzte Kutsche davon gerumpelt ist, versammelt die Dienerschaft sich in der Küche. Fräulein Otti stellt eine Flasche Birnenschnaps auf den Tisch, und bald erzählt sie von früher, wie immer, wenn sie ein Gläschen getrunken hat – von den Hungerjahren, eine Mißernte nach der andern, und sie mußte in Stellung gehen und auf dem Hängeboden schlafen: keine Luft, kein Licht und die Kälte im Winter.
Mobbel und Miggeschiß, die diese Geschichte zum ersten Mal hören, fragen, was ein Hängeboden ist, und Fräulein Otti tastet nach dem Knoten in ihrem Nacken und erklärt: „da kriechst du rein wie die Hexe in den Backofen."
Balles knackt eine Walnuß zwischen den bloßen Handflächen und schiebt das Innere Sophie zu. Marie sieht, wie ihre Hände sich berühren und hört die helle, schon etwas brüchige Stimme der Köchin wie aus weiter Ferne –
„hab ich die Fettaugen von der Suppe gelappt, hat die Gnädige die verschmierte Gosch gesehn."
Marie steht auf und geht steifbeinig aus der Küche.

Am Morgen liegt Rauhreif auf Bäumen und Sträuchern. Anna sagt, sie soll sich die Fußnägel schneiden, die Schnipsel im Mörser zerstoßen und ihm in den Morgenkaffee streuen – dann muß er dich lieben.
Der Weißdorn blüht. Amselhähne singen. Frauen lesen Steine von den Äckern. Die ersten Lerchen zwitschern. In der Küche riecht es nach Petroleum. Anna füllt die Lampen auf. Im Fensterausschnitt gräbt ein Bauer die Erde mit dem Spaten um. Zwei Reiter in Uniform traben den Weg hinunter, auf den hohen Mützen wippen die Federbüsche. Marie spült Geschirr. Sie sieht bleich und traurig aus, eitrige Pusteln blühen auf ihrem Kinn. Anna flüstert ihr zu, sie müsse ihm einen Apfel zu essen geben, den sie eine Woche lang unter der Achsel getragen habe – *du wirst sehn, das ist ein unfehlbares Mittel.*
Überall auf dem Oberfeld wird gepflanzt und gesät. Nach den Eisheiligen kommen die Schwalben. Marie hört ihr Zwitschern und sieht sie zur Stalltür hinein und heraus fliegen. Die Nester mit den Jungen sieht sie nicht. Sie geht schon lange nicht mehr in den Stall.
Zum Geburtstag des gnädigen Herrn wird ein Schwein geschlachtet. In der Küche riecht es nach Blut. Fräulein Ottilie hantiert mit einem großen Messer.
Marie deckt den Tisch. Für die Dienerschaft gibt es Blutsuppe. Auf dem Platz neben ihr sitzt jetzt Adam, der neue Stallbursche, ein ungehobelter Mensch, den sie *Hackkletzje* nennen. Balles ist fort.
Es war zur Erdbeerzeit. Marie rührte in einem großen Topf mit Marmelade, als Balles in die Küche kam, um sich zu verabschieden. Mamsell hatte ihn entlassen ... *dem gnädigen Herrn ist zu Ohren gekommen, daß er einen Hochverräter unter seinem Dach beherbergt. Du hast das Haus augenblicklich zu verlassen!* Balles hatte Marie in die Arme genommen und ihr zugeflüstert:„Ich mach nach Amerika, un ich hol dich nach, mei Mädsche." Es war das erste und das letzte Mal, daß er sie umarmte. Einen wunschlosen Augenblick lang schmiegte sie sich an ihn, dann kam der

Schock. Eine unheilvolle Stille breitete sich in ihr aus – nach Amerika, ohne sie. Wenn sie noch ein Kind oder schon eine Frau gewesen wäre, hätte sie ihn bitten können, sie mitzunehmen. So schwieg sie und glaubte, daß sie ihn nie wiedersehen würde und von der Erinnerung leben müßte – die wenigstens wollte sie festhalten: wie sich sein Körper angefühlt, wie ihr Mund seinen Hals berührt und wie der Pferdegeruch sie beide eingehüllt hatte. Aber bereits am nächsten Morgen hatte sich die Erinnerung verflüchtigt, und bald wußte sie nicht einmal mehr, warum ihr schlecht wurde, wenn sie Erdbeermarmelade roch.

Aber sie vergaß nicht, daß es Mamsell gewesen war, die *ihn* davongejagt hatte, und schon der Gedanke an die hagere Gestalt im schwarzen Kleid löste ein Haßgefühl in ihr aus. Seitdem es warm geworden war, verließ Mamsell das Haus nur noch mit Sonnenschirm, und Marie haßte ihren Anblick von ganzem Herzen, den Schirm, die gerade Körperhaltung, den steifen Gang, ein Soldat in Frauenkleidern.

Im Juli wird es heiß. Die Luft flirrt. Die Sonne brennt. Schlaff hängen die Blätter der Zuckerrüben. Bienen summen. Grillen schnarren. Auf der Weide dösen die Pferde mit hängenden Köpfen. Ihre Schweife schlagen nach den Fliegen. Fliegen und Flöhe vermehren sich rasant. Um der Flohplage Herr zu werden, klopfen die Mädchen täglich Matratzen und Strohsäcke aus. Mamsell ordnet zusätzliche Waschtage an. Alle sind zerstochen. Die Flöhe machen auch vor dem gnädigen Herrn nicht halt. Mit scharlachrotem Gesicht sitzt er auf der Veranda, ringt nach Luft und kratzt sich blutig.

Der Diener Fritz, der ihn morgens rasiert, meint, daß er nicht mehr ganz richtig im Kopf ist. So erkundigt er sich, wann der Zarewitsch *unsere Prinzessin* heiratet und will nicht glauben, daß die Hochzeit schon im April war. Fritz senkt die Stimme. „Ratten, die im Gehirn nisten, stören die Denktätigkeit. Der macht es nicht mehr lange."

Es wird schwül. Schwarze Wolken türmen sich über dem Oberfeld. Die Vögel hören auf zu singen. Die Mücken werden aggressiv. Aber das erlösende Gewitter bleibt aus. Mamsell reißt die Küchentür auf. Sie hat nicht geklingelt, sondern ist selbst gelaufen gekommen. Marie sieht, daß sie hektische rote Flecken am Hals hat.

Adam muß den Doktor holen.

Als das Gewitter losbricht, ist der Herr tot.

Er wird im großen Salon aufgebahrt. Fritz entzündet die Kerzen.

Der Tag dämmert herauf. Auf dem Oberfeld dengeln die Ackersleute ihre Sensen.

Kaum ist es hell, bewegen sie sich in einer langen Reihe langsam über das Feld, schwingen die Sensen im Takt.

Tief im Westen, dicht über der Stadt, leuchtet Venus, der Abendstern. Im Zwielicht sitzt die einstmals dicke Trin auf ihrem Stein. Langsam kommen die Scheinwerfer des Mähdreschers auf sie zu, der vorne das Getreide in sich hineinfrißt und hinten das Korn ausspuckt. Sie weiß jetzt, daß das Ungetüm nicht lebendig ist. Es kreischt, faucht und rattert, es stinkt und bewegt sich und ist doch nicht lebendig, jedenfalls nicht ohne den Mann, der hoch oben in einem Glaskasten sitzt. Die einstmals dicke Trin hat es sich so zusammengereimt, daß der Mann das Ungeheuer irgendwann irgendwie unterjocht hat und es ihm seither dienen muß wie seine anderen Leibeigenen, die zwar kleiner sind als dieses größte aller Untiere, das eine gewaltige Staubfahne hinter sich herzieht, aber genauso stinken.

Als es wieder still und ganz dunkel geworden ist, blickt die dicke Trin zum Himmel auf, an dem die Sterne sich wie jede Nacht in Bewegung setzen. Trin hat sich immer noch nicht daran gewöhnt, wie sie blinkend dahineilen, und während sie beunruhigt in ihrem Stein verschwindet, kommt an der Hammelstrift eine Waschbärenmutter mit ihren halbwüchsigen Söhnen aus einem hohlen Baumstamm, in dem sie den Tag verschlafen haben.

Sechs Augen glühen in der Dunkelheit. Die Jungen sind noch nicht entwöhnt, aber es ist schon über einen Monat her, daß sie die Höhle zum ersten Mal verlassen haben. Die Geräusche der

Nacht sind ihnen vertraut. Sie hören und riechen die Mäuse in ihren Löchern, die Regenwürmer unter der Erde und die Larven der Hirschkäfer, die sich mit dem toten Holz des morschen Eichenstumpfes am Wegrand vollfressen - schon seit Jahren.
Das Hirschkäferweibchen, das seine Eier in die Rindenreste des Stumpfes gelegt hat, ist längst tot, ebenso die Männchen, die in einer Sommernacht hoch oben in den Bäumen stundenlang mit den Geweihen gegeneinander gekämpft und versucht haben, einander aufs Kreuz zu legen oder von einem Ast zu werfen. Die Besiegten sind tot und auch die Sieger, die die Weibchen gleich am Schauplatz des Kampfes in den Baumkronen begattet haben, und noch immer zerschroten ihre Nachkommen in Larvengestalt das modernde Holz. Es dauert sieben Jahre, wie im Märchen, bis die Larven genug von dem toten Holz gefressen, sich im Erdboden verpuppt haben, dort geschlüpft sind und noch einmal überwintert haben, um im Frühsommer endlich an die Oberfläche zu kommen, sich ein paar Wochen lang in der Abenddämmerung laut brummend um Eichenwipfel herum zu versammeln, den Saft aus offenen Baumwunden zu lecken, sich zu paaren und zu sterben.
Die Waschbärin und ihre Jungen pflücken die letzten Himbeeren. Die Pfoten greifen in die Dunkelheit, ohne sich an den Dornen zu verletzen – die feinen Härchen an ihren Krallen sagen ihnen schon vor der Berührung, was sie gleich anfassen werden, und die Kleinen haben bereits gelernt, daß man besser die Pfoten von den Dornen läßt.
Sternschnuppen entströmen dem Wassermann.
Die jagenden Wolken geben den Halbmond frei.
Die Waschbären ziehen weiter, die Jungen mit neugierig in die Luft gestreckten Schnauzen, da ist etwas, das sie noch nicht kennen. Über den Gerüchen von Pferdehufen, Menschenfüßen und Gummireifen hängt der Duft der Nachtkerze, deren Blüten sich am Abend geöffnet haben, farblos nicht nur in der Dunkelheit, sondern auch im Licht der ersten Morgenstunde, wenn alles seine Farbe zurückgewinnt. Für die Waschbären gibt es keine

Farbe. Farbe kennen sie nicht und brauchen sie nicht zu kennen in ihrer nächtlichen Welt.
Auf dem Weg zu den ersten Brombeeren an der Mauer des Reitervereins balgen sich die Buben und halten dann plötzlich inne – da ist ein Quieken, wieder und wieder ein langgezogenes Quieken. Ein Siebenschläfer versucht ein Weibchen anzulocken. Die Waschbärin hört nicht hin, die Jungen balgen weiter und hören auch nicht mehr hin.
Aber das Siebenschläferweibchen in der Baumhöhle bei den Zitterpappeln am Judenpfad vernimmt den Ruf, verläßt die Höhle, springt ihm entgegen, ein paar Sätze auf der Erde und weiter auf den Bäumen der Baumschule, unter denen die Pferde tagsüber Schutz vor der Sonne suchen, springt durch die im Geäst hängenden Pferdegerüche den Rufen des Männchens entgegen, hört das spielerische Knurren der Waschbären und die Flügelschläge eines Nachtschmetterlings, der auf die Nachtkerze zu flattert, ist dem Männchen jetzt schon so nah, daß es ihn riechen kann.
Er riecht sie ebenfalls und läßt einen Pfiff los.
Sie zirpt und dreht ab.
Er folgt. Von nun an folgt er ihr unermüdlich.
Sie läuft in großen Sprüngen über die Weide.
Er setzt ihr nach.
Sie flüchtet laut schreiend in die Krone einer alten Pappel. Die Äste schwanken, die Blätter rascheln.
Er murmelt, er pfeift, er trillert.
Der Mond zeigt sich und verschwindet.
Das Paar tobt über das Dach von Emma Schmitts Häuschen am Judenpfad. Das Gepolter über ihrem Kopf weckt die Alte, die seit ein paar Monaten allein in dem großen Ehebett schläft. Sie horcht. Sie schläft wieder ein. Mit dem Gepolter der Siebenschläfer um diese Jahreszeit lebt sie nun schon fast achtzig Jahre.
Kurz bevor es Tag wird, als Sirius am Himmel aufgeht, ist es soweit. Er begattet sie und trollt sich. Für heute hat er genug.

Morgen wird er einem anderen Weibchen nachlaufen. Vom Vatersein weiß er nichts. Die Aufzucht der Jungen geht ihn nichts an. In diesen sorglosen Hochsommertagen muß er sich selbst vor den Baummardern kaum in Acht nehmen. Die haben anderes zu tun als ihn zu jagen und zu fressen.
Sie toben laut kreischend durch die Baumwipfel am Spanischen Turm, das Weibchen vorneweg, das Männchen hinterher, und wenn der Mond zwischen den Wolken hervorkommt, fällt sein Licht zuweilen für einen kurzen Augenblick auf das kastanienbraune Fell im Grün der Fichten.
In der Morgendämmerung kommt die einstmals dicke Trin aus ihrem Stein. Es ist das Jahr 1880, und sie kann ruhig zum Himmel aufblicken. Es gibt da noch keine unziemliche Eile und keine blinkenden Sterne. Alles geht seinen gemächlichen Gang. Oben schwebt zuweilen eine Montgolfière dem Ballonplatz zu, unten rumpeln Pferdekarren über die Wege. Es wird noch eine Weile dauern, bis das erste Automobil der dicken Trin Rätsel aufgibt.
Aus dem Gut Heiligkreuzberg ist die Villa Rößner geworden, sonst hat sich nicht viel verändert in den vier Jahrzehnten, seitdem der Finanzminister des Großherzogs das Haus erbauen ließ. Es ist noch immer das einzige am Oberfeld, weit außerhalb der Stadt, was mit ein Grund gewesen sein mag, warum das Ehepaar Rößner sich seinerzeit dafür entschieden hat.
In der Stadt hätte man sich die Mäuler zerrissen über das Paar, *die aal Fregatt un der Flabbes, wo gibsen des, des gibs doch gar nit! Die Pefferbix wird sich noch umgucke.* Und so war es. Bernhardine Rößner, die „Pfefferbüchse“ aus altem mecklenburgischem Adelsgeschlecht, ließ sich im Jahre 1878 nach zwanzigjähriger Ehe scheiden und nahm wieder ihren Mädchennamen an: Bernhardine von Flotow.
Seitdem lebt sie einsam, nur mit ihrem Dienstmädchen und dem alten Major in dem großen Haus und erfährt zum ersten Mal, wie das ist, heimzukommen und von niemandem erwartet zu werden. Niemandem erzählen zu können, daß die ersten Schlüssel-

blumen blühen, der Judenpfad verschlammt, ein Reiter auf dem Scheftheimer Weg gestürzt ist. Aber sie bereut nichts. Würde jetzt auch in ein leeres Haus kommen, wenn sie nicht ausgebrochen wäre. Alles war gut so, wie es war. Sie hat gelebt.

Sie war siebenundvierzig Jahre alt, Tochter, Schwester, Tante, aber niemandes Frau. Schon damals mit vielen Falten um den Mund herum. Er war der Hausbursche in der Rostocker Villa, die die Mutter nach dem Tod des Vaters gekauft hatte. Er sang gerne. Bänkellieder. Er hatte eine schöne Stimme. Es war die Stimme, nicht, was er sang. *Sabinchen war ein Frauenzimmer, gar hold und tugendsam.* Er hackte Holz. Sie ging vorbei. Das Hacken hörte auf. Stille in ihrem Rücken. Sie widerstand dem Verlangen, sich umzudrehen.

Er war fünfundzwanzig Jahre alt und nicht nur der Hausbursche, sondern auch der Gärtner. Er liebte die Pflanzen. Sie sah seine Hand, wie sie die trockenen Blätter auszupfte. Seine Hand war breit, kräftig und zerkratzt.

Sie trug die gleichen hochgeschlossenen schwarzen Kleider wie ihre Mutter, hatte die gleiche aufrechte Haltung, die gleiche Frisur, nur daß das Haar der Mutter weiß war. Zwei preußische Damen, beide schon jenseits von Gut und Böse.

Er sprach den Dialekt der Hessen. *Wie gnädische Frau wünsche... Habbe gnädische Frau nochen Wunsch?* Er war der einzige Mann, der im Haus lebte. Zu seinen Aufgaben gehörte es, mehrmals täglich die Toiletten zu leeren. Sie hörte ihn singen. *Da kam aus Treuenbrietzen ein junger Mann daher, der wollte Sabinchen so gerne besietzen und war ein Schuhmacher.* Sabinchen verliebt sich in den Schuhmacher, der aber leider nichts taugt und sie dazu verführt, ihrer Herrschaft sechs silberne Blechlöffel zu klauen. Sie wird erwischt und spricht: *verfluchter Schuster, du rabenschwarzer Hund!*

Bernhardine von Flotow verspürte einen kleinen Schlag im Magen, wenn sie seine Stimme hörte. Er hieß Berthold Rößner. Sie nannte ihn Bert. Sie oben, er unten bei den anderen Dienstboten, der Köchin, dem Mädchen, der Waschfrau. Er aß mit ihnen in der Küche. Einmal, als sie in die Küche kam, sah sie seine Arme auf dem Tisch und fühlte eine Schwäche im Leib. In der Nacht träumte sie Dinge, an die sie sich am Tag lieber nicht erinnern wollte. Aus dem Weg gehen konnte sie ihm nicht. Die preußische Disziplin half nur bedingt. Einmal fing sie an zu stottern, als sie ihm sagen wollte, daß die Lampe in ihrem Zimmer blakte.

Sie hat nicht mehr schlafen können und ist mit dem Hund losgegangen, noch im Dunkeln. Den Weg kennt sie. Sie geht ihn jeden Tag. Immer am Waldrand entlang, die Hammelstrift hinunter, den Scheftheimer Weg hoch zu ihrem Baumstumpf am alten Steinbruch.

Jeden Morgen sieht die dicke Trin sie da sitzen: eine alte Frau mit vielen Runzeln, besonders um den Mund herum vom Zähnezusammenbeißen, aber auch mit Lachfalten um die Augen. Das Haar ist weiß, der Körper groß und schwer.

Seine Augen leuchteten auf, wenn sie mit ihm sprach. Sie wurde sich des Abgrunds zwischen ihnen bewußt. Bisher war die Distanz zwischen der Familie und den Dienstboten so selbstverständlich wie das Atmen gewesen. In *Martha*, der Oper ihres Bruders Fritz, verliebt die Gräfin sich unstandesgemäß in einen Pächter. Immerhin ein Pächter, kein Hausbursche, der obendrein noch zweiundzwanzig Jahre jünger ist. Er hätte ihr Sohn sein können, aber er sah sie nicht an wie ein Sohn.

Der Abgrund zwischen ihnen war beweglich, mal unüberbrückbare Kluft, mal bloß ein schmaler Spalt und nur noch ein feiner Riß, als er an einem regenverhangenen Sonntagnachmittag vom Rheingau erzählte, wo er geboren war.

Er erzählte von den Weinbergen und vom Angeln, von den Dörfern am Rheinufer, von Biebrich, wo er aufgewachsen war, von Segelschiffen und Dampfbooten, von Ruderschiffen, Fracht- und Schleppkähnen, von *Niederländern*, stark gebauten Segelschiffen, und *Oberländern,* Treidelschiffen mit Segeln und Rudern. Er erzählte von der *Diligence*, dem Postschiff, das jeden Morgen aus Mainz abfuhr und es bei gutem Wetter und Wind in einem Tag bis nach Koblenz schaffte. Er erzählte von den Flößern und den Halfleuten, die Schiffe mit Pferden stromaufwärts zogen, wie gefährlich das war und daß der Halfer nicht im Reitsitz auf dem Pferd saß, sondern auf der Seite, damit er schnell abspringen konnte.

Sie sah, daß seine Pupillen ganz weit waren, ganz offen. Sein Großvater war Halfer gewesen, sein Vater Gärtner im Biebricher Schloß. Plötzlich war es weg, vollkommen weg. Sie atmete auf. Ein kleines Bedauern, aber sie war frei, befreit. Es war Wahnsinn. Es war ein Wunder. Sie blühte auf. Sie sang. Er sang. *Ihr Blut zum Himmel spritzte, Sabinchen fiel gleich um. Der böse Schuster aus Treuenbrietzen, der stand um ihr herum.*

Wenn sie neben der Mutter am Klavier saß, dachte sie an seinen Geruch nach Erde und Schweiß. Sie spielten vierhändig.

„Was ist los mit dir, Ina?“ fragte die Mutter.

„Nichts“, sagte sie. „Nur die Wechseljahre.“

Die Mutter glaubte ihr nicht. Die Tochter war fast Fünfzig und hatte *Contenance* gelernt, Haltung bewahren, überall und immer, bloß nicht beim Musizieren. Nach vier Jahrzehnten zusammen am Klavier genügten der alten Dame ein paar Takte. Sie hatte Sohn und Tochter gemeinsam unterrichtet, beide begabt. Fritz war ein berühmter Komponist geworden, Ina die Stütze ihres Alters. Nur ein paar Takte und Mama wußte alles, *fast* alles. Wenn sie geahnt hätte, daß das Herz ihrer einzigen Tochter unter der Panzerung für ihren Hausburschen entflammt war, hätte sie Maßnahmen ergriffen.

Es war nicht nur das Herz. In Bernhardines Schoß brannte ein Feuerchen mitten im dunklen Wald, über dem kein Mond und keine Sterne schienen, es war immer Nacht. In dieser vollkommenen Dunkelheit brannte das Feuerchen, brannte nicht für sich allein. Menschen saßen darum herum, sie waren nicht genau zu erkennen, aber sie waren da. Und dann sah Ina seine Hand und mußte daran denken, daß er mit dieser Hand die Toiletten im Haus leerte und säuberte, dreimal am Tag, morgens, nach dem Mittagsschlaf und abends. Sie ekelte sich. Sie schämte sich. Sie verachtete sich. Er sagte *Eieiei* und *gelle* und *dem sein* und *der ihr.* Sie litt.

Sie besprach den Einkauf mit der Köchin und fühlte seinen Blick auf sich ruhen. Der preußische Panzer bekam Risse. Die Dienstboten fingen an zu klatschen. Noch bevor irgend etwas geschehen war, wußte der Tratsch schon, was geschehen würde und stellte es als vollendete Tatsache hin.

Sie konnte nicht mehr schlafen, aber sie hielt den Tagesablauf eisern ein. Nach dem Mittagessen zogen Mutter und Tochter sich in ihre Zimmer zurück. Sie lag da und starrte an die Decke. In ihr erklang ein Prélude von Chopin, opus 28 n.4. Friedrich hatte ihr die Noten aus Paris mitgebracht. Sie liebte diese Musik. Ihre Mutter nicht. *Spielst du schon wieder diesen Schwermütigen?* Es war anders als sonst, wenn sie Musik im Kopf hörte. Langsam dämmerte ihr, daß die Musik von unten kam, wo der Flügel stand. Sie erhob sich und ging nach unten.

Berthold saß am Flügel. Er hatte sie spielen gehört und spielte ihr nach. Noten lesen konnte er nicht. „Es klingt wie Regentropfen“, sagte er. Das gab ihr den Rest.

„Es heißt Regentropfen-Prélude“, sagte sie.

Sie brauchte ihm nur einmal etwas vorzuspielen, dann konnte er es nachsingen. Wenn die Mutter schlief, trafen sie sich am Flügel. Sie zeigte ihm Fingersätze, machte ihn mit Mozart bekannt, mit Beethoven, mit einem Klavierauszug aus *Martha*, der Oper, mit der ihr Bruder Friedrich berühmt geworden war.

Das erste Mal, daß er sie beim Vornamen nannte und das erste Mal, daß sie seine Hand berührte. Sie wunderte sich, wie rissig sie war. Der erste Kuß. Das Feuerchen griff auf Gesträuch und Bäume über. Nach der langen Trockenheit konnte es nicht anders sein: der ganze Wald ging in Flammen auf.

Der letzte Tee mit der Mutter. Es war Sommer. Sie saßen auf der Terrasse. In ihrem Zimmer stand ein gepacktes Köfferchen. Sie hatte den Mut zu allem, nur nicht den Mut, es der Mutter ins Gesicht zu sagen. Sie hatte ihr einen Brief geschrieben, den sie auf dem Flügel hinterlassen würde, und als sie schließlich Hand in Hand in der rumpelnden Kutsche saßen, dachte Bernhardine von Flotow, daß es nur ein Traum war, ein schöner und schrecklicher Traum, aus dem sie nicht aufwachen wollte. Dann die erste Eisenbahnfahrt ihres Lebens und Berts Mutter, die sie am Bahnhof erwartete. Sie war jünger als Ina, klein und lebhaft und empfing sie herzlich, mit offenen Armen. Der Vater, ein stiller, freundlicher Mann, öffnete eine Flasche Wein. Eine und noch eine. Ina, die diese Begegnung gefürchtet hatte, löste sich und ging aus sich heraus.

Sie bestellten das Aufgebot. Die Hochzeit fand in aller Stille statt. Der Pfarrer kam in das Elternhaus des Bräutigams. Nach der Trauung gab es Sauerbraten mit Klößen.

Sie hieß jetzt Bernhardine Rößner. Schrieb Briefe an die Mutter und die Brüder. Wußte, daß die Familie entsetzt war und konnte sich denken, daß sie noch Generationen später von *dieser verrückten Heirat* sprechen würden. Ihr war klar, daß sie sich *unmöglich* gemacht hatte. Sie hörte die Stimme ihrer Mutter: *Ina, du machst dich lächerlich.* Sie machte lange Wanderungen mit ihrem Mann, stieg mit ihm zur Loreley hinauf, schaute von den Höhenwegen auf den Fluß hinunter, die Segelboote und Dampfschiffe, ließ sich erklären, wie die Flöße durch einen Querbaum zusammengehalten wurden, und hatte die Mutterstimme vor lauter Glück schon fast vergessen, als sie mit Bert am Rheinufer stand, Schuhe und Strümpfe von sich schleuderte, den langen Rock raffte und lachend ins Wasser watete. Da war sie wieder da. *Mach dich doch nicht lächerlich, Ina.*

Sie fuhr mit ihm den Rhein hinunter, weil er ihr die alten Raubritterburgen zeigen wollte, und als sie wieder Tante wurde und es diesmal ein Mädchen war, das Fritz nach ihrer Mutter und ihr Caroline Bernhardine benennen wollte, reiste sie zur Taufe nach Schwerin, mit ihrem Mann, der noch keine Gelegenheit gehabt hatte zu lernen, wie man sich förmlich verbeugt und *was Dinger* sagte, wenn er seinem Erstaunen Ausdruck verleihen wollte. Und so, wie sie sich vor der Begegnung mit seiner Familie gefürchtet hatte, fürchtete er sich jetzt vor ihrem Clan.

In der voll besetzten Kirche war es leicht. Er brauchte nur dazusitzen, während seine Frau den Täufling hielt, der das Taufkleid trug, in dem sie selber schon getauft worden war. Schwierig wurde es bei dem anschließenden Essen. Die ungewohnte Kleidung zwängte ihn ein. Er fühlte sich eingeschüchtert. Er wußte nicht, welches Glas er zuerst nehmen, mit welchem Besteck er essen sollte. Er kannte niemanden. Ihre Mutter war ihm mit eiserner Höflichkeit begegnet. Sein Schwager Fritz, der berühmte Komponist und Intendant am großherzoglichen Theater, hochgewachsen und selbstsicher, ein Edelmann und ein Künstler mit Schlapphut und dröhnender Stimme, hatte ihn unbefangen geduzt, nach seinen musikalischen Vorlieben befragt und sich entschuldigt, während er noch antwortete.
Ina stellte ihn ihrer Schwägerin Anna vor. Anna war Tänzerin in Wien gewesen und genauso alt wie er, grazil und schön. Er ergriff ihre Hand, schüttelte sie kräftig und bemerkte zu spät, daß die Hand ihm zum Kuß gereicht worden war. Er fühlte sich wie ein *Hackkletzje* und haßte sie dafür, war sie doch die Tochter eines musikalischen Schuhputzers und nichts Besseres als er – die beiden Söhne unehelich geboren und erst später legitimiert. Ihm war das Wienerische fremd, ihr der Biebricher Dialekt. Sie redeten aneinander vorbei, sie mit anmutigen Bewegungen, er mit finsterer Männlichkeit.
Ina stand daneben und kam sich wie ein großes häßliches altes Trampel vor. Alt war noch schlimmer als häßlich und groß. Fritz war nur ein Jahr jünger als sie, eine Generation älter als seine Frau, aber bei einem Mann war das natürlich etwas anderes. Bert hätte ihr Sohn sein können. Zuletzt war es in der Postkutsche passiert. Ein mitreisender älterer Herr hatte freundlich von *ihrem Sohn* gesprochen, der ach so fürsorglich war. Es traf sie jedesmal bis ins Mark. Ihn schien es nicht zu stören, dafür war er zutiefst gekränkt, wenn er glaubte, daß sie die Dame herauskehrte und ihn als ungehobelten, ungebildeten, unerzogenen Jungen behandelte. Dann zog er sich finster dräuend zurück und sie mußte sich etwas ausdenken, um ihren Fauxpas wiedergutzumachen.

Auf dem Rückweg wußten beide, daß einer von ihnen immer fremd sein würde, entweder sie in seiner oder er in ihrer Familie. Der einzige, der Bert vorbehaltlos entgegengekommen war, war Inas zwanzig Jahre jüngerer Bruder Wilhelm, der von den Frauen verhätschelte und gegängelte Nachzügler, der seinen Vater kaum noch erlebt hatte. Er küßte seiner Schwester die Hand, machte ihr Komplimente über ihr jugendliches Aussehen, strahlte seinen neuen Schwager an und führte ihn, den Arm um seine Schulter gelegt, in den Garten.

Der Hund steht am Ufer des Steinbruchsees und schlappt das nachtschwarze Wasser – am Tag ist es so klar, daß man bis auf den Grund sehen kann. Es gibt dort Molche und Salamander, Eidechsen und Blindschleichen und Ringelnattern. Am anderen Ufer erhebt sich die steile Felswand aus der Dunkelheit, obenauf zeichnen sich die Umrisse einer Zeder gegen den Himmel ab.

Drei Jahre später waren sie wieder auf dem Weg nach Norden. Inas Mutter war gestorben. Von ihrem Erbteil kaufte Bernhardine von Flotow das Gut am Rande des Oberfelds. Sieben Hektar Land, Gemüse- und Lustgarten. Wiesen und Äcker. Stille. Kein Haus weit und breit. Von der Straße Hufeklappern und das Rattern von Wagenrädern. Reiter allein, zu zweit, in Trupps, fast alle uniformiert. Vom Herbst bis in den Januar hinein das Schießen der Jäger in den Wäldern. Auch auf dem Oberfeld Jäger und Jagdgesellschaften. Und Bauern und Ackergäule. Im Sommer das Sensendengeln und die Weizengarben auf den Feldern. Die Wildschweine, die in den Garten einbrachen. Immer fanden sie irgendein Schlupfloch.

Im Jahre 1864 – Bernhardine von Flotow war dreiundfünfzig Jahre alt und kämpfte einen stummen Kampf gegen das Alter mit Kamille, Melkfett und Quarkmasken – starb ihr kleiner Bruder Wilhelm, erschossen von einem Diener, dem er eine größere Geldsumme vermacht hatte.

Niemand mehr da, der Ina Komplimente über ihr jugendliches Aussehen machte und absichtslos, rein gewohnheitsmäßig mit ihrem Mann flirtete. Sie wurde dick, hungerte, nahm ab und

dann wieder unaufhaltsam zu. Ständig mußte die Schneiderin kommen und ihre Kleider abändern, weiter machen, enger machen und dann doch wieder weiter. Sie verbarg die grauen Haare unter einem Kopftuch, das sie im Nacken geknotet trug wie die Bäuerinnen auf dem Oberfeld, und trotzdem klopfte Bert nicht mehr so oft wie früher an die Tür ihres Schlafzimmers.
Wenn sie wieder einmal vergeblich auf ihn gewartet hatte und morgens in den Spiegel sah, grämte sie sich wegen der Falten in ihrem Gesicht und dachte bitter, daß eine Frau schön zu sein hat, alles andere zählt nicht. Dann setzte sie sich an den Flügel und spielte ein Nocturne von Chopin. Der blaue Ton schwebte hinaus aufs Oberfeld und trieb den im Gebüsch ruhenden Wildschweinen das Wasser in die Augen.
Einmal überwand sie ihren Stolz, ging zu ihm und klopfte an seine Tür. Nichts rührte sich. Sie drückte die Klinke hinunter. Er war nicht da. Am Morgen fragte sie ihn - nur dieses eine Mal fragte sie, wo er gewesen war. Er sagte, er habe Geräusche gehört und nachgesehen, aber es sei nichts gewesen.
Sie wartete, bis sich eine Gelegenheit ergab, das Mädchen zu entlassen. Elfie ging und Mimi kam.
Zwei Tage lang dröhnte Fritz vertraute Stimme durchs Haus. Er hatte die Intendanz in Schwerin aufgegeben und war mit Anna und den beiden Söhnen – das Mädchen Caroline Bernhardine war nur fünf Jahre alt geworden - erst nach Paris und später nach Wien gezogen.
Die Geschwister machten einen Spaziergang über das Oberfeld. Ina mit ihrem bäurischen Kopftuch, Fritz mit seinem Schlapphut. Er war dicker geworden und zupfte im Gehen an seinem Schnurrbart. Es war ihm peinlich. Alles so banal. Ehemann kommt überraschend von Reise zurück. Ehefrau ist nicht da. Ehemann findet Brief auf Tisch und fällt aus allen Wolken.
„Elle m´a trompé“, klagt er seiner Schwester.
Anna ist schwanger, und das Kind ist nicht von ihm. Er tobt. Sie weint. Sie fleht um Vergebung. Er zwingt sie zur Scheidung, setzt ihr eine Rente aus, gestattet ihr, sich weiterhin von Flotow

zu nennen, doch das Kind, das sie als geschiedene Frau zur Welt bringt, muß ihren Mädchennamen tragen. Die Söhne behält er.
Es war ein Skandal. Die Kränkung saß tief. Annas kleine Schwester Rosa tröstete ihn, richtete ihn wieder auf, half ihm darüber hinweg. Kümmerte sich um seine Söhne. Schließlich war sie die Tante. Friedrich war zehn, Wilhelm zwölf und die Tante einundzwanzig Jahre alt. Bei der Hochzeit ihrer Schwester mit dem berühmten Herrn war sie eine neunjährige Göre gewesen. Jetzt war sie Sängerin und hatte einen Liebsten, Johannes, den feschen Oberleutnant Svoboda, der nicht begriff, warum sie sich so intensiv um Schwager und Neffen kümmerte. Als er verstand, war es zu spät.
Rosina beteuerte, daß sie ihn ewig lieben werde und heiratete, nachdem sie, wie einst ihre Schwester, zum protestantischen Glauben übergetreten war, aus der kaputten Kleinbürgerfamilie heraus in den alten mecklenburgischen Adel ein. Ihre Mutter, eine Haubennäherin, hatte sich scheiden lassen, nachdem sie elf Kinder geboren hatte. Der Vater, der vom Schuhputzer zum Volkssänger und Musiklehrer aufgestiegen war und seiner Lieblingstochter, Prinzessin Rosina, den ersten Gesangsunterricht erteilt hatte, dachte nicht daran, sich seine alten Tage mit Arbeit zu vergällen und verließ sich ganz auf seine Jüngste, die ihren Gatten schließlich überredete, den Papa in seinem Hause aufzunehmen.
Anna, die Geschiedene, vor der sich die Türen der Gesellschaft lautlos geschlossen hatten, warf Rosa vor, daß sie es schon lange darauf abgesehen hatte, ihren Platz einzunehmen. Rosa machte sich nicht die Mühe zu leugnen, fragte bloß schnippisch: „War ich so deppert, mir ein Kind von einem verheirateten Mann machen zu lassen oder du?“ Denn leider war der Vater von Annas Kind unabkömmlich verheiratet.
Zum ersten und zum letzten Mal schrien die Schwestern sich ihren Haß ins Gesicht. Anna kreischte, daß Rosa ihr immer schon ein Klotz am Bein gewesen war, vom Tag ihrer Geburt an. „Meinst du, es hat mir Spaß gemacht, dir den Hintern zu

wischen und die Nase zu putzen?"
Rosa keifte, daß sie sich von Anna nichts mehr sagen lassen würde. Anna keifte zurück: „Verrecken lassen hätte ich dich sollen! Ich habe nicht meine ganze Jugend damit vertan, auf dich aufzupassen, damit du mir den Mann wegnimmst! Fritz könnte dein Großvater sein!"
Danach redeten sie in den vier Jahren, die Anna blieben, bevor sie an der Schwindsucht starb, kein Wort mehr miteinander.
Annas Söhne standen, nachdem der Vater sie zurechtgewiesen hatte, wohlerzogen und diskret auf der Seite ihrer Mutter. Der Haß auf die Stiefmutter blieb unter der Decke und wurde auch nur dort weitergereicht: in der Geschichte dieses Familienzweigs sollte es keine Rosa geben, bloß diese lange Reihe von Brüdern, die alle Friedrich und Wilhelm hießen. Es fügte sich dann auch so, daß das Kind, das Rosa ein Jahr nach der Hochzeit zur Welt brachte, ein Mädchen war, das unverheiratet und kinderlos blieb.
Friedrich benannte auch diese Tochter nach seiner Schwester, die, von ihrem Mann begleitet, nach Wien reiste.
Bernhardine war jetzt fast sechzig. Die Mutter ihres Patenkindes, die gerade dreiundzwanzig geworden war, begegnete ihr mit der natürlichen Verachtung, die blühende Schönheit gegenüber verwelkten Matronen empfindet. Die Männer merkten es nicht, Bernhardine wollte es nicht merken, wurde jedoch krank und mußte sich, kaum daß sie wieder zu Hause waren, ins Bett legen. Es war nicht die erste Krankheit, die sie durchmachte. Bert klopfte kaum noch an ihre Tür. Mimi ging und Emmi kam. Der Ruhm ihres Bruders verblaßte. Seine Opern waren nicht mehr gefragt. Das Geld wurde knapp. Das Leben in Wien war teuer. Er mußte sich auf sein Gut in Teutendorf zurückziehen. Rosa bestand darauf, ihren Vater und Johann Svoboda mitzunehmen.
Ob Flotow nun wußte, daß Svoboda ihr Geliebter war, ob er es ahnte und nicht wissen wollte, oder ob die kleine Schlange ihn geschickt täuschte – er stellte den k.u.k.-Hauptmann als

Verwalter von Gut Teutendorf ein. Svoboda ließ sich in den Ruhestand versetzen und reiste mit seiner Geliebten, deren Mann, deren Vater und deren Tochter nach Mecklenburg, ohne etwas von Landwirtschaft zu verstehen. Er war der Sohn eines Beamten, hatte erst Staatsrechnungswissenschaften studiert und dann eine Kadettenschule besucht, war Korporal geworden, Feldwebel, Leutnant, Oberleutnant und schließlich Hauptmann. Fleißig und strebsam, aber alles andere als ein Landwirt.

In dem Gutshaus am Oberfeld mußte Emmi gehen. Karoline Platz kam, und Bert klopfte gar nicht mehr an die Tür seiner Frau.

Er sang wieder Moritaten.

Mariechen saß weinend im Garten.

Bernhardine Rößner machte sich auf ein einsames Alter gefaßt. Las viel. Ging spazieren. Lebte von der Natur und von der Musik.

Wenn sie Chopin spielte, tropfte es draußen im Garten aus den Tränenden Herzen.

Ihr Bruder handelte die Scheidungsbedingungen mit dem Schwager aus und brachte den Major, einen Witwer und entfernten Verwandten aus Mecklenburg, bei ihr unter, damit ein Mann da war, der mit Waffen umgehen und die beiden Frauen notfalls beschützen konnte.

Bernhardine war nur mit ihrer sechzehnjährigen Magd Sophie in dem abgelegenen Haus zurückgeblieben, das noch immer das einzige am Oberfeld war.

Freitags kam Paule, der Metzgerbursche. Rot-weiß-gestreiftes Hemd, hohe Mütze – ein hochaufgeschossenes mageres Kerlchen im Stimmbruch. Die Milch holte Sophie vom Bauern. Brot wurde Samstags und Dienstags gebacken. Das Holz für den Herd hackte der Major. Kaminholz lieferte der alte Gansert. Die feste Tageseinteilung gab Bernhardine Halt. Sie war jetzt Siebenundsechzig und saß zum ersten Mal allein am Tisch. Der Major aß in seinem Zimmer, Sophie in der Küche.

Ihr Bruder in Teutendorf aß zusammen mit seiner Frau, deren

Liebhaber, seinem Schwiegervater und seinen Söhnen, die die kalte Höflichkeit, mit der sie ihrer Stiefmutter und Tante als Kinder begegnet waren, bis zur Perfidie perfektioniert hatten. Wilhelm, der Erbe, wollte heiraten. Sein künftiger Schwiegervater, der befürchtete, daß seine Tochter am Bettelstab enden würde, hatte zur Bedingung gemacht, daß der Komponist das Gut auf seinen Sohn überschrieb. Die Stimmung am Eßtisch war vermutlich nicht besonders angenehm.
Es wird die kleine Schlange gewesen sein, die ihrem Mann einflüsterte, er solle seine Schwester dazu bewegen, ihre Nichte und Patentochter schon bei Lebzeiten mit dem Gut am Oberfeld zu bedenken...
Gestern nun hat Bernhardine von Flotow, mürbe vom einsamen Leben als gesellschaftlich geächtete alte Frau, ihren einzigen Besitz, das Gut Heiligkreuzberg, ihrer gleichnamigen Nichte und Patentochter überschrieben. Es ist der 9. Juni des Jahres 1880.
Die Krähen erwachen. Die Sonne geht auf. Das Braun des gepflügten Ackers nimmt einen rosafarbenen Schimmer an. Die erste Lerche zwitschert. Bernhardine von Flotow erhebt sich mühsam von ihrem Baumstumpf und macht sich auf den Heimweg, um das Haus auf ihren Bruder und die Seinen vorzubereiten.
Ein paar Monate später, an einem grauen Novembertag, zieht er ein, der abgebrannte Großherzoglich-Mecklenburgische Kammerherr, Ehrenritter des Johanniterordens, Großoffizier des Kaiserlich-Mexikanischen Ordens Maria di Guadaloupe, Friedrich von Flotow mit wallendem weißem Bart und Künstler-Schlapphut.
Aus der Rößner-Villa wird die Flotow-Villa.
Der Kutsche entsteigt, auch nach der langen Reise noch tadellos frisiert, eine zierliche Gestalt im hochgeschlossenen Kleid, Rosina von Flotow, genannt Rosa, mit vierunddreißig Jahren genau halb so alt wie der Gatte. Ihre elfjährige Tochter Bernhardine, genannt Ina. Betty Ahrens, ein blondes Fräulein

mit sehr blauen Augen, Inas neunzehnjährige Erzieherin. Johann Svoboda, der künftige Verwalter, der eine gute Figur und eine formvollendete Verbeugung macht. Rosas Vater, der alte Theen, hoch in den Siebzigern – mitgenommen von der Reise stützt er sich auf zwei junge Frauen, die Köchin Luise Oldenburg und das Wäschemädchen Minna Schnäckel. Das Hausmädchen Anna Stüwe ist erst elf Jahre alt und bekommt die winzige Kammer zugewiesen, die Marie vor vierzig Jahren mit Elsbeth geteilt hat.

Es ist wieder Leben im Haus. Ein paar Tage nach der Ankunft wird Fidelius Theen Achtundsiebzig. Er trinkt von dem Birnenschnaps, den noch Karoline Platz, die jetzt Rößner heißt, angesetzt hat und küßt Bernhardine die Hand und singt für sie, der alte Schwerenöter, mit brüchiger Stimme

Abba Haidschi Bumbaidschi
Bum bum bum bum
Abba Haidschi Bumbaidschi
Bum bum

Bernhardine sieht, daß ihm weiße Haare aus der Nase wachsen, aber seine Galanterie tut ihr trotzdem gut.

Es ist wieder Leben im Haus. Es wird wieder gesungen. Die einzige, die nicht singt, ist die Kleine Bernhardine. Auf dem Foto, das aus dieser Zeit geblieben ist, hat sie ein freudloses, verbocktes Gesicht. Und ein Buch in der Hand.

Sie liest viel, liest sich weg, raus aus dieser Familie, in der alle miteinander zerfallen sind. Der Vater und Herr Svoboda. Herr Svoboda und der Großvater. Der Großvater und der Vater. Der Vater und die Mutter. Die Mutter und Tante Ina.

Die Mutter stößt sich daran, daß Tante Ina dieses Kopftuch trägt. *Wie eine Bäuerin. Unmöglich.* Hier ein Halbsatz. Dort ein Wort. Eines taucht immer wieder auf: *Schande.* Und *man muß sich schämen.* Und ... *nicht comme il faut.* Alles muß *comme il faut* sein, wie es sich gehört. Was die Mutter mit Herrn Svoboda macht, gehört sich ganz und gar nicht. Das Kind weiß und weiß nichts davon. Natürlich wird nicht darüber geredet. Alles bleibt

unter dem Stein, der zu groß und zu schwer ist, als daß Ina ihn aufheben könnte. Darunter wimmelt es von schwarzen Geheimnissen. Das Kind beobachtet, wie Herr Svoboda der Mutter einen Schal um die Schultern legt und *weiß*. Aber von dem Haß zwischen ihrer Mutter und der toten Tante kann sie nichts wissen. Über Tante Anna wird nicht geredet. Genauso wie bei Annas Söhnen nicht über Tante Rosa geredet wird. Auch die andern Tanten und Onkels werden totgeschwiegen. Das Kind weiß nicht, daß Mutters Mutter elf Kinder geboren hat. Großvater Fidelius, der dieses Geheimnis lüften könnte, hütet sich auszuplaudern, was seine Tochter ihm verboten hat. Die Geschwister sind nicht *comme il faut*. Und daß seine Frau sich im Alter von ihm scheiden ließ, verschweigt der Opa aus eigenem Antrieb. Und daß er gar nicht Theen heißt, weiß nicht einmal Rosa. Erst wenn alle lange tot sind und die Nachfahren aus gegebenem Anlaß Ahnenforschung betreiben, wird herauskommen, daß er ein uneheliches Kind war. Er hieß Fischer wie seine Mutter, die der Vater, Franz Theen, ein ehrbarer Musiklehrer aus ehrbarem Lehrer- und Pfarrergeschlecht, hatte sitzenlassen. In Schimpf und Schande. Und natürlich ist es auch nicht *comme il faut,* daß der Großvater, als er mit fünfzehn Jahren allein nach Wien ging, sich als Schuhputzer durchschlug, zum Kleiderputzer aufstieg und Herren wie Svoboda die Stiefel wichste und die Uniformen ausbürstete. Davon weiß Ina nichts. Sie kennt nur die Geschichten aus der Zeit, als der Großvater ein gefeierter Sänger in Wiener Gartenwirtschaften war und viele Musikschüler hatte. Als *Musiklehrer* wird er auch begraben, ein Jahr nach der Ankunft auf Gut Heiligkreuzberg.
In diesem Jahr 1881 wird Bernhardine von Flotow Siebzig. Berthold Rößner, der mit ihrer ehemaligen Köchin verheiratet ist, wird Vater eines Sohnes. In Petersburg wird Zar Alexander II von einer Bombe getötet, die ein junger Nihilist aus nächster Nähe auf ihn wirft. In Berlin fährt die erste Straßenbahn. Der Major stirbt. Friedrich von Flotow, der jeden Morgen bei Tagesanbruch am Schreibtisch sitzt und bis in die Nacht hinein

arbeitet, bemerkt, daß die Rotbuche vor seinem Fenster allmählich grau wird. Jeden Tag ein bißchen grauer. Er konsultiert einen Augenarzt. Der Geheime Medizinalrat Weber diagnostiziert den Grauen Star.
Es ist Ina, die ihrem Bruder vorliest, als ihm die Buchstaben vor den Augen verschwimmen. Ina, die ihn bei Spaziergängen über das Oberfeld um Steine und Löcher herumführt. Ina, die die Striche auf seinem Notenpapier verstärkt, damit er sie noch erkennen kann. Die Buben aus der Stadt, die sich in den Park vor der Villa schleichen, um *Flotow zu gucken*, sehen einen hochgewachsenen Mann im flatternden Schlafrock. Er hat einen langen weißen Bart wie der liebe Gott und trägt einen zerknitterten alten Schlapphut auf dem Kopf.
Es kommen junge Dichter, Musiker und Künstler. Flotow wird bewundert und verehrt. Und beneidet. Man stichelt und man zerreißt sich die Mäuler über seine Gattin und den Verwalter. Davon weiß er nichts. Er komponiert einen Liederzyklus für Rosa und merkt nichts von dem unsichtbaren Riß, der durchs Haus geht. Auf der einen Seite Rosa mit ihrem Geliebten und dem mecklenburgischen Personal, auf der andern Ina mit ihrer Sophie.
Rosa ist nicht nur jung und beneidenswert zierlich, sie hat auch die Mehrheit hinter sich und den Status als Gattin und Mutter. Ina hat nichts mehr, kein Haus, keinen Mann, kein Kind. Nur ihre Sophie, die ihr auch nicht helfen kann.
Manchmal, wenn sie auf ihrem Baumstumpf am Steinbruch sitzt, denkt sie mit Sehnsucht zurück an die Zeit, als niemand da war, wenn sie heimkam. Jetzt kommt sie in ein Haus voller Menschen, und niemand merkt es. Ihr Bruder arbeitet. Ihre Nichte liest. Ihre Schwägerin bespricht den Einkauf mit der Köchin. Bernhardine ist überflüssig. Und bewahrt Haltung. Übersteht mit Contenance das Konzert, das ihr Bruder und seine Frau in der Stadt geben. Eine weißhaarige Matrone, von der viele schon nicht mehr wissen, wer sie ist.
Am Tag nach dem Konzert macht sie einen Spaziergang mit

Fritz um das verschneite Oberfeld herum. Es weht ein eisiger Wind. Die Sonne scheint. Der Schnee glitzert. Fritz kann kaum noch etwas sehen. Ihm ist übel.
Zu Hause legt er sich ins Bett. Erleidet einen ersten Schlaganfall, einen zweiten, verliert das Bewußtsein, geht hinüber. Es ist der 24. Januar 1883.
Rosa läßt ihn im Gartensaal aufbahren. In einem schwarzen Salonanzug liegt er in einem mit weißem Atlas ausgeschlagenen Metallsarg. Draußen schneit es. Der Tote ist von Blumen überschüttet,ebenso der Parkettboden seines ehemaligen Arbeitszimmers. In der Todesanzeige, die Rosa aufgibt, fehlt Bernhardines Name. *Rosa von Flotow gibt in ihrem eigenen Namen und im Namen ihrer minderjährigen Tochter Bernhardine von Flotow und ihrer beiden Stiefsöhne Wilhelm und Friedrich von Flotow die tiefbetrübliche Nachricht, daß es dem Allmächtigen gefallen hat...*
Der von acht Rappen gezogene Leichenwagen ist mit Blumen- und Lorbeerkränzen geschmückt. Ihm folgen die Mitglieder des Männergesangvereins und die Equipagen der Angehörigen und anderer Trauergäste, denen sich eine Menschenmenge anschließt. Hinterher heißt es in der Stadt: *des war e schee Leich.*
Bernhardine von Flotow stirbt am Heiligabend desselben Jahres. Nach ihrem Tod verkauft Rosa das Gut am Heiligkreuzberg, heiratet Johann Svoboda und lebt mit Mann und Tochter in ihrer österreichischen Heimat, und die Wolken ziehen wie immer über das Oberfeld hinweg. Auf Bernhardines Baumstumpf am alten Steinbruch krabbeln die Ameisen und vermissen niemanden. Das Korn wächst und wird geschnitten, im abendlichen Zwielicht sitzt die dicke Trin auf ihrem Stein, und in dem verwilderten Garten am Scheftheimer Weg führt die Igelin zum ersten Mal ihre Jungen aus. Floheier, Larven und Puppen bleiben im Lager zurück. Die Flöhe selbst werden mit ausgeführt, lassen sich durch die Welt tragen, ob die Sonne scheint oder es regnet – solange ihre Unterkunft warm ist, ist alles recht. Wenn es kalt wird, setzen sie sich ab, verlassen den toten Wirt und suchen sich einen Lebenden.

Von den sieben im Juni geborenen Igelchen leben noch drei, die der Mutter einer hinter dem andern durch den Garten folgen. Alles ist neu, das Rascheln des trockenen Laubs, in dem eine Amsel hüpft und pickt, der Geschmack der Asseln und die hoch über ihnen schwankenden Brennesseln. Sie kommen dem herben Duft des Nußbaums näher und erschrecken, als unter ihnen die Erde bebt.

Draußen gehen die Wildschweine vorbei. Sie haben jetzt kurze Borsten, die silbergrau im Zwielicht schimmern. Am Wegrand geigt ein Grillenmännchen sein Liebeslied auf dem eigenen Körper: der rechte Flügel ist der Bogen, der linke die Fidel, die nur eine Saite hat, über die der Flügel unermüdlich streicht, um immer den gleichen langgezogenen Ton hervorzubringen, der etwas Aufreizendes hat in seiner Monotonie, abbricht und wieder einsetzt – in den Pausen wird die Stille um so hörbarer.

Grillenfänger und der Silbergraue, die von der weiblichen Verwandtschaft herumgestoßenen Keiler, folgen der Rotte in respektvollem Abstand. Der Silbergraue grunzt, *ich bin hier, wo bist du?* Grillenfänger antwortet nicht, sondern macht einen Satz. Das Zirpen bricht ab.

Grillenfänger läßt sich den Musikanten auf der Zunge zergehen und trottet, den Nachgeschmack auskostend, hinter der Rotte her, die nach Süden abgebogen ist. Die Alte Bache führt sie querfeldein zum Katharinenfalltorweg. Der Wind hat ihr einen Geruch zugetragen.

Vom Wald her ist das Liebesduett eines Wieselpaars zu hören. Es klingt zärtlich, so ganz anders als die gellenden Wutschreie, mit denen dasselbe Paar sich vor nicht allzu langer Zeit bekämpft hat. Einfach nur, weil sie sich begegnet sind und keiner weichen wollte. Sie sind Einzelgänger und sie sind Kämpfer. Sie richten sich auf die Hinterbeine auf und gehen zum Angriff über. Und sie brauchen nicht zu lernen, wo sie zubeißen müssen, um ihr Opfer zu töten. Es ist ihnen angeboren.

Das Weibchen hat seine Jungen dabei, die begreifen, daß das zärtliche Gezirpe sie nichts angeht und sich zerstreuen, um jeder für sich zu jagen. Ratten und Mäuse finden sich überall in den bewohnten Gärten am Katharinenfalltorweg. Bei dem Kaninchenzüchter schlafen die Kaninchen mit zuckenden Nasen hinter den Drahtgittern ihrer Käfigzellen. Die Hühner sind aufgewacht und gackern durcheinander. Ein Wieseljunges schleicht auf eine Miniaturburg aus verwittertem Beton zu. Die Fenster sind mit weißer Farbe aufgemalt, die Zinnen brüchig. Das Mäuschen, das unter einem der Türme sitzt, kann sich nicht mehr retten. Sein Schrei geht in dem Hühnergackern unter. Die Meerschweinchen in ihrem Gemeinschaftskäfig wittern die Nähe des Feindes und ducken sich. Der alte Schäferhund wacht auf – er hört schlecht, auch der Geruchssinn ist nicht mehr das, was er mal war, aber irgend etwas hat er doch mitbekommen. Er hebt den Kopf und spitzt die Ohren. Die weißbärtigen Garten-zwerge stehen starr in der Dunkelheit. Am Teich dreht sich das Plastikrad der Miniaturmühle im Wind. Der alte Hund schläft wieder ein. Das Wiesel schleppt seine Beute in die Erdhöhle, in der es mit Mutter und Geschwistern wohnt – noch bis zum Herbst. Dann geht jeder seiner Wege, die Mutter mit dem von dem zärtlich trillernden Freier befruchteten Ei, das den Winter über in ihrem Leib ruhen und sich erst zum Frühling hin entwickeln wird.

Die Meerschweinchen beruhigen sich, knottern noch ein bißchen und kuscheln sich wieder aneinander. Es sind Rex-Meerschweinchen, die der alte Mann züchtet, um sie auszustellen und zu verkaufen. Und weil die Männchen miteinander kämpfen würden, wenn es mehrere wären, knallt er die Überschüssigen auf den Boden und wirft sie dann über den Zaun in den Wald für den Fuchs.

Vor Ausstellungen werden die Meerschweinchen gewaschen, geföhnt und gekämmt, und es werden die Haare ausgerupft, die nicht die gewünschte Farbe haben. In Peru werden sie gegessen, jedes Jahr etwa fünfzig Millionen. Sie liegen als Ganzes gebraten auf dem Teller, mit Kopf, Zähnen und Krallen und einer Karotte im Maul. Bevor die Spanier kamen, wurden sie den aus

den Tempeln geholten Göttern zusammen mit Lamas und Lämmern geopfert. Die Priester rissen ihnen die Eingeweide heraus und lasen die Zukunft aus dem schillernden Geschlinge. Heimkehrende Spanier brachten sie mit nach Europa, und weil sie übers Meer kamen und wie Ferkel quiekten, wurden sie Meerschweinchen genannt. Da, wo sie herkommen, heißen sie Cuy. Sie sind neugierig und schreckhaft, und weil sie dem Menschen ähnlicher sind als Ratten und die ausgeprägte Fähigkeit besitzen, Freude, Glück, Angst, Trauer und Eifersucht zu empfinden, dienen sie sowohl als Versuchs- als auch als Kuscheltiere. *Ich finde Meerschweinchen total süß und habe zu Hause auch eins. Ich weiß, daß man sie nicht alleine halten darf, aber das andere ist vor ein paar Wochen erst gestorben und meine Mutter möchte kein Neues, weil das jetzt schon Nr.10 und 11 sind. Mein Meerschweinchen heißt Mucki und weil der andere (hieß Putzi) gestorben ist, kümmere ich mich besonders um ihn. Ich hab ihn richtig lieb. Sein Schicksal finde ich traurig. Mucki wurde als Baby beim Trinken der Milch immer weggeträngelt, deshalb ist er sehr klein und braucht viel Zuneigung.*
Die Wolken geben den Mond frei, der groß, rund und bleich vom Himmel herunterzuschauen scheint. Er hat etwas Grämliches, aber seine Strahlen locken die Geister hervor. Sie kommen aus ihren Steinen und sitzen im magischen Licht und haben viel Zeit und keine Zeit mehr zu verlieren. Selbst die rastlose, ewig geschäftige Frau Bärbel sitzt mit im Schoß gefalteten Händen still auf ihrem Stein. Sie trägt das graue Seidenkleid, in dem sie gestorben ist, und ist nun schon ein Jahrhundert lang die Angst davor losgeworden, nach ihrem Tod als Ratte umgehen zu müssen – ihrer Sünden wegen. Hätte sie das gewußt, dann hätte sie manches anders gemacht. Hätte nicht so gewissenhaft Buße getan, hätte hin und wieder mit Lust gesündigt, anstatt sich in Werken der Nächstenliebe zu verausgaben, die ihr zwar den Beinamen die Gute eintrugen, doch auch recht anstrengend waren. Alles hing an ihr, der *Damenverein für Unterstützung Armer,* der *Verein der Freunde in der Not,* ihre unverheiratete

Schwester Therese, *es Reesje*, die Kinder aus der ersten Ehe ihres Mannes und ihr Mann selbst. Ein lauter Kerl mit breiter Brust und gewaltigem Bierbauch, ein *Sprüchklopper* und *Zorngiggel*, den sie liebte, ohne den sie nicht sein konnte, ihr Martin.

Es war seine Idee gewesen, ein Hotel am Oberfeld zu bauen, nicht weit von der Flotow Villa, für gehobene Ansprüche, mit exquisitem Restaurant, das *Parkhotel*. Im Jahr 1899 wurde eröffnet, und natürlich war es Frau Bärbel, die sich um alles kümmerte und überall war, in der Küche und in der Waschküche, im Speisesaal und in den Zimmern, während Martin mit seinen Kumpanen eine Flasche Aßmannshäuser nach der andern leerte und das große Wort führte, *so laafe die Haase*. Er zwickte die Mägde in den Busen, wenn die Gattin es nicht sah. *Ei geh ma her, Luwies, komma bei mich.* Luwies, das heißt Luise, kam, knickste und ließ sich den Hintern tätscheln. Dann wurde sie mit einem kräftigen Klaps verabschiedet, *so laafe die Haase*, und Lippe Rudi sagte anerkennend, *da is was dahaam*.

Die anderen hausen auf dem Friedhof, der Weinhändler Georg Geilfuß, Martins bester Freund noch aus der Schulzeit, Menningers Karl, Kinkels Hänschen und Gelfiusee Itze, nur Martin und Frau Bärbel wohnen in einem Stein auf dem Oberfeld, in einem einzigen – jetzt schon seit über hundert Jahren. Es muß ziemlich eng da drinnen sein.

Die Gäste waren ausgeblieben. Für Geschäftsleute war das Hotel zu weit weg von der Stadt. Erholungssuchenden fehlte ein Fluß, ein Flüßchen, irgendein Gewässer. Die kleinen Seen in den ehemaligen Steinbrüchen am Scheftheimer- und Querweg waren zu wenig. In der Küche langweilten sich die Köche. Jedesmal, wenn die Katze sich putzte, sagte die krumme Käthe, die Frau Bärbel aus Mitleid angestellt hatte: Es kommen Gäste. Doch niemand kam. Stattdessen fing es an zu regnen und hörte nicht mehr auf. Martin ertränkte seinen Kummer in den besten Weinen und war zu nichts mehr zu gebrauchen. Frau Bärbel rächte sich, indem sie sich vor seinen Kumpanen darüber beklagte, daß er zwar eine Mordsgummer habe, aber nichts

damit anzufangen wisse - *duut bloß hänge unn bambele.*
Es regnete noch immer, als sie das Hotel verkaufte und Martin die Schachtel mit den Zinnsoldaten aus seiner Bubenzeit entdeckte. Er stellte Napoleons Armee auf, leerte eine Flasche von dem rechtzeitig beiseite geschafften Aßmannshäuser und wußte bald nicht mehr, in welcher Zeit er sich befand. Er spielte Soldätches mit seinem Freund Schorsch und weinte, als Frau Bärbel versehentlich, vielleicht auch absichtlich auf Marshall Murat trat und dabei noch die Chasseurs der Alten Garde in der Schlacht bei Waterloo schwer beschädigte.
Am Tag des Umzugs versteckte er sich in dem alten Steinbruch am Querweg, der damals noch nicht zugeschüttet war. Und wieder hing alles an Frau Bärbel. Es regnete noch immer. Ein Gewitter zog auf. Frau Bärbel, die die Abwesenheit ihres Gatten schlappmäulig überspielt hatte, fing an, sich Sorgen zu machen. Sie schickte den Hausburschen los, und als der nicht wiederkam und die ersten Blitze über dem Oberfeld zuckten, nahm sie einen Schirm und eilte in ihrem grauen Seidenkleid die Hammelstrift hinunter, den Judenpfad hoch zum Querweg.
Der Regen pladderte. Ein Blitz erhellte den Steinbruch. Die Zweige der Weide, unter der Martin Röhrich Schutz gesucht hatte, peitschten die Luft, und noch bevor alles wieder in Dunkelheit versank, folgte der Donnerschlag. Frau Bärbel stürzte sich in die Arme ihres Gatten, und so, aneinander geschmiegt, traf sie der nächste Blitz, fuhren sie zusammen in einen Stein, er vorneweg, sie hinterher.
Es regnete weiter. Der Stein versank im Schlamm, verschwand vollends in der Erde, als der Steinbruch eingeebnet wurde und kam erst Jahre später zusammen mit Eimern, Knochen und leerem Gestein wieder an die Oberfläche, als der Bauer den Acker pflügte. Seitdem erscheint Frau Bärbel zuweilen in der Abenddämmerung, um einfach nur dazusitzen, die im Leben so rastlosen Hände im Schoß.
In der Hitze der Hundstage suchen die Krähen nach heruntergefallenen Körnern zwischen den Stoppeln der abgeernteten

Wintergerste und erheben sich, von einer galoppierenden Reiterin gestört, mit protestierendem Gekrächz in die Luft. Der kleine Krah breitet die Flügel aus und fliegt ganz selbstverständlich mit den anderen, die Angst vorm Fliegen ist vergessen.
Es ist still geworden. Die Brombeerbüsche am Scheftheimer Weg tragen schon schwarze, der Holunder am Waldrand noch grüne, die Schlehen am Seiterswiesenweg dunkelblaue Beeren. Kaum noch Vogelgezwitscher, keine Lerchen mehr in dem blauen Himmel, an dem ein weißlicher Mond steht.
Es gab eine Zeit, da waren sie eins, die Erde und der Mond, ein junger Planet, der von einem anderen Planeten gerammt und so tief aufgerissen wurde, daß seinem Inneren ein Schweif aus Gestein entfloh, und wenn der Schweif sich auch zu einem neuen Planeten rundete, blieb er doch ohne Leben: der kleine Bruder der Erde, der blaß vor Neid auf sie herabschaut. Sein Himmel ist ewig schwarz. Keine Wolken, kein Wetter, kein Wasser. Nichts als Sand, Geröll und Krater. Und Totenstille.
Im Jahr 1905, als Martin Röhrich seine Unterschrift unter den Vertrag setzte, mit dem das *Parkhotel* an Bernhard Nathan verkauft wurde, ließ die Stadt anläßlich der Vermählung des Großherzogs mit Prinzessin Eleonore zu Solms-Hohensolms-Lich einen Aussichtsturm errichten, den Hochzeitsturm. Weil die Dachbögen an die Finger einer ausgestreckten Hand erinnern, wird er auch Fünffingerturm genannt. Man kann sie vom Oberfeld aus sehen, die steinerne Hand, die auf die lebendige des letzten Großherzogs zurückgeht, der seinem Sohn gerne erzählte, wie der Architekt im Hinblick auf die Gestaltung des Dachs zu keinem Schluß kommen konnte und er schließlich die Hand gehoben und gesagt habe: „Das gibt doch einen ganz schönen Abschluß."
Der Prinz war zehn, als der Vater kein Landesvater mehr war, sondern nur noch ein Vater, der von vergangenem Glanz erzählte, ein abgesetzter Herrscher, der nur noch in den Augen des Sohnes allmächtig war: „Für mich war es immer ein merkwürdiges Gefühl, im Hochzeitsturm die vielleicht segnende, viel-

leicht anklagende, vielleicht beschwörende Hand meines Vaters über unserer Stadt zu sehen."

Die Krähen fliegen über die Feldholzinsel am Judenpfad hinweg. Im Gebüsch flüchtet das letzte Fasanenküken unter den Flügel der Henne. Die anderen haben die Füchse vom Querweg geholt, die Ratten und die Krähen. Dieses Küken scheint zum Überleben entschlossen. Es pickt und scharrt energisch, und als die Henne ihm am Abend bedeutet, daß jetzt zum Schlafen auf einen Baum geflogen wird, breitet es die Flügelchen aus und folgt der Mutter taumelnd und ungeschickt, aber ohne zu zögern, auf einen Ahornbaum.

Nachdem er seinen Thron und seine Domänen, darunter auch das Oberfeld, verloren hatte, lebte der Großherzog seinen Neigungen: der Philosophie und der Kunst. So kam es, daß der indische Dichter Rabindranath Tagore im Jahre 1920, in ein wallendes Gewand gekleidet, auf dem Oberfeld spazierenging, begleitet von Hermann Graf von Keyserling, gefolgt von seinem Sohn und seinem Leibdiener. Er hatte weißes Haar, dunkle Augen und einen Bart, der ihm bis auf die Brust reichte. Er war sechzig Jahre alt und weltberühmt, ein reicher Brahmane, geboren in Kalkutta, wo es Elefanten und Tiger und Leoparden gab, aber keine Feldhasen mit bernsteinfarbenen Augen. Für ihn war Meister Lampe mit den langen Löffeln ein Exot, auch das Marienkäferchen, das sich auf seine Hand setzte, und das Rotkehlchen, das zutrauliche Vögelchen, das, wenn sein Gesang nicht genügt, um einen Rivalen zu vertreiben, dem Eindringling so lange die aufgeplusterte Brust entgegenstreckt, bis der weicht. Auch die Wegwarte und die Glockenblumen waren Exoten, der Hollerbusch und die halb in der braunen Erde steckenden Runkelrüben. Ein ganzes Feld voll praller, weißlicher aus der Erde ragender Rüben und nicht eine der andern gleich, aber alle süß, so süß.

Der Graf trug einen Panamahut, drehte einen Spazierstock mit goldenem Knauf und erzählte die Geschichte von Old Rink-Rank, der verrunzelten alten Rübe. Er hatte Schwierigkeiten,

eine so deutsche Geschichte ins Englische zu übertragen. Der goldene Knauf seines Spazierstocks blitzte in der Sonne, und die Bäuerin, die mit ihren Kindern das Unkraut zwischen den Rüben jätete, ließ die Hacke fallen und hob den Jüngsten hoch:
„Willsde mal es Tagorsche sehe? Da, uffem Juddepad, der im Kimono, das isser."
Unter dem Ahornbaum, auf dem die Fasanenhenne mit ihrem Küken schläft, liegt zwischen den herabgefallenen Blättern vom letzten Jahr ein Zitronenschmetterling in der Sommerstarre. Die Flügel zusammengefaltet, regungslos, man könnte ihn für tot halten, doch wenn ihn bis zum Herbst niemand anknabbert, wird er sich zu der Zeit, da die Goldraute zu blühen beginnt, unter den Blättern hervorarbeiten, die Flügel entfalten und aus dem Gebüsch über die Felder davonflattern.
Die Bäuerin war Witwe. Ihr Mann war auf Krücken aus dem Krieg zurückgekommen. Das leere Hosenbein war mit einer Sicherheitsnadel hochgesteckt. Seine Frau hatte es so gekürzt, daß sie es wieder auslassen konnte, wenn er ein Holzbein bekam. Doch war er bald darauf an der Spanischen Grippe gestorben. Magda Gansert war mit den Kindern allein zurückgeblieben. Der Rübenacker war alles, was sie noch besaß. Der Kuhstall leer, das letzte Huhn für den Vater geschlachtet, der dann doch an der Grippe gestorben war. Nichts war mehr so, wie es war. Es gab keinen Kaiser mehr. Die Kinder brachten ein Lied von der Straße mit: *Wir wollen unsern alten Kaiser Wilhelm wieder haben... wir wollen unsern...*
Regenwolken ziehen dahin. Auf der Hammelstrift jagen die Schwalben dicht über dem Weg. Die Pferde haben sich in den Schatten der Bäume zurückgezogen und dösen mit hängenden Köpfen, die Schweife in ständiger Bewegung. Über der Koppel ballt sich ein Mückenschwarm, eine Wolke von tanzenden Mückenmännchen, die auf geheimnisvolle Weise zusammengefunden haben, um einen Schwarm zu bilden, eine auf und ab und hin und her wogende Wolke aus Tausenden und Abertausenden von zarten Gestalten mit langen Beinen und Antennen, die, fei-

ner als das feinste Menschenhaar, unzählige Sinneszellen enthalten, so daß sie den hohen Flugton hören können, wenn ein Weibchen sich nähert. Dann lösen sie sich aus dem Schwarm, und derjenige, der als erster bei ihr ankommt, begattet sie gleich in der Luft - sie haben keine Zeit zu verlieren, ihr Leben ist kurz, es währt nur ein oder zwei Wochen.
Die Weibchen leben länger. Sie brauchen noch Zeit, um einen Körper zu finden, dem sie Blut abzapfen können. Ohne Blut kann das soeben befruchtete Ei nicht reifen. Also drehen sie ab und fliegen davon, um zu suchen – nach ausgestrahlter Körperwärme, Schweißgeruch, ausgeatmetem Wasserdampf.
Den Judenpfad hoch kommen die Kleinen Schwestern, die einmal in der Woche um das Oberfeld herum spazieren, eingehakt oder nur so nebeneinander her. Ein Zwillingspaar jenseits der Fünfzig, immer gleich gekleidet, der gleiche Regenmantel mit dem gleichen Gürtel, der auf die gleiche Art um die Taille geschlungen ist, die gleichen Schuhe, das gleiche Hütchen auf dem Kopf, jede mit dem gleichen langen schwarzen Zopf im Rücken. Sie sind sehr klein und nicht schön und nicht attraktiv und so für sich, daß man sie nicht einmal nach der Uhrzeit fragen würde. Das Sirren der anfliegenden Mücke hört nur die Kleine Schwester, die rechts geht, aber sie schlagen gleichzeitig zu, jede auf die eigene Backe, obwohl nur die Kleine Schwester, die rechts geht, gestochen worden ist. Die Mücke taumelt, schwer von Blut, davon, sucht sich etwas Feuchtes, eine Pfütze, Jauche, Regenwasser in einer Tonne, um ihre Eier darin abzulegen.
Die Regenwolken ziehen weiter. Die Sonne geht unter. Es dämmert. Eine Ricke mit zwei Kitzen tritt aus dem Wald. Die weißen Flecken der Kitze schimmern im schwindenden Licht.
Die Ricke steht reglos, horcht und wittert, fiept, schaut angespannt zum Wald hin, fiept wieder und wieder, klagende Töne verwehen zwischen den Bäumen, wo der Bock, angezogen von ihrem Duft, darauf gewartet hat, daß sie ihn ruft.
Die Kitze äsen.

Der Bock erscheint. Die Ricke verstummt, dreht sich um und läuft davon, taucht ein in die Sommergerste zwischen Judenpfad und Scheftheimer Weg, der Bock folgt ihr, treibt sie im Kreis mit gestrecktem Hals. Unter ihren Läufen knicken die Halme, die Gerste raschelt.

Die Kitze äsen weiter.

Die Ricke flieht mit hohen Sprüngen. Er hetzt sie, toll von ihrem Duft, im Kreis durch das Feld. Die Gerste zischt. Der Mond ist verdeckt. Der Polarstern leuchtet, der Große Wagen steigt ab, Kassiopeia empor, die Kitze äsen. Die Ricke bleibt stehen. Schon will der Bock sie bespringen, da läuft sie weiter, weiter im Kreis auf dem Pfad durch die Gerste, über die niedergetrampelten Halme. Venus, der Abendstern, wandert am Horizont entlang, und noch immer treibt der Bock die Ricke, die hin und wieder stehenbleibt, aber weiterläuft, sobald sie sein Gewicht auf ihrem Rücken spürt, um es am Ende doch zu dulden, weit nach Mitternacht, als der Himmel sich ganz bedeckt hat und ein paar einzelne Regentropfen fallen.

Am Morgen ist nur noch der Kreis im Korn zu sehen, auch Hexenkreis genannt, weil es die Hexen waren, die um Mitternacht im Feld getanzt haben... ihr Lachen hängt noch in der Luft, lautes, unverkennbares Hexengelächter auf dem Scheftheimer Weg.

Die Erde dampft nach dem nächtlichen Regen. Aus den Schwaden tauchen zwei Blondinen auf, eine älter, eine jünger, beide mit offenem Haar, goldenen Ketten, Ohrringen, Armbändern, in einer Duftwolke, in der sich *Eternity Woman* und *Obsession Night* mischen, offensichtlich keine einheimischen Hexen, so wie sie miteinander reden, in gepflegtem Hochdeutsch, ohne jeden Dialektanklang. Die Jüngere, ein zartes, zerbrechliches Geschöpf mit sanfter Stimme, nicht von dieser Welt. Neben ihr wirkt die Ältere, eine immer noch schöne Frau in den Fünfzigern, fast bäurisch.

Es ist die Jüngere, die den Kornkreis zuerst sieht und haucht: „Sie waren wieder da!“

Die Ältere braucht nicht zu fragen, wer mit *sie* gemeint ist. Sie weiß, daß es die Außerirdischen sind, die schon viel Unglück über die Gefährtin gebracht haben. Sie kommen vom Mars, dem Roten Planeten, und sind ihr schon seit Jahrhunderten auf den Fersen. In diesem Leben haben sie ihr alles genommen, was sie besaß, und das war nicht wenig, doch war sie nur schwer zu überreden gewesen, etwas anzunehmen, damit sie nicht ganz ohne dastand.
„Liebes, es ist nur Geld. Ich bitte dich, nimm es!"
Tränen in den großen blauen Augen, hatte sie schließlich angenommen, mit der Bescheidenheit und Würde, die ihrem Rang gemäß war, denn sie ist, was sie nur manchmal nebenbei erwähnt, eine Dakini, die Reinkarnation der Prinzessin Mandarava von Zahor, nicht bloß eine Dakini, ein simples übernatürliches Wesen, sondern eine Nirmanakaya-Dakini – für diese beiden Hexen ist nur das Beste gut genug.
„Siehst du?" sagt die Prinzessin. „Kali hat etwas gemerkt."
Kali, die Afghan-Hündin, ist mit schlackernden Ohren und wehendem Fell in der Gerste verschwunden und beschnüffelt aufgeregt den Ufo-Landeplatz. Die Spuren, die die Außerirdischen hinterlassen haben, müssen von besonderer Art sein. Die Nase am Boden, rennt Kali den Kornkreis entlang.
„Wenn du mir nicht glaubst", sagt die Prinzessin, „glaub unserer Kali."
„Liebes, ich glaube dir", sagt die Ältere mild und ist wirklich bereit, alles zu glauben. Auch Hexen können bedingungslos lieben, gerade sie, und bekanntlich tritt der Teufel nicht immer mit Pferdefuß, Hörnern und Schwanz auf, jeder Mann weiß, daß er ein lockendes Weib mit feucht glänzenden, blutroten Lippen und eine begnadete Lügnerin sein kann.
Sie wirft noch einen scheuen Blick auf den Ufo-Landeplatz und läßt sich von der besorgten Gefährtin fortführen, bitte reg dich nicht auf, Liebes, du weißt, du sollst dich nicht aufregen.
Die Prinzessin greift sich unwillkürlich ans Herz, wo ein inoperables Krebsgeschwür sitzt, das ihr schon viele gute Dienste

geleistet hat, und wenn das alleine nicht reicht, kommt ein Herzanfall hinzu oder ein Schlaganfall – da muß man Rücksicht nehmen, es geht um Leben und Tod, in einem solchen Fall sind Zweifel nicht angebracht, abgesehen davon, daß Mißtrauen nicht gut fürs Karma ist.
Die Rufe nach Kali, die, immer noch im Kreis laufend, den Spuren von Bock und Ricke folgt, verhallen ungehört. Die beiden Frauen stehen und warten. Die morgendlichen Nebelschwaden lichten sich. Endlich kommt Kali fröhlich angerannt und erhält ein Leckerli aus der Bauchtasche, zur Belohnung, weil sie doch noch gekommen ist.
Als die beiden Frauen den Judenpfad erreichen, lachen sie schon wieder. Der schnelle Läufer saust ihnen entgegen, wirft Hände und Füße von sich, hört das Gelächter nicht, sieht nicht, wie die Morgensonne das blonde Hexenhaar aufleuchten läßt, ist schon vorbei, wetzt an dem Gerstenfeld entlang, ohne den Kornkreis zu bemerken, von seinen eigenen Furien gehetzt den Scheftheimer Weg hoch, biegt in den Querweg ein, vorbei an dem Fuchsbau, in dem die Fähe mit ihren beiden überlebenden Jungen schläft. Im Kessel ist es eng geworden, die Wände sind näher gerückt, jedenfalls für die beiden Kleinen, die ruhig schlafen und noch nicht wissen, daß es das letzte Mal ist.
In der Dämmerung kommen sie alle drei aus dem Bau und laufen, die Nasen am Boden, in verschiedene Richtungen auseinander, um jeder für sich zu jagen. Der kleine Rüde überquert den Scheftheimer Weg, vorbei an dem alten und dem jungen Nußbaum, schräg über das Rübenfeld zum Katharinenfalltorweg in den Wald an den Zäunen der Kleingärten entlang. Vom Glasberg her sind schauerliche Schreie zu hören. Der kleine Rüde bleibt stehen und horcht. Er lebt noch nicht lange genug, um die Liebesschreie der Dachse zu kennen.
Er hebt die rechte Pfote, um besser zu hören und versucht zu entscheiden, ob dieses Schreien ihn etwas angeht. Läuft vorsichtig weiter, angezogen von einem vielversprechenden Geruch. Hinter dem Grundstück des Kaninchenmannes liegen mehrere

Meerschweinchenjunge tot oder halbtot im Unterholz.
Satt und nichtsahnend zwängt der kleine Rüde sich durch das Eingangsloch seines Baus, um den Rest der Nacht zu verschlafen, wird jedoch nicht wie sonst zur Begrüßung von der Mutter beschnüffelt, sondern knurrend den Gang zurückgetrieben. Er begreift sofort, daß das kein Spiel ist.
Als er wieder draußen ist, steht er unter dem nächtlichen Himmel und klagt. Weiß nicht, was er machen soll, schnüffelt ein bißchen herum und trollt sich gegen Morgen, nachdem er beobachtet hat, daß es der kleinen Fähe bei ihrer Heimkehr genauso ergangen ist wie ihm.
Vom Glasberg her sind noch immer die Liebesschreie der Dachse zu hören, die für menschliche Ohren wie das Heulen eines gequälten Kindes klingen, was manche Jäger davon abhält, sie zu jagen. Andere haben diese Hemmungen nicht, knallen sie ab, nur um sich ihr Fett auf die Stiefel zu schmieren – das Fleisch mögen sie nicht, und für die Borsten gibt es kaum noch Abnehmer. Früher dienten sie als Pinsel, zum Rasieren oder Malen – Jan Vermeer hat nur mit Pinseln aus Dachshaaren gemalt, auch der Schimmer in den Augen des *Mädchens mit dem Perlenohrring* ist durch die Berührung eines in Farbe getauchten Haars entstanden, das einmal aus dem Körper eines Dachses gewachsen ist, der auf einem unterirdischen Lager aus Moos, Farn und Gras aufwuchs, bis er der Mutter eines Nachts nach oben folgte, wo Licht war und eine Fülle von neuen Gerüchen. Er lernte, mit der Schnauze in der Erde zu wühlen und Wurzeln und Knollen auszugraben, entdeckte, wie köstlich Regenwürmer schmecken, daß es Schnecken gibt, die man auch essen kann und Pilze und Beeren, balgte sich mit den Geschwistern und galoppierte im Mondlicht grunzend hinter ihnen her.
Die Tage verbrachte er schlafend im Bau. Wenn die innere Uhr ihm sagte, daß es Zeit war, watschelte er durch die dunklen Gänge nach oben, wo er prüfend die Nase in den Nachtwind streckte, bevor er den Bau verließ, sich schüttelte und lostrabte,

immer auf denselben, nun schon vertrauten Wegen. Er lernte, die leisen Geräusche der sich unter der Erde bewegenden Würmer zu unterscheiden von denen der Mäuse in ihren Nestern und denen der unter morscher Rinde krabbelnden Asseln. Er merkte sich, wo die wohlschmeckenden Pilze und wo die Beeren wuchsen und entfernte sich weiter und weiter vom Bau, wobei es nicht die Augen waren, die ihn führten, sondern die Nase: Gerüche sagten ihm, wo es lang ging. Wenn er seinesgleichen begegnete, erkannte er Eltern und Geschwister an ihrem Duft, und als er schließlich eine Frau fürs Leben fand, war es nicht ihr Anblick, der ihn anzog, sondern ihr Geruch. Zwei Jahre war er alt, als er zum ersten Mal verrückt wurde und in die Nacht hinaus heulen mußte und nichts mehr wollte, nicht fressen, nicht schlafen, nur ihrem Duft hinterher jagen, auf den kurzen, stämmigen Beinen kreuz und quer durch das Revier, ohne Vorsicht und ohne zu ermüden. Als er sie schließlich eingeholt hatte, packte er sie mit den Zähnen im Nacken und schleppte sie durch den nächtlichen Wald. Sie klemmte den Schwanz ein und zog die Füße hoch, damit sie nicht über den Boden schleiften.

Es gefiel ihr, so herumgeschleppt zu werden. Er hielt eine ganze Stunde durch, und als er merkte, daß sie bereit war, ließ er sich mit ihr zur Seite fallen, umfaßte sie mit den Vorderpfoten und ließ sich viel Zeit mit der Begattung.

Sie war nun seine Frau und würde es bleiben, bis einer von ihnen starb. Den Winter verbrachten sie in ihrer Wohnkammer, schliefen viel, watschelten hin und wieder nach draußen, um zu fressen und sich zu erleichtern, und als es auf den Frühling zuging, nahmen sie ihr stinkendes Lager aus Moos, Farn und Laub ins Maul, trugen es rückwärts gehend ins Freie, ließen es die Nacht über lüften und brachten es im Morgengrauen in ihre Wohnkammer zurück. So lebten sie, bis sie im Schlaf überrascht wurden.

Ein Pinselmacher kaufte ihren Balg auf. Sein Lehrling riß die Haare aus und reinigte sie von Blut und Fleischfetzen. Er selber schnitt sie auf die richtige Länge, sortierte und bündelte sie und legte die besten für Meester Vermeer beiseite, der in geduldiger Arbeit Licht und Schatten mit ihnen schuf und den Schimmer im Auge des Mädchens mit der Perle. Das war im Jahre 1665, weit weg vom Oberfeld, wo es aber auch damals schon einen Dachsbau gab, der, gut versteckt am östlichen Waldrand, im Laufe vieler Jahrzehnte zur Burg ausgebaut, Generationen von Dachsen beherbergte, bis der Platz für einen Handgranatenwurfstand benötigt wurde.

Hier sollten ehemalige Soldaten in ihren neuen Beruf als Polizeibeamte eingeführt werden. Es war im Herbst 1921. Es gab Wachtmeister- und Oberwachtmeisterlehrgänge. Ziel aller Lehrgänge war, die Beamtenschaft zu einer modernen Kampfpolizei auszubilden. Die Ausbildung erstreckte sich auch auf den Kampf gegen Aufständische, Straßen- und Häuserkampf, den Kampf um Dörfer und die Bekämpfung von Banden. Die Männer hießen Büttner, Gansert, Gundermann, Hess, Möser, Schönbein. Der Ausbilder nannte sie Flaschen, Lahmärsche, Memmen, Schlappschwänze, Waschlappen, Würstchen. Er hieß Adam Schneider, brachte es bis zum Polizeihauptwachtmeister und war zehn Jahre später Stadtrat für die NSDAP-Fraktion.

Die überlebenden Dachse zogen sich an den südlichen Waldrand zurück und fingen an zu graben. Versteckt im Unterholz, im schützenden Gestrüpp, zwischen den Wurzeln alter Bäume, damit die Gänge nicht einstürzten. Mit Augen, die kaum etwas sahen, nur mit den krallenbewehrten Pfoten schufen sie Ein- und Ausgänge, Röhren, geräumige Wohnkammern tief unter der Erde und Luftschächte, die an verschiedenen Stellen an die Oberfläche führten. Sie arbeiteten nachts und verschliefen tagsüber das Gebell des *scharfen Hundes.* Schneiders Adam war stolz darauf, daß er als *scharfer Hund* galt. Wenigstens ein Mann und keine Memme! *Sprung auf!* und *Hinlegen! Strammstehen* und *Gewehr präsentieren. Rechtsum* und Linksum. Hacken zusammenschlagen. *Feiglinge! Mistköter! Sauhunde! Wegtreten! Verfluchter Scheißdreck! Einen Scheißdreck seid ihr!*

Die Dachse verschliefen die Einschläge der Handgranaten, die

überall auf dem Oberfeld zu hören waren und Ackergäule und Reitpferde scheu machten.
Aus dem *Parkhotel* war *Haus Hagenburg* geworden, benannt nach Anna Gräfin von Hagenburg, der das Anwesen von ihrem Gatten zum Geschenk gemacht worden war. Der Gatte, Prinz Otto von Schaumburg-Lippe, hatte Wirtschaftsgebäude, Gesindewohnungen und eine Reithalle bauen lassen. Wenn das Wetter es erlaubte, ritt er aus, die Hammelstrift hinunter zum Judenpfad in den Wald, ein alter Herr, der fest im Sattel saß und die erschrockenen Sätze seines Pferdes einfach ignorierte.
Jede Generation von Dachsen grub neue Gänge, Röhren und Wohnkammern, so daß zu der Zeit, als der junge Fuchs sich nach dem Rauswurf aus dem mütterlichen Bau ratlos umhertrieb, ein weitverzweigter Bau da war, mit in Gebüsch und Brennesseln versteckten Eingängen.
Der kleine Rüde schnüffelt eine Weile am Zaun des Meerschweinchenzüchters herum und bewegt sich dann weiter, die Nase am Boden, zum Glasberg hin, wo es still geworden ist. Keine Liebesschreie mehr. Als der Kleine sich dem Dachsbau nähert, hört er Schmatzen und Schniefen, Geräusche, die er schon kennt. Es riecht stark nach Dachs, und es rumpelt und grummelt in der Erde – ein zweiter Dachs kommt aus dem Bau. Es ist eine Dachsin, die den jungen Fuchs schon in der Röhre gerochen hat. Sie watschelt zielstrebig zu ihm hin und beschnüffelt ihn ausgiebig. Er duldet es mit eingeklemmter Rute, wirft sich auf den Rücken und zeigt den Bauch. Die Dachsin entfernt sich, ohne ihn davonzujagen. Die Rute kommt zwischen den Beinen hervor, der junge Fuchs steht auf, schnüffelt hier und da und tiefer im Gebüsch, stößt auf einen weiteren Eingang, aus dem heraus es vertraut und fremd zugleich riecht. Der Erdgeruch erinnert ihn an den mütterlichen Bau. Er steckt die Schnauze in das Eingangsloch, schiebt den Körper nach, und es ist beinahe wie zu Hause. Die Röhre öffnet sich zu einer Wohnkammer, die schon eine Weile leersteht, es riecht nur noch ganz schwach nach Dachs. Der kleine Rüde rollt sich zusammen, legt den Kopf auf

dem Hinterlauf ab, schnauft erleichtert und schließt die Augen, um endlich zu schlafen.

AUGUST

Rings Sonnenschein auf Wies und Wegen,
Die Wipfel stumm, kein Lüftchen wach,
Und doch, es klingt als ström ein Regen
Leis tönend auf das Blätterdach

(Theodor Fontane)

Schon wächst Unkraut zwischen den Stoppeln. Die Strohballen sind verschwunden. Schlaff hängen die Blätter der Zuckerrüben. Die Sonne geht unter. Dunkelheit fällt. Kein Mond, keine Sterne, nichts als undurchdringliche Dunkelheit und eine unnatürliche Stille. Etwas liegt in der Luft. Dachs und Fuchs eilen zu ihrem Bau, die Waschbärin mit ihren Söhnen zu ihrer Baumhöhle. Die Wildschweine schieben sich unters Gebüsch und liegen eng aneinander geschmiegt. Die Feldmäuse kehren in ihre Nester zurück. Die Fledermäuse finden sich vorzeitig in der Spechthöhle ein. Die Wasserfledermäuse kommen vom See zurück. Igel brechen die Nahrungssuche ab und verstecken sich unter dem Reisighaufen. Der Baummarder flüchtet sich in den jüngst eroberten Eichhörnchenkobel, der Siebenschläfer in seine Baumhöhle.

Die Pappeln rauschen. Blitze zucken über den nächtlichen Himmel. Regen prasselt. Alles ist in Aufruhr. In ihrem Häuschen am Judenpfad wacht die alte Emma in dem einsamen Ehebett auf. Angst hat sie nicht. Mit den Sommergewittern auf dem Oberfeld lebt sie seit fast achtzig Jahren. Bei jedem Donnerschlag klirren die Fensterscheiben. Emma hört zu. Langsam verzieht es sich, zuletzt ist nur noch ein fernes Grollen zu hören.

Gegen Morgen läßt auch der Regen nach. Die Sonne geht auf. Die Rübenblätter stehen wieder fest und saftig grün.

Ein Lerchenmännchen steigt auf und singt. Emma war zwei, als ihre Eltern die Altstadt verließen und das Häuschen am

Judenpfad bezogen. An den Wegrändern blühte die Goldraute. Auf dem Oberfeld gab es viele, immer wieder geteilte kleine Äcker, Wiesen und Gärtnereien. Die Wassergräben waren von Pappeln gesäumt, die Wiesen naß. In den Gräben wuchsen Brunnenkresse und Feldsalat. Die alte Emma erinnert sich an die Batzen von Froschlaich im Frühling und das Quatschen, wenn man da hineintrat und lauter winzige Frösche wegspritzten.
Der Vater hatte einen Brunnen in den Fels gesprengt, eine Hütte gebaut und eine Grube gegraben, um die herum er ein Häuschen errichtet hatte, mit einem aus einem Brett bestehenden Sitz. In das Brett hatte er ein Loch gesägt und in die Tür ein Herz. Emma hatte Angst, durch das Loch zu fallen – unten rumorten die Ratten. Es stank, und in den Ecken saßen dicke fette Spinnen.
Die Mutter säte gelbe Rüben, setzte Kartoffeln und Steckzwiebeln, zog Tomaten, Bohnen, Erbsen und pflanzte ein Mirabellenbäumchen. Der Vater baute einen Stall für die Hinkel und einen für die Hasen, später noch einen Ziegen- und einen Eselstall. Wenn Anton aus der Schule heimkam, ging er ihm wortlos zur Hand. Der Vater war ein Schaffer und ein Schweiger und Anton, Emmas heiß geliebter großer Bruder, der einzige, der sie nie schlug.
Viel Prügel für Emma. Die Mutter nahm, was ihr zwischen die Finger kam. Eine Zeitlang war es der Nähmaschinenriemen, den Emma schließlich in einem Rattenloch versteckte, wo er langsam verrottete. Emma sah die Mutter suchen und lachte sich ins Fäustchen. Einmal war sie die Siegerin in dem ungleichen Kampf. Zwischen ihr und der Mutter war Krieg von Anbeginn. Warum, wußte sie nicht. Sie wußte nicht einmal, daß es so war. Es war einfach so, schon im Mutterleib. Die Mutter hatte alles versucht. Vom Stuhl springen, heiße Wadenwickel, Nieswurz. Nichts hatte genützt.
Ich war zu stark, sagt die alte Emma, die heute weiß, was sie damals nicht wußte: daß Anton nicht ihr Bruder, sondern in *so einem Heim* zur Welt gekommen war, wo ihre Eltern ihn ein

paar Tage nach der Geburt und dem Verschwinden seiner Mutter geholt hatten, weil ihnen eigene Kinder versagt geblieben waren. Neun Jahre später war Emma geboren worden, obwohl die Mutter einen Jungen wollte. Wenn schon ein Kind, dann wenigstens ein Junge. Stattdessen Emma. Ein blondes Mädchen mit Zöpfen und großen, weit auseinaderstehenden blauen Augen. Hübsch, aber dem Vater kein bißchen ähnlich. Und wenn sie auch ihr ganzes Leben mit der Mutter verbrachte, immer in dem Häuschen am Judenpfad, das am Anfang aus einem einzigen Raum bestand, an den erst der Vater und später Emmas Mann Schlafzimmer, Wohnzimmer, Küche und schließlich sogar ein Wasserklosett anbauten, erfuhr sie doch nie mehr als daß der Vater sie abgelehnt hatte, weil er nicht glauben konnte, daß sie seine Tochter war. Mehr gab die Mutter nicht preis. *Ich schneid mir doch nicht die Nas aus dem Gesicht.*

Die Welt war voller Schrecken, nicht nur zu Hause. Sobald sie gehen konnte, mußte Emma mit anpacken. *Kleine Hände können auch arbeiten.* Hasenfutter holen.

Das Kind hockt am Wegrand und pflückt Löwenzahn. Plötzlich kommt etwas Entsetzliches über die Äcker. Sie rennt und schreit. Es kommt aus dem Himmel und ist heulend hinter ihr her. Sie stürzt. Gleich wird der schwarze Schlauch über ihr sein und sie vernichten. Da fällt er mitten auf der Wiese in sich zusammen. Später sammelte die Mutter ein, was die Windhose beim Bauern mitgenommen und über der Wiese losgelassen hatte: Körbe, Eimer, Gartenwerkzeuge. „Des braucht der Kribbel nit zu wisse." Bald darauf erwischt der Bauer, den die Mutter nur *den Kribbel* nennt, das Kind mit einer vom Erntewagen gefallenen Zuckerrübe, die es aufgehoben hat, um sie als Hasenfutter nach Hause zu bringen. „Auch die runtergefallenen Zuckerrüben gehören mir. Die trägst du jetzt zurück. Marsch!" Und Emma rennt, so schnell sie kann, dahin, wo sie die Zuckerrübe aufgehoben hat und legt sie wieder hin.

Sie ist vier Jahre alt, als sie ihren ersten Toten sieht. Es ist September. Maisernte. Die Frauen schneiden den Mais, die

Männer lenken die von zwei Ackergäulen gezogenen Erntewagen. Michel, der jedes Jahr als Erntehelfer aus Bayern kommt und Emmas Freund ist, hat die Zügel um den Hals geschlungen. Vielleicht hat er am Abend zu viel Bier getrunken. Er döst vor sich hin, als die Pferde scheuen. Etwas hat sie erschreckt, eine Maus oder ein Vogel, der aus der Hecke aufgeflogen ist, oder ein Papierfetzen, ein weißer, so etwas macht ihnen Angst, den großen schweren Ackergäulen, die sich manchmal zu dem Kind herabneigen, um es mit samtweichen Nüstern zu berühren. Michel wird vom Sitz gerissen. Der Wagen fährt über seine Brust. Als Emma bei ihm ankommt, ist er tot.
Ein paar Monate später wird Anton zu einem Bauern gegeben, und Emma hat nur noch den Gänserich, der jeden Morgen auf sie zu watschelt, die Flügel ausbreitet und sie begrüßt. Sie krault ihn am Kopf. Er folgt ihr überallhin, wartet vor dem Plumpsklo und kommt schnatternd mit, wenn sie Hasenfutter holt oder Anmachholz sammelt. Nur in den Gemüsegarten darf er nicht, und Emma muß immer dran denken, das Törchen zuzumachen, *sonst gibt's die Hucke voll.* Die Gänse laufen frei herum und suchen sich ihr Futter. Abends werden sie in den Stall gesperrt. Der Gänserich ist Emmas ein und alles. Die Mutter schlachtet ihn trotzdem. *Haustiere sind dazu da, um gegessen zu werden.*
Von dem Kind unbemerkt, hat eine neue Zeit begonnen. Emma ist fünf Jahre alt und kennt die Leute, die auf dem Oberfeld arbeiten, die Tagelöhner und die Bauern und die Reiter, von denen es viele gibt, Männer in Uniform und die beiden Fräulein aus dem Haus Hagenburg, das immer noch so heißt, obwohl der Prinz das Anwesen längst verkauft hat. Es gehört mittlerweile einem Grafen von Becker. Als Reinhold Becker in Hannover geboren, vom Schah persönlich für seine Verdienste als Attaché der Kaiserlich-Persischen Gesandtschaft zum *Khan* ernannt. Aus steuerlichen Gründen liechtensteinischer Staatsangehöriger. Der Geheimen Staatspolizei als *windiger Hund* verdächtig, obwohl schon 1930 in *die Partei* und noch vor der *Machtergreifung* in die SS eingetreten. Ein guter Freund von Standartenführer

Werner Best, dem neuen Landespolizeipräsidenten, der allerdings seine schützende Hand von ihm abzieht, als Becker Ärger mit Standartenführer Herbert bekommt, dem er eine Wohnung in seinem Anwesen vermietet hat. Herbert setzt Beckers Ausschluß aus der SS durch. Das gibt ihm den Rest. Er pfeift sowieso schon auf dem letzten Loch. Bis über beide Ohren verschuldet. Auf zu großem Fuß gelebt. Das Wasser steht ihm bis zum Hals.
Um an Geld zu kommen, bestellt er den Pferdehändler Neumond zu sich. Der bringt einen Freund mit, Jakob Esselborn. Becker empfängt die beiden in SS-Uniform. Sie sind beeindruckt, von der Uniform und dem Anwesen – zwei kleine Pferdehändler in der großen Welt. Doch auf ihrem eigenen Gebiet lassen sie sich nichts vormachen. Die drei Reitpferde, die der Graf dem Händler anbietet, sind den geforderten Preis nicht wert. Neumond lehnt ab.
Der Graf lädt ihn und Esselborn zum Frühstück ein. Esselborn, der Becker beim Reit- und Fahrturnier in Bad Homburg in der Loge des ehemaligen Großherzogs gesehen hat, fühlt sich gebauchpinselt, als der Graf ihn im Laufe des Frühstücks um die stattliche Summe von 3000 Reichsmark anpumpt. Er leiht ihm das Geld gegen Wechsel.
Schon der erste Wechsel platzt, wird *notleidend,* wie es im Gerichtsprotokoll heißt. Die Zwangsvollstreckung verläuft erfolglos. Dem Herrn Grafen gehört schon nichts mehr. Der Pferdehändler ist angeschmiert. Er lädt den feinen Herrn zum Offenbarungseid. Einen Offenbarungseid mag der nicht leisten. Lieber zahlt er einen Teil der Schuld. Trotzdem kann er sich nicht mehr lange halten und setzt sich ein paar Monate später mit seiner Familie nach Liechtenstein ab.
Die NSDAP übernimmt die Villa. Neben einer SA-Gruppenführerschule zieht die Geheime Staatspolizei ein. *So erhält das Anwesen mit seiner landschaftlich schönen Umgebung eine würdige und wertvolle Bestimmung.* Da immer noch abgelegen, ist es ein idealer Ort zum Foltern und Morden. Niemand hört etwas, niemand sieht etwas, und wenn irgendein Bauer doch etwas mit-

bekommt, wird er sich hüten, den Mund aufzumachen. Nebenan in der ehemaligen Flotow Villa, die jetzt *Sonnenhof* heißt, wird man erst recht nichts merken wollen. Hans und Ernst, zwei Kaufleute um Fünfzig, besitzen die Villa und die umliegenden Äcker und ein Auto und einen Reitstall mit Bereitern und haben die Jagd auf dem Oberfeld gepachtet und ein Jagdhaus in Ernsthofen und eine Jagd im Odenwald – viel zu verlieren. Außerdem sind sie schwul, und das mögen die Nazis gar nicht. *Widernatürliche Unzucht* wird gnadenlos verfolgt. Doch Hans und Ernst machen sich angenehm. Treten gleich Dreiunddreißig in *die Partei* ein, werden Mitglieder der SS, der Arbeitsfront, der NS Volkswohlfahrt, des Kolonialbunds, der Technischen Nothilfe, des Volksbunds für das Deutschtum im Ausland. Spenden viel Geld für NSDAP, SS, SA, SD usw. Pflegen ihre Beziehungen. Lassen eine hübsche kleine Reithalle bauen, in der die Kameraden von der SS ihre Reitkünste vorführen können. Und hören nicht und sehen nicht. Es lohnt sich. Hans und Ernst, die im Jahre 1920 in einer Turnhalle angefangen haben, Uniformen für die Reichsbahn zu schneidern, werden mit Massenaufträgen für Parteiführer-Uniformen, SA-Uniformen usw. bedacht. Im Jahre 1938 hat Ernst ein Vermögen von 1.022.000,- Reichsmark.
Hans und Ernst sind keine Nazis, sind fromme Katholiken, kultivierte Menschen. Die Angestellten ihrer Firma schenken ihnen eine Flotow-Büste, die heute noch im Eingang der Villa steht. Später wird ihnen ein Caritasdirektor bestätigen, daß sie *unsäglich gelitten haben unter der furchtbaren Welt- und Menschenauffassung der Nationalsozialisten.* In der Zeit ihres Leidens sieht Emma sie täglich an der Hütte ihrer Eltern vorbeireiten - *daß das warme Brüder sind, hab ich schon als Kind gesehn.*
Sie sitzt im Nachthemd auf ihrem Sessel gegenüber dem Fernseher und raucht. Beim Ausatmen kommt ein langgezogenes Pfeifen aus ihrer Lunge. Die Hände zittern leicht, aber der Geist ist klar.
Sie ist sechs Jahre alt und geht schon zur Schule, als sie morgens

eine tote Ratte neben der brütenden Gans findet. Die Mutter sagt, daß die Ratten vom *Schulungsheim* kommen. Dort sind sie schon so dreist geworden, daß sie sich am hellichten Tag zeigen. Ihre Zeit ist die Dämmerung, kurz nach Sonnenuntergang, kurz vor Sonnenaufgang. Dann kommen sie aus dem Dunkel ihres Erdbaus, das ganze Rudel, bis auf die Mütter mit den Kleinen, die in der Nestkammer bleiben und miteinander spielen, sich balgen und eins hinter dem andern her jagen. Selbst diese widerlichen Viecher, die Säuglinge und hilflose Alte annagen und sich gegenseitig auffressen, wenn sonst nichts da ist, sind süße Babys, die sich auf die Mutter setzen und von ihr herumtragen lassen. Die anderen sind draußen, fressen von den Abfällen, die es in Hülle und Fülle gibt in diesem Rattenparadies, putzen sich, und manchmal spielen auch die Erwachsenen miteinander. Als Überträger des Pestflohs haben sie ganze Landstriche in Europa entvölkert, Familien, Dörfer, Städte ausgerottet, aber sie tollen in aller Unschuld miteinander herum, eingehüllt in den Familiengeruch. Taucht jemand auf, der anders riecht, gibt es nur eins: unschädlich machen. Sofort zum Angriff übergehen. Kann der Fremdling nicht schnell genug fliehen, muß er sterben. Meist ist es die Angst, die ihn umbringt und nicht die Bißverletzungen. Auch Ratten können aus Angst sterben. Streß kann sie genauso töten wie Krankheiten oder Feinde. Marder, Fuchs, Waldkauz. Wenn die anderen die durchdringenden Todesschreie hören, machen sie sich davon, verschwinden im Bau. Dann stinkt es da drinnen nach Streß.
Wenn die Schreie verklungen sind, verflüchtigt sich der Gestank, und es bleibt der Familiengeruch. Eine Ratte kann der andern nichts vormachen. Der Geruch sagt ihnen, was los ist: ob die andere entspannt, verängstigt oder kampflustig ist. Und ob ein Weibchen brünstig ist. Dann kämpfen die Männchen miteinander. Sie knurren und fauchen und quieken.
Die Rättin hebt das Hinterteil, der Körper vibriert, die Ohren flattern. Sie legt den Schwanz zur Seite. Er dringt ein und vollzieht die Begattung innerhalb weniger Sekunden.

Drei Wochen später flutschen die Jungen blind, taub und nackt, mit blutrot schimmernder Haut in das mit dürrem Gras, Laub und Papierfetzen ausgepolsterte Gemeinschaftsnest. Die Mutter nabelt sie ab, befreit sie von der Eihaut und leckt sie trocken. Sie fiepen und piepsen. Sie suchen und finden die Zitzen der Mutter. Sie trinken und schlafen. Nach drei Tagen zeigen sich die ersten Haarspitzen, nach zwei Wochen gehen denen, die noch leben, die Augen auf, nach drei Wochen streifen die, die jetzt noch leben, draußen herum, nach sechs Wochen sind die Weibchen bereit, sich decken zu lassen. Von so vielen Männchen wie möglich. Große Samenauswahl – starker Rattennachwuchs. Sie haben einen ausgeprägten Sinn für stark und schwach. Sie schicken die Schwächsten als Vorkoster. Wenn denen das unbekannte Futter nicht bekommt, rühren sie es nicht an. Sonst fressen sie alles. Getreidekörner, Feldmäuse, Vogeleier, Hühnereier, Hühnerküken, Fasanenküken, junge Karnickel, Abfälle aller Art, das Gummi des Nähmaschinenriemens, den Emmas Mutter zum Prügeln nahm. Eines Tages war er nicht mehr da.
Die alte Emma drückt die Zigarette aus. Unter der Lampe in der offenen Tür torkelt eine Schnake mit lang herabhängenden Beinen. Das Zimmer ist sehr klein, die Decke niedrig. Rattenplagen hatten sie viele. Die Ratten fraßen das Hühnerfutter und die Hasen.
Draußen sind die Gerstenfelder grob umgepflügt, die gelben Halme ragen kreuz und quer aus der schweren nassen Erde. Krähen watscheln über die Schollen und picken die ausgefallenen Körner auf.
In dem Rübenfeld unterhalb der Rosenhöhe steht eine einzelne Sonnenblume, hochaufgerichtet, die Blätter anmutig von sich gestreckt. Am Himmel treiben graue Wolken. Das Gelb des Sonnenblumengesichts über dem dunklen Grün der Rüben.
Emmas Familie war nicht die einzige, die Anfang der Dreißiger Jahre aufs Oberfeld zog. Am Seiterswiesenweg bauten die Junges und die Thums fast gleichzeitig ihre Hütten, die einen rechts vom Weg, die andern links. Beide gruben Brunnen und

Plumpsklos und lebten, wie Emmas Familie am Judenpfad, bis in die Fünfziger Jahre hinein ohne Strom. Sie kochten und heizten mit Holz, das sie aus dem Wald holten. Hermann Junge war Kommunist und hängte, als später auch am Oberfeld die Hakenkreuzfahnen aus den Hütten flatterten, keine Fahne raus, weder an Führers Geburtstag noch am Heldengedenktag noch an einem der anderen Beflaggungstage.

Es war Emma ausdrücklich verboten, mit den Thum-Kindern zu spielen. Berta Thum, die Mutter, saß manchmal bei Emmas Mutter, aber von den Kindern hatte Emma sich fernzuhalten. Sie stammten aus Frau Thums erster Ehe, Kalle, der bereits dreizehn war und bald verschwand, Willi neun und Elfi acht Jahre alt, die beiden gingen schon zur Schule. Frau Thum arbeitete als Büglerin im Stadtkrankenhaus, ihr Mann war arbeitslos. Kein Schaffer wie Emmas Vater - einer, der lange schlief und dann in die Wirtschaft ging, zu Kimmerlein an der Erbacherstraße, und wenn er nach Hause kam, keifte sie, weil er besoffen war und nannte ihn *Drecksau*, und er nannte sie *Hure* und ging mit der Sense auf sie los, schüttete ihr kochendes Wasser über und trat ihr in den Bauch.

Sie hatte kein Glück mit Männern. Ihr erster Mann war auch ein Säufer gewesen.

Sie kam aus Hetschbach, einem Dorf im Odenwald und war glücklich, aus der Stadt heraus zu sein und den weiten Himmel über sich zu haben, die Wolken ziehen zu sehen und jede Nacht zu den Sternen aufblicken zu können. Sie legte einen Gemüsegarten an und pflanzte Johannisbeersträucher und einen Mirabellenbaum. Im Laufe der Jahre kamen Apfel-, Birn- und Kirschbäume hinzu.

Sie hatte ein Fahrrad, mit dem sie zur Arbeit fuhr. Manchmal begegnete sie dem Feldschütz Blechohr mit seinem Schäferhund. Er nannte sie respektvoll Frau Berta, und einmal schenkte er ihr ein paar Gummern, die er irgendwelchen Dieben abgenommen hatte.

Zu ihrem Geburtstag blühten die Schneeglöckchen, und sie

wußte, daß sie wieder schwanger war. Sie spürte schon die Bewegungen des Kindes, als ihr Mann plötzlich nicht mehr glauben wollte, daß das Kind seines war. Er nannte sie *Hure* und schlug auf sie ein. Sie nannte ihn *Drecksack* und schlug zurück. Willi versuchte seine Mutter zu verteidigen. Der Stiefvater schlug ihm die Zähne aus. Wehen setzten ein, Berta kam ins Krankenhaus und hatte eine Fehlgeburt. Danach wußte sie nicht mehr, was sie tat. Wahrscheinlich nannte sie die Schwestern *Säue* und die Ärzte *Drecksäue*. Sie war eine Wilde gewesen, jetzt war sie Mitte Dreißig und hatte viel Wut und genauso viel Angst im Bauch. Im Krankenhaus machte sie der Wut Luft. Und vielleicht wußte sie auch, was ihr Mann zu Hause mit ihrer Tochter machte. Sie tobte. Man brachte sie nach Goddelau in die Psychiatrische Klinik. Der Arzt verordnete ein Kaltwasser-Dauerbad.

Die Schwestern trugen weiße Flügelhauben und waren stärker. Der Saal, in dem die Badewannen standen, war gekachelt, ungeheizt, das Wasser eiskalt. Die Wut verflüchtigte sich, die Angst blieb. Zu Hause zeigte der Nachbar ihren Mann wegen Kindesmißbrauchs an. Vielleicht war es auch seine Frau, die es nicht mit ansehen konnte. Hans Thum verschwand im Kazett.

Im August ließ Berta sich zur Feldarbeit einteilen und flüchtete zu Fuß von Goddelau in die Stadt. Als sie auf dem Oberfeld ankommt, fliegt der Schatten einer Wolke über die braune Erde des gepflügten Felds. Zwischen den Zuckerrüben schaut eine Sonnenblume nachdenklich zu Boden. Sie war ein halbes Jahr fort. Der Kohlweißling, der über den Rübenacker flattert, ist Glück. Das Weiß der Knallerbsen ist Glück, das Weiß des blühenden Knöterichs, alles ist Glück.

Gleich am nächsten Tag setzt sie sich aufs Rad, fährt in die Stadt und bittet darum, wieder eingestellt zu werden. Sie will zurück in den Bügelsaal des Stadtkrankenhauses. Stattdessen wird sie entmündigt.

Ein Vormund wird bestellt, das ist der Herr Huck, ein treues Mitglied der NSDAP, der nichts dagegen hat, daß das

Amtsgericht das Zwangssterilisierungsverfahren eröffnet. Alles geschieht nach Recht und Gesetz. *Gesetz zur Verhütung erbkranken Nachwuchses.* Sie wehrt sich, als sie abgeholt wird. Und wieder kann Willi seiner Mutter nicht helfen. Herr Huck ist da. Es hat alles seine Ordnung. Sie wird ins Stadtkrankenhaus gebracht, vorbei an dem Pförtner, den sie kennt. Sie hört auf, sich zu wehren. Liegt still auf dem Operationstisch, nur durch ein paar Wände von ihren früheren Kolleginnen getrennt.

Ein paar Jahre später durfte sie dann doch wieder im Bügelsaal arbeiten. Willi fing eine Sattlerlehre an. Er war jetzt dreizehn. Er rauchte, selbstgedrehte Zigaretten. Trank nicht, nicht mal ein Bier. Ging nicht in die Wirtschaft und nur gezwungenermaßen zu den Heimabenden der Hitlerjugend. Das Jungvolk traf sich in einer Baracke am Westhang des Oberfelds. Beim Jungvolk war er genauso ein Außenseiter wie in der Schule. Hingehen mußte er, weil Herr Huck, der Vormund, darauf bestand und Berta zur Sau machte, wenn die Uniformen der Kinder nicht in Ordnung waren. Elfis weiße Bluse, im Bottich gewaschen und mit dem Kohlebügeleisen perfekt geplättet, und trotzdem war Elfi das Letzte unter den Mädels, hühnerbrüstig, asozial, die Tochter der Verrückten.

Emma dagegen ging gerne zu den Heimabenden, war stolz darauf, daß eine Merck-Tochter ihre Scharführerin war: *Meine* Scharführerin...

Elfi machte eine Lehre als Friseuse. Der Steinbruch am Querweg wurde zugeschüttet. Der Steinbruch am Scheftheimer Weg diente als Thingstätte. Bei Ostwind hörte Berta sie unten am Steinbruch singen. *Es zittern die morschen Knochen...* Früher hatte sie manchmal in dem glasklaren Wasser des kleinen Sees gebadet, hatte Salamander gesehen, Molche, Eidechsen, Frösche, Ringelnattern. Einmal war sie die Felswand hochgeklettert bis hinauf zu der Zeder, die dort oben wuchs. Und hatte das ganze Oberfeld unter sich und alles sprach zu ihr. Jetzt hockt sie allein vor dem Haus und hört die Rüben reden. Die Runkelrüben des Domänenpächters mit seinem Schmiß auf der Backe

– *Frau Nachbarin, so geht das nicht.* Und seine Rüben reden schon genauso, Alt Rinkrank, der fette, schmuddelige Kerl, der die Sonnenblume runtermacht, weil sie da nicht hingehört, mitten im Rübenfeld zu wachsen, so geht das nicht, du hast hier nichts zu suchen, mach dich fott, nichts zu suchen, hier ist ein anständiges Rübenfeld, du solltest dich was schämen, schämst du dich nicht?
Die Sonnenblume schweigt, was soll sie auch sagen. Sie läßt schuldbewußt den Kopf hängen, Berta sieht es und weiß, daß ihr Gesicht schwarz werden wird.
Willi hat ihr einen Liegestuhl gemacht. Sie liegt da und starrt in den Himmel. Blaue Seen, weiße Wolken und geballtes graues Gewölk. Liedfetzen wehen über sie hinweg. In der Thingstätte im ehemaligen Steinbruch ist irgend etwas los. Einmal hat sie dort Eidechsen schlüpfen sehen. Es dauerte Stunden. Sie sah einfach nur zu und verscheuchte eine Krähe, die die Jungen fressen wollte. Eidechsen hatte sie schon als Kind geliebt, hatte sie beobachtet, wie sie den Tau von Gräsern leckten, reglos auf der Lauer lagen, eine Spinne verzehrten. Sie wußte, auf welchen Steinen sie sich sonnten und kannte ihre Verstecke in den Mauerritzen, in denen sie verschwanden, wenn es Abend wurde.
Auf dem Grundstück, das Berta Fornoff Anfang der Dreißiger Jahre pachtete, steht kein Stein mehr auf dem andern, Gemüsegarten weg, Obstgarten weg, Berta, Elfi, Willi und seine Katzen, alle weg, aber die Eidechsen sind noch da, lecken immer noch den Tau von den Gräsern, nähren sich immer noch von Spinnen, Würmern und Raupen. Wo sie sich einmal niedergelassen haben, bleiben sie. Sie sind die Alteingesessenen, die seit Generationen heimisch sind auf diesem Stückchen Land, das heute, nachdem Willi Fornoffs Haus und seine Werkstatt abgerissen worden sind, eine Vogelschutzinsel ist, durch die ein junger Waschbär streift.
Der Waschbär ist ein Hergelaufener, einer, der hier eigentlich nichts zu suchen hat. Zu der Zeit, als Berta Fornoff das Grundstück am Seiterswiesenweg pachtete, saßen seine Vorfahren

noch in deutschen Pelztierfarmen fest. Mäntel und Mützen aus Waschbärenfell waren damals die große Mode. Es wird wohl rentabler gewesen sein, die Waschbären hier zu züchten, als ihre Felle aus Amerika zu importieren, und dann gelang einem Paar die Flucht, und sie vermehrten und verbreiteten sich und kamen jüngst auch auf dem Oberfeld an. Der Kleine, der noch nicht lange allein unterwegs ist, erinnert sich von seinen Streifzügen mit Mutter und Bruder an dieses Stückchen Land, und vielleicht hält er nach einem Plätzchen Ausschau, wo er in Sicherheit schlafen kann.

Das Neuntöternest in den Schlehen am Wegrand ist leer. Die Jungen sind groß genug, daß die Alten sich auf den Weg machen können. Sie ziehen einzeln und in der Nacht, über Hessen und Bayern nach Österreich, über die Berge nach Kroatien und Serbien und Griechenland, übers Meer nach Lybien und weiter über Tschad hinweg nach Zaire und Sambia nach Simbabwe, alles nur, um ein paar Monate im Warmen zu verbringen und sich dann wieder auf den Weg zu machen. Ihre Jungen bleiben noch eine Weile auf dem Oberfeld, fressen sich voll, um diese Jahreszeit mit Käfern und Heuschrecken, und eines Nachts ziehen auch sie, fliegen einfach los. Niemand hat ihnen gesagt, wo es langgeht, aber sie kennen die Richtung.

SEPTEMBER

Im Hof scheint weiß der herbstliche Mond
Vom Dachrand fallen phantastische Schatten.
Ein Schweigen in leeren Fenstern wohnt;
Da tauchen leise herauf die Ratten

(Georg Trakl)

In dem hohlen Baumstamm bei den Silberpappeln quieken und zirpen und murmeln fünf nackte, blinde und taube Siebenschläferjunge in dem mit Gras, Moos und Federchen gepolsterten Nest.
Die Hecken entlang der Schrebergärten sind frisch geschnitten, exakt, wie es sich gehört, das lebendige Grün macht Front. Einer ist aus der Reihe geschert. Seine Hecke steht ein wenig höher, aber auch exakt beschnitten.
Die Schwalben sammeln sich. Sie sitzen dicht nebeneinander auf dem Leitungsdraht am Seiterswiesenweg und zwitschern alle durcheinander, die Schwalben vom Norden und die vom Süden des Oberfelds, die einen aus den vielen Ställen des Reitervereins, die andern aus dem einen Stall, in dem die letzten drei Pferde des Domänenpächters stehen.
In den Dreißiger Jahren, in denen der Vater des jetzigen Pächters auf dem Hof herrschte, waren es viele. Der Alte war ein echter Herrenmensch, mit einem Schmiß auf der Backe und einer Reitgerte, die er nur zum Essen und Schlafen aus der Hand legte. Alle hatten Angst vor ihm. Seine Frau und seine Kinder. Seine Arbeiter sowieso, und die Fremdarbeiter, die erst später, als alles vorbei war, Zwangsarbeiter genannt wurden, erst recht. Auch Hans und Ernst, beide schon Grauköpfe, fürchteten den zehn Jahre Jüngeren. Sie fürchteten seinen schneidenden Ton. Sie wußten, daß er einen langen Arm hatte und sie zermalmen konnte und duckten sich, nicht nur wegen der Aufträge. Wenn ihnen

die Gesänge aus der Nachbarvilla auf die Nerven gingen - *die Fahne hoch! Die Reihen fest geschlossen! SA marschiert* - ließen sie es sich nicht anmerken, und wenn die Hitlerjungen in Reih und Glied zum Steinbruch marschierten - *Wir stehn nie hinten an, vom deutschen Geist durchdrungen, so stehn wir unsern Mann, Sieg Heil!* – grüßten sie ihren Freund, den Unterbannführer Bohnsack mit zackig ausgestreckten Armen, und wenn es sein mußte, sangen sie auch selber – *Zum Kampfe stehn wir alle schon bereit.*

Berta sah sie fast täglich vorbeireiten und hätte sich nicht träumen lassen, daß auch diese beiden eine Heidenschiß vor dem Domänenpächter hatten. Vielleicht war ihre Angst vor ihm noch größer als Bertas. Berta hatte ihren Haß, und manchmal war der stärker als ihre Angst. *So geht das nicht, Frau Nachbarin.* Er störte sich an ihrer Sickergrube. Sie war nicht in der Stimmung, sich alles gefallen zu lassen. *Was denn, soll ich die Jauche etwa saufen? Das könnte dir so passen.*

Der Pächter beschwerte sich bei ihrem Vormund. Herr Huck kam. Heil Hitler, was muß ich da hören? Erst brachte er die Beschwerde des Pächters vor, dann teilte er ihr mit, daß ihr ältester Sohn in einem Wiener Gefängnis gestorben war.

Es war das Jahr 1939, und es war Krieg. Richard Fornoff war beim „ungesetzlichen Grenzübertritt nach Ungarn“ verhaftet worden.

Berta begriff. Ihr Richard hatte versucht abzuhauen. Wollte nicht in den Krieg. Wahrscheinlich hatten sie ihn totgeprügelt. Neunzehn Jahre alt.

Als Herr Huck weg war, lief sie heulend übers Feld zum Judenpfad. In dem Häuschen von Emmas Familie wurde auch geweint. Emmas Stiefbruder Anton hatte sich freiwillig gemeldet. Weil er in dasselbe Mädchen verliebt war wie der Sohn des reichen Bauern, bei dem er diente.

Es dauerte nicht lange, bis die ersten Kriegsgefangenen auf den Feldern arbeiteten. Berta sah das **P** auf der rechten Brustseite und wußte sofort, was es bedeutete.

Herr Huck sagte, das sei keine Schikane, *sondern eine zum Schutz des deutschen Volkstums unumgängliche Maßnahme.* Ermahnte Elfi, sich von den polnischen Kriegsgefangenen fernzuhalten.
Der Pächter erwischte Berta, wie sie mit einem von ihnen schwatzte. Er schlug den jungen Mann mit seiner Reitgerte ins Gesicht und sagte zu Berta: „Ich warne dich. Du machst dich strafbar. Noch einmal, und ich zeige dich an.“
Berta biß die Zähne zusammen.
Willi wollte nicht mehr zu den Heimabenden der HJ. In den Schulungsstunden war jetzt ständig die Rede von der *Abwehr fremden Blutes.* Herr Huck stauchte ihn zusammen. Der *Dienst in der Hitlerjugend ist Ehrendienst am deutschen Volke.* Berta konnte ihrem Sohn nicht helfen.
Als er eingezogen wurde, drehte sie durch. Elfi holte den Arzt. Nachdem Bertas Hausarzt im Konzentrationslager Osthofen verschwunden war, hatte Huck einen Parteigenossen zu ihrem Arzt bestimmt. Dr. Schwall war ein sehr hochgewachsener dünner Mann, der leicht vornübergebeugt ging und das ergraute Haar ordentlich kurz geschnitten trug. Berta konnte ihn nicht leiden, hatte aber keine Angst vor ihm. Er gab ihr eine Spritze und schrieb die Einweisung in die Psychiatrische Klinik. Berta wurde *abgeholt.* Willi konnte seiner Mutter nicht helfen.
Als sie die Backsteingebäude des Philippshospitals sah, wurde ihr kalt im Bauch. Beim Anblick der Flügelhauben kam die Wut zurück. *Nazischweine!* Es gab neue Schwestern und einige, die sie schon kannte. Schwester Renate sah sie und sagte hinterhältig sanft: „Ja, wen haben wir denn da?“
Es war noch viel Kraft in ihr. *Drecksau!* kreischte sie. *Dreckige Drecksau!*
Kraft und Wut schwanden nur allmählich. Sie wurde gespritzt, von den andern weggeholt, raus aus dem Saal in ein Einzelzimmer und gespritzt. Danach erbrach sie sich und war krank und hatte große Schmerzen und konnte nicht mehr arbeiten.
Sie wurde für den *Müllertod* selektiert. Berta wußte nicht, daß

der *Müllertod* nach dem Direktor der Anstalt Eglfing-Haar benannt war, dem Psychiater Dr. Herrmann Pfannmüller, der diese *einfache und natürliche Methode zur Patiententötung* erfunden hatte, um dem Protest einer uneinsichtigen Bevölkerung gegen die *Vernichtung lebensunwerten Lebens* Rechnung zu tragen. Aber sie wußte, was der *Müllertod* war. Sie wußte es von anderen Patienten - etwas war durchgesickert unter den Insassen, die Ohren hatten zu hören und Augen zu sehen. Ärzte und Pflegepersonal nannten es *Sonderkost.* Kein Eiweiß, kein Fleisch, kein Fett. Eine Kartoffel, ein Klecks Gemüse und eine Scheibe Brot am Tag. Das war die *Sonderkost.* Später nannte man es *wilde Euthanasie.*

Ärzte und Pflegepersonal ließen die Patienten systematisch verhungern. Es dauerte Monate, bis sie starben. Willi wollte es nicht glauben, als er aus der Kriegsgefangenschaft zurückkam und die Mutter stocksteif auf einer Liege vorfand, stumm die Decke anstierend, weißhaarig und mit offenen Beinen. Er glaubte es erst zwanzig Jahre später, als *Der Spiegel* über Pfannmüllers diskrete Mordmethode berichtete.

Auch in der Anstalt gab es viele, die es nicht glauben wollten. Das ist der Krieg, sagten sie, alle müssen hungern, damit die Soldaten zu essen bekommen oder sie beschuldigten einander:

„Die hat mir alles weggefressen! Die wo da so hockt, hat die Schüssel ausgeschleckt!"

Alle waren abgemagert und verrunzelt. Die Haut hing von den Knochen wie graue Lappen. Sie hatten Hungerödeme, Hungerbäuche, Hungertuberkulose. Berta sah sie eine nach der andern sterben. Helga, die auch aus dem Odenwald kam und ihre Freundin war. Sie konnte stundenlang von Kochkäse reden, wie man Kochkäse macht, er darf nicht zu dünnflüssig werden und nicht zu fest, zäh wie Sirup is auch nix. Kochkäs mit Musik, das tät ich jetzt gern essen. Und Martha die Junge, die so alt war wie Elfi und so gerne Bier mit Malz drin getrunken hatte und Hannelore und Luwwis, Luise Büttner, die eine Pfarrerstochter war, deren Vater den Vater des Anstaltsleiters gekannt hatte, der

ebenfalls Pfarrer gewesen war. Luwwis hoffte bis zum Schluß, aber Kadderiene, die mit Berta zusammen überlebte, sagte: „Pfarrerskinder, ach, geh fott, geh mir fott mit Pfarrerskindern."
Den Direktor sah Berta nur ein einziges Mal. Er hatte sehr helle Augen, einen breiten Schädel und eine Halbglatze. Er war Anfang Sechzig und machte eine gute Figur, als die Amerikaner Ende März 1945 in Goddelau einmarschierten. Sie ließen ihn auf seinem Posten. Er blieb Anstaltsleiter. Niemand sagte ihnen, daß allein in diesem März eintausendundzweihundertvierundzwanzig Patienten gestorben worden waren.
Berta lebte noch, aber sie wußte nicht, wie sie auf die Pritsche in dem Haus gekommen war, in dem es keinen Tisch und keinen Stuhl mehr gab, keine Tür und keinen Fußboden, alles Brennbare verheizt von irgendwelchen Eindringlingen, die sich nach dem großen Angriff aufs Oberfeld gerettet hatten. Sie wußte nicht, daß der Krieg zu Ende war, die Stadt in Trümmern lag und der Mann, der sie *Frau Berta* nannte, ihr alter Freund Blechohr war.
Elfi war da und flößte ihr irgendwelche Suppen ein. Sie konnte noch schlucken und noch atmen, aber es dauerte Monate, bis sie ihre Umgebung wahrnahm.
Es war September. Schierling und Kamille welkten. Nachtkerzen, Hahnenfuß und Witwenblumen, Mohn und Ackersenf standen braun und unansehnlich an den Wegrändern. Die Goldraute blühte, und Arbeiter rissen die Sonnenblumen aus, die zwischen den Zuckerrüben wuchsen.
Die Krähen auf den Äckern, die wogende Wolke einer Starenschar und ihre Schatten auf dem Pflaster des Scheftheimer Wegs. Der braune, sonnenbeschienene Acker an der Hammelstrift gesprenkelt von winzigen grünen Blättchen. Am Rand des Zuckerrübenfelds steht eine angefressene schmuddelig-weiße Rübe – man sieht die Abdrücke von Zähnen. Da hat nachts jemand gesessen und genußvoll geknabbert.
Große rote Nacktschnecken gleiten über die noch feuchten Wege – nach dem Regen kommen sie wie aus dem Nichts und suchen

nach Eßbarem, Pflanzenteilen, Kot, Tierleichen.
Es dämmert. In dem verwilderten Garten am Scheftheimer Weg verläßt der letzte überlebende Jungigel das Lager, auf dem er geboren wurde.
Er weiß nicht, daß er nicht zurückkehren wird, macht sich wie jeden Abend auf die Suche nach Nahrung, findet eine Nacktschnecke, schlenkert sie im Maul hin und her, beißt irgendwo ab. Bis er aufgefressen hat, ist es dunkel. Der junge Igel kriecht unter dem Zaun hindurch, überquert den Acker und hat fast den Garten der Sinti erreicht, als ihm etwas in die Nase steigt, das er noch nie gerochen hat, aber er weiß sofort, daß dieser Geruch höchste Gefahr bedeutet.
Der junge Fuchs aus dem Bau am Querweg ist schon eine Weile selbständig. Mit Igeln hat er noch nicht zu tun gehabt, aber er weiß gleich, daß da etwas zu fressen ist. Und schleicht sich an und stürzt sich auf den Igel, der Kopf, Füße und Bauch schon in der Stachelkapuze versteckt hat. Das Füchslein heult auf und fährt zurück und leckt sich die Pfoten und setzt sich hin und wartet. Der Igel rührt sich nicht. Satelliten ziehen ihre Bahn, übers Oberfeld hinweg, um die Erde herum und haben den Erdball schon zweimal umkreist, und immer noch wartet der Fuchs vor der stacheligen Kugel.
Plötzlich gibt er umstandslos auf und trollt sich mit leerem Magen.
Der Igel merkt, daß der Geruch weg ist, wartet noch ein Weilchen und streckt erst vorsichtig den Kopf hervor, dann die Pfoten und eilt davon, an den Zäunen entlang zu dem ausgebrannten Heuschober am Katharinenfalltorweg. Dort findet er ein sicheres Plätzchen, das er sich mit Moos von am Eingang liegenden Steinen schön kuschelig zurechtmacht.
Bei Morgengrauen schläft er zum ersten Mal im eigenen Unterschlupf und hört und riecht nichts von der Alten Bache und ihrer Rotte, die in einer langen Reihe an der Scheune vorbei zur Rosenhöhe hinaufziehen und einer nach dem andern in dem Dickicht vor dem Anwesen des Finanzmannes verschwinden.

Grillenfänger und der Silbergraue haben sich daran gewöhnt, daß sie die Letzten sind, aber jetzt geschieht etwas noch nie Dagewesenes: von drinnen bedeutet ihm eine Bache mit geöffnetem Rüssel und drohendem Brummen, daß er nicht willkommen ist. Er steht mit eingeklemmtem Schwanz, hinter ihm der Silbergraue, wuhlt ein bißchen in der Wiese vor dem Dickicht und wendet sich dann ab, nach Norden hin. Der Silbergraue folgt ihm.

Die beiden trotten am Spanischen Turm und an den mit Knöterich bewachsenen Zäunen vorbei, an den Schrebergärten entlang zu den Pferdeweiden. Da gibt es ein Dickicht, an das Grillenfänger sich erinnert. Hier finden er und der Silbergraue Unterschlupf für den Tag, ihren ersten Tag allein, ohne die Rotte.

Es ist Mitte September. Die Schwalben sind fort. Die Tage sind kürzer und kühler geworden, das Licht ist mild und diesig. Der Altweibersommer beginnt.

Es war in den ersten Tages des Altweibersommers, daß die Lehrerstochter Gisela im Jahre 1942 auf den Hof des Domänenpächters kam, um ihr Pflichtjahr als Haushaltsgehilfin zu absolvieren.

Sie war von Roßdorf aus zu Fuß unterwegs, hatte sich im Wald verirrt und wußte erst am Katharinenfalltorweg wieder, wo sie war. Im Steinbruch hatte sie als Kind gespielt. Ihre Großmutter hatte einen Acker auf dem Oberfeld.

Auf einem abgeernteten Feld sah sie zwei gebückte Frauen und einen Mann, der mit großen Schritten auf sie zuging. Der Mann trug eine Jägerjoppe und hatte eine Reitgerte in der Hand, mit der er sich gegen die Stiefel schlug, als er bei den Frauen angekommen war. *So geht das nicht, meine Damen.*

Das war das erste Mal, daß Gisela *ihn* sah. Später in der Küche hörte sie, daß er das Ährenlesen auf den Feldern nicht duldete.

Der Hof war voller Menschen. Hämmern und Klopfen aus der Schmiede. Das Klappern von Pferdehufen auf dem Kopfsteinpflaster. Vor den Baracken, in denen die Zwangsarbeiter hausten, standen zwei ältere Männer mit Gewehren. Gisela wußte,

daß der Domänenpächter Ukrainer und Franzosen hatte. Durch eine offene Tür sah sie eine Reihe von dicht nebeneinander liegenden Strohsäcken mit jeweils einer löchrigen Decke.
Die Hände, die ihr mittags das Eßgeschirr hinstreckten, waren voller Wanzenstiche. Die Suppe, die sie austeilte, bestand aus ungeschälten Kartoffeln. In der Brühe schwammen Erdklumpen und Strohhalme. Dazu gab es eine Scheibe nasses Brot aus Rüben und Kleie. Die deutschen Arbeiter bekamen eine Suppe aus geschälten Kartoffeln, Knochen und gelben Rüben.
Gisela durfte mit der Familie in der Küche essen. Es ging ihr gut. Sie bekam Fleisch. Die Frau des Bauern war groß, dick und freundlich, auch zu den Ostarbeiterinnen. Aber sie ließ es zu, daß ihr Mann nicht nur die Kriegsgefangenen und die deutschen Arbeiter, sondern auch ihre Kinder in den Hintern trat. Nie hörte Gisela ein Wort des Protestes von ihr. Gustav war nun einmal der Herr und *aus fertig ab*.
Die Bäuerin stand vor allen anderen auf. Wenn Gisela in die Küche kam, saß sie am Tisch und las die Zeitung.
Gisela war schon verliebt in Wassilij, als sie in der auf dem Küchentisch liegengebliebenen Zeitung unter der Überschrift *Am Pranger* von einer Deutschen las, die sich mit einem Fremdarbeiter eingelassen hatte. Ihr wurde flau im Magen. Trotzdem nutzte sie die Gelegenheit und klaute ein Stück Speck für Wassilij. Der Fettfleck in der Schürzentasche sollte sie auch nach dem Krieg noch an ihn erinnern. Seine sehr hellen Augen. Die Art, wie er ihren Namen aussprach. Gisellchen. Die Läuse, die sie sich von ihm geholt hatte. Seine schönen, zerstochenen Hände, die sie so sanft gestreichelt hatten.
Er war zwanzig Jahre alt und kam aus dem Dorf Senkowa. Sein Vater war Lehrer, die Mutter hatte ihm das Klavierspielen beigebracht. Er war in Charkow und wollte nach Hause fahren, als Polizisten mit Schäferhunden ihn in eine Kolonne gezwungen hatten, die auf dem Weg zum Güterbahnhof war.
Die Wanzen setzen ihre Stiche dicht nebeneinander, so daß sie sich am Morgen zu kreuz und quer verlaufenden Straßen fügen,

die Flöhe stechen nur zwei oder dreimal. Die Stiche von beiden jucken infernalisch, die Zwangsarbeiter kratzten sich ständig, und nachdem Gisela Wassilij nachts im Steinbruch getroffen hatte, kratzte auch sie an sich herum, bis die Bäuerin fragte, ob sie sich die Krätze geholt habe. Gisela spürte, wie sie rot wurde unter dem prüfenden Blick.
Im Steinbruch hatten sie einander nur im Arm gehalten, mehr nicht. Reden konnten sie auch nicht. Aber beide wußten sie, daß die Strafe furchtbar sein würde.
Ostarbeiter dürfen ihre Unterkünfte nicht verlassen. Er riskiert Zwangsarbeit im *Arbeitserziehungslager* (im Volksmund *Kazett* genannt). Jelena, die bloß ihr *Ost* nicht getragen hat, ist wegen *Nichttragens des Kennzeichens* abgeholt worden. Als sie wiederkam, hat sie stumm den Stall gemistet. Man weiß nicht, wie es ihr ergangen wäre, wenn der Bauer sie nicht hätte zurück haben wollen, weil sie so gut mit den Pferden umgehen kann.
Solange sie einander in den Armen hielten, war die Welt in Ordnung. Alles war gut, selbst als sie die Sirenen heulen hörten und kurz darauf das Brummen der Bomber, war alles gut. Auf dem Rückweg hielten sie sich bei den Händen. Am Hoftor rief Gisela leise die Hunde zu sich, damit sie nicht anschlugen. Von da an flog ihr Blick, wenn sie mittags mit Helga den Suppenkessel hinaustrug, die Schlange der russischen Arbeiter entlang, bis sie seine untersetzte Gestalt entdeckt hatte. Dann lächelte sie und bildete sich ein, daß niemand etwas merkte, obwohl selbst die Franzosen in ihrer Schlange sahen, was los war.
Russen und Franzosen wurden getrennt verköstigt, schliefen in getrennten Baracken, hatten getrennte Luftschutzräume.
Der Luftschutzkeller der Familie lag unter dem Kuhstall. Gisela als BdM-Mädel im Pflichtjahr zählte zur Familie.
Es gab genug Platz, aber die Luft war muffig und abgestanden, und wenn Gäste da waren, die getrunken hatten, verbreiteten ihre Körper Schnapsgestank, der sich, wenn es länger dauerte, mit dem Geruch aus dem Pinkeleimer mischte.
Die Kinder wußten, daß sie nicht weinen durften und verhielten

sich still, manchmal schliefen sie trotz des durch die Mauern zwar gedämpften, aber immer noch beängstigenden Krachens draußen. Auch Gisela versuchte zu schlafen.
Wenn sie später an die Nächte in dem fensterlosen Raum unter dem Kuhstall zurückdachte, erinnerte sie sich hauptsächlich an diesen Zustand zwischen Schlaf und Wachen, in dem sie alles hörte, was gesprochen wurde und auch Dinge verstand, von denen sie sonst nichts wußte. Als SS-Obersturmbannführer Mohr, der vom Schulungsheim herübergeritten war, wo er dienstlich zu tun gehabt hatte, von *Sonderbehandlung* sprach, war ihr klar, was das bedeutete. Jemand war hingerichtet worden, ein Landsmann von Wassilij.
Sie stellte sich schlafend. Das Herz schlug ihr bis zum Hals. Dr. Schwall, dem noch das Stethoskop um den Hals hing, mit dem er die Brust des kleinen Heinz abgehört hatte, meinte gleichgültig: „Sollen sich einwandfrei führen, dann passiert ihnen nichts."
Mohr, der sich als Leiter der Gestapo bemüßigt fühlte, die Zivilisten Stegmüller & Krischer aufzuklären, schnarrte, es müsse hart durchgegriffen werden, ein Nachgeben bedeute Verlust der Autorität. Die Herren vom *Sonnenhof* äußerten sich lahm, aber verständig, und Gisela in ihrem hellsichtigen Zustand begriff, daß diese beiden Grauköpfe mit den schwarzen Reitstiefeln aus feinstem Leder einfach nur feige waren. Dann stockte ihr der Atem, weil das Wort GV-Verbrechen gefallen war und ihr sofort klar war, daß es das war, was sie mit Wassilij begangen hatte: ein GV-Verbrechen.
Plötzlich hatte sie keine Angst mehr, schwanger geworden zu sein, nur noch brüllende Kopfschmerzen.
Der Bauer sagte: „Wer nicht hören will, muß fühlen."
Er war schon angetrunken gewesen, bevor es losging. Die beiden Männer vom *Sonnenhof* hatten ein Pferd bei ihm gekauft. Den Kauf hatten sie mit Korn besiegelt. Die Herren waren zum Essen geblieben.
Dann war noch der Polizeipräsident dazu gekommen, ein guter Freund des Bauern, Adam hieß er und nannte Gisela *mei Mädsche*

und tätschelte ihr zur Begrüßung die Wange, und zum Abschied sagte er unweigerlich, *bleib sauber, Mädsche.*
Sie hatten die Kornflasche mitgenommen. Gisela hörte, wie der Bauer einschenkte. Sie stießen an und *runter damit.*
Der Polizeipräsident ließ sich darüber aus, wen er alles geschliffen hatte, hier auf dem Oberfeld. Er sprach in der dritten Person von sich, „ja, wer hätte das gedacht von dem Schneider Adam, daß er es mal so weit bringen würde".
Gisela fing wieder an zu atmen und linste durch die einen Spaltbreit geöffneten Lider.
Es ging jetzt um die Gastwirtin, deren Mann im Krieg war. Sie hatte sich mit ihrem Polen fotografieren lassen. Jemand hatte es als seine oder ihre *Pflicht* angesehen, es bei der Gestapo zu melden, aber *aus persönlichen Gründen* seinen oder ihren Namen nicht genannt (für Mohr schien das nicht weiter verwunderlich, nur die Nachgeborenen sollten sich später vergeblich fragen, wie es möglich war, daß Oma oder Opa ihre Mißgunst und ihre Heimtücke mit Pflichtbewußtsein verwechseln konnten).
Dr. Schwall ließ sich über die beispiellose Würdelosigkeit dieser deutschen Frau aus, Hans und Ernst pflichteten ihm bei, die Bäuerin schwieg. Gisela dachte, ihr platzt der Kopf. Der Polizeipräsident erklärte, daß im Interesse des deutschen Volkes durch ganz exemplarische Strafen entgegengewirkt werden müsse, daher seien zwei Jahre Zuchthaus für diese schamlose Person noch zu wenig. Abschließend sagte der Bauer: „Wer nicht hören will, muß fühlen."
Ein paar Tage später stellte er sie auf dem Hof. „Mir ist zu Ohren gekommen, daß du den gebotenen Abstand zwischen uns und ihnen nicht einhältst. Ist dir klar, daß du dich strafbar machst? Ist dir das klar? Unterhaltungen mit Fremdarbeitern sind strafbar."
Gisela senkte den Kopf.
Er hob ihr das Kinn mit dem Griff seiner Reitgerte. Ihr Blick streifte den Schmiß auf seiner Backe.
„Du bist doch aufgeklärt worden... über die Verwerflichkeit des

Umgangs mit Kriegsgefangenen."
Sie nickte. Und dann leugnete sie alles. Sie sah ihm in die Augen und log, daß sich die Balken bogen.
Wassilij kam mit drei Tagen *Erziehungshaft wegen Versuch des verbalen Umgangs* davon.
Am Tag, nachdem er weg war, fielen Bomben auf das Oberfeld. Am Abend war es still in den Baracken. Sie waren fast leer. Auch in der Küche war es still. Die Bäuerin hantierte schweigend. Beim Essen sagte keiner ein Wort. Schließlich schob der Bauer den Teller von sich und sagte: „Da kann man nichts machen, wir sind kein Mädchenpensionat."
Auch später wurde kaum darüber geredet. Gisela sah die Bombenkrater. Es waren mehrere, alle im Osten des Oberfelds, einer beim ehemaligen Steinbruch am Scheftheimer Weg. Die Steilwand mit der Zeder obenauf war unversehrt. Selbst als durchgesickert war, daß etwa vierzig Fremdarbeiter im Steinbruch umgekommen waren, wurde nicht darüber geredet. Niemand schien sich dafür zu interessieren, wo die Toten begraben waren und was mit den Verletzten geschehen war.
Gisela fragte Franz, der eigentlich François hieß, französischer Kriegsgefangener war und eine Sonderstellung besaß, weil er die Pferde des Bauern ausbildete. François hielt sich den Zeigefinger an die Schläfe und schnalzte mit der Zunge. Gisela sagte, das glaube sie nicht. François zuckte die Achseln und ging weg.
Die Rüben mußten gehackt werden. Gisela ging mit aufs Feld. Bei einem Tieffliegerangriff lag sie neben Emma Schmitt auf dem Bauch, das Gesicht in die Erde gepreßt. Als es vorbei war, nahm Emma sie mit nach Hause. Es regnete. Gisela weinte. Emma schulterte den Ranzen, den sie sich über den Kopf gehalten hatte, und nahm Gisela bei der Hand. Zum ersten Mal sah Gisela die Flakstation aus der Nähe. Auf der Wiese gegenüber dem Häuschen von Emmas Eltern standen zwei Soldaten, die sich eine Plane umgehängt hatten, um ein langes Rohr herum.
Nach dem Krieg traf Gisela einen der ukrainischen Zwangsarbeiter in der Fußgängerzone der Stadt. Sie gingen einen Kaffee

trinken und sprachen von alten Zeiten. „Wir durften Arbeit nicht unterbrechen“, sagte der Ukrainer. „Schutz suchen erst, wenn Flugzeuge fast über uns waren. Und dann sind alle gelaufen, egal wohin, nur weg von Bomben. Manche sind auf Glasberg, andere...“

Und trotzdem war Gisela glücklich. Weil Wassilij lebte. Weil er den ganzen Tag lang in der Nähe war. Sie arbeiteten zusammen auf dem Feld. Er hatte deutsch gelernt. „Für dich, Täubchen, nur für dich.“ Sie konnten jetzt miteinander reden, wenn sie allein waren. Nachts trafen sie sich manchmal im Steinbruch, weil sie sicher waren, daß da niemand hinkommen würde. Alles war gut, wenn sie zusammen waren.

Beim Mähen fand er drei Kleiderkarten, die von englischen Fliegern abgeworfen worden waren. Eine brachte er dem Bauern, die beiden andern behielt er. Später nahm Gisela an, daß er sie ihr schenken wollte.

Sie hatten keine Gelegenheit mehr, miteinander zu reden. Gisela erfuhr nie, wer ihn verraten hatte. Sie konnte nicht fragen. Sie mußte so tun, als ob das Ganze ihr gleichgültig sei. Für *fremdvölkischen GV* wäre er zum Tode verurteilt worden, als *Volksschädling,* der zwei von den Tommys abgeworfene Kleiderkarten behalten hatte, bekam er zwei Jahre verschärftes Straflager.

Das Leben ging weiter, es ging einfach weiter. Der Bauer schlief den Schlaf des Gerechten, Gisela hatte Albträume. Die Kinder des Bauern wuchsen auf und verließen einer nach dem andern den Hof bis auf Heinz, der blieb und heiratete und Kinder großzog.

Die Pferdezucht wurde aufgegeben, die Kühe und Schweine abgeschafft, Maschinen angeschafft, die Wirtschaft auf Zuckerrüben und Saatgerste umgestellt, im März die Sommergerste ausgesät, im April die Zuckerrüben, im Juli die Wintergerste geschnitten, im August die Sommergerste. Das Stroh wird gehäckselt, Gelbsenf ausgesät und untergepflügt im September, wenn die ersten Walnüsse reif sind und die Krähen sie zu den gepflasterten Wegen tragen, um sie dort aufzuklopfen.

Irgendwann hat irgendeine von ihnen herausgefunden, daß es leichter ist, an das Innere der Nuß heranzukommen, wenn sie auf festem Boden liegt. Die anderen haben es gesehen, und jetzt gehört es zum September, daß auf Scheftheimer Weg und Judenpfad viele leere Nußschalen liegen.

Der Rainfarn ist braun und unansehnlich, die Brennesseln sind ausgetrocknet, die Glockenblumen verblüht und die Lichtnelke duftet nicht mehr in die Nacht hinaus.

Im Wald ist es still geworden - dafür kann man in den Nächten jetzt manchmal ein Zwitschern hören, es klingt wie Vogelzwitschern, doch ist es der Balzgesang eines Fledermausmännchens, das sich, während die Weibchen die Jungen großgezogen haben, nach einer Baumhöhle umgetan hat, die nicht zu tief und nicht zu hoch liegt, mit einem Eingangsloch, das nicht zu groß und nicht zu klein ist und drinnen Platz genug für vier oder fünf Fledermäuse hat. Wenn dann die Paarungszeit gekommen ist, hängt er sich kopfunter in den Eingang und zwitschert lieblich, um ein Weibchen anzulocken.

Ein Männchen, das noch keine Baumhöhle für sich gefunden hat, hört das Balzen und denkt sich, daß diese Höhle genau das Richtige für ihn wäre. Der andere muß nur weg, aber der will nicht, verteidigt seinen Platz mit Gezeter. Jetzt klingt es nicht mehr wie liebliches Vogelzwitschern in der Nacht, man kann die Empörung heraushören aus diesem Zetern im dunklen Wald - die alte Geschichte: du hast einen schönen Platz gefunden, dich niedergelassen und denkst, hier bist du richtig, und schon kommt ein anderer und will deinen schönen, guten Platz für sich. Nie sitzt man irgendwo sicher, immer will irgend jemand, daß du abhaust, damit er übernehmen kann. Auch wenn du rumzeterst, gibt er noch nicht auf. Dies ist eine gute Höhle, er hat keine gute Höhle, er will in diese gute Höhle, es ist ihm egal, ob da schon jemand sitzt, er will da rein. Und wenn der Höhlenbesitzer jetzt nicht Stärke zeigt, ist er seine Höhle los. Also stürzt er sich im Spurtflug auf den Gegner, der merkt, daß es dem andern ernst ist und macht sich davon, um es woanders zu versuchen.

Das Männchen kehrt zu seiner Höhle zurück, hängt sich in den Eingang und zwitschert wieder lieblich in die Nacht hinaus.
Ein kleiner Wind kommt auf, die Zweige der Bäume wippen. Die Wolken geben einen fetten Mond frei, Blätter rascheln. Ein Weibchen kommt angeflogen, fliegt wieder weg, kehrt zurück, nimmt den Geruch des Männchens auf, findet, daß er gut riecht. Auch er findet, daß sie gut riecht, läßt sie in seine Höhle, nimmt sie Huckepack, kopfunter versteht sich, und versperrt den Höhleneingang mit seinem Körper, nur für den Fall, daß sie es sich anders überlegt.
Mit dem Weibchen auf dem Rücken balzt er weiter. Irgendwann kommt die Nächste und wird auf die bereits Aufhockende draufgesetzt. Und noch eine und noch eine.
Der Wind ist stärker geworden, der Mond hinter Wolken verschwunden. Das Zwitschern hat aufgehört, die Fledermäuse haben sich in die Höhle zurückgezogen, die Weibchen kreischen. Der Tumult in der Höhle ist weithin zu hören, der Wind trägt den Lärm bis zur Hütte von Kid O'Hara, dem Bärenmann, der eine Grippe hat und fiebernd in die Nacht hinaus horcht.
Endlich wird es still. Die Weibchen verlassen die Höhle, und vielleicht kehren sie noch bei einem zweiten Männchen ein, um sich auch mit ihm zu paaren.
Bald nachdem Gisela den Hof des Domänenpächters verlassen hatte, gingen Wohnhaus, ein Teil der Nebengebäude und die Baracken bei einem Bombenangriff in Flammen auf. Das Schulungsheim wurde zum Reservelazarett. Auf der Hammelstrift übten junge Männer das Gehen auf Krücken, manche hatten nur noch ein Bein, andere hatten beide Beine verloren. Emmas Vater wurde eingezogen. Bevor er ging, hob er eine Grube im Garten aus, stellte zwei alte Autositze hinein und deckte das Ganze mit zwei Schichten Holz aus dem Wald ab. Emma war sechzehn Jahre alt und lernte im *Hotel Traube.*
Sie hat bis spät in die Nacht gearbeitet und schläft so fest, daß sie das Heulen der Sirenen nicht hört. Sie wacht auf von dem Brummen vieler Flugzeuge über dem Oberfeld.

Sie weckt ihre Mutter.
Hans und Ernst, die beide einen leichten Schlaf haben, sitzen längst in ihrem komfortablen Bunker zwei Treppenabsätze unter der Erde, und auch der Domänenpächter ist mit seiner Familie bereits unter dem Kuhstall, als Emma und ihre Mutter aus dem Haus gelaufen kommen und zum Himmel aufblicken.
Die Christbäume stehen schon über der Stadt. Die beiden Frauen rennen zu dem Erdloch und kriechen hinein. Draußen fängt es an zu krachen. Sie halten sich die Ohren zu. Emma betet. Die Hände an die Ohren gepreßt, liegen sie mit den Oberkörpern übereinander.
Irgendwann ist es vorbei. Es kracht nur noch ein paarmal in der Ferne. Am Bahnhof ist ein Munitionszug in die Luft gegangen. Die beiden Frauen nehmen die Hände von den Ohren und kriechen aus dem Erdloch. Der Hochzeitsturm ist eine große brennende Fackel.
Die Mutter sagt: „Wir müssen löschen helfen." Sie hat noch nicht begriffen, daß es nicht einzelne Häuser sind, die brennen, sondern die ganze Stadt.
Sie laufen den Weg hoch, da kommen ihnen die ersten Menschen entgegen, halbnackt, mit versengten Kleidern.
Emma sagt: „Bloß zurück, die haben nichts mehr, die nehmen sich alles."
Die Überlebenden flüchten aufs Oberfeld, um der sengenden Hitze zu entgehen und wieder atmen zu können. Sie kommen und gehen auf der Suche nach Angehörigen und kampieren auf der nackten Erde.
Emma und die Mutter kehren um. Bald ist das Häuschen voller Menschen. Es kommt die Freundin der Mutter mit ihrer Tochter und einem Nachbarn. Es kommen Bekannte und Fremde. Eine Frau bittet Emmas Mutter, auf ihren kleinen Jungen aufzupassen, während sie nach ihren Eltern sucht. Der Junge kann noch nicht richtig sprechen. Er sagt immer nur *bum-bum*.
Auf dem Oberfeld stank es noch monatelang nach Rauch. Im Dezember, als der erste Schnee fiel, war der Schnee schwarz.

Das Oberfeld versank unter einer schwarzen Decke.
Die Fledermäuse spüren, daß es Zeit ist, ins Winterquartier zu ziehen – auch wenn sie nicht draußen sind, sondern in ihrer Spechthöhle tief im Baum wissen sie, wie das Wetter draußen ist. Luftdruck und Luftfeuchtigkeit sagen ihnen, daß sie aufbrechen müssen, geführt von den Alten und Erfahrenen, die den Weg schon oft gemacht haben, über Städte und Dörfer und Wälder und Straßen und Autobahnen hinweg, ohne die Sterne über sich, die Lichter unter sich zu sehen, mit einer Landkarte aus Hörbildern im Kopf, Echos von Kirchtürmen, Hochhäusern, Bäumen, Telegrafenmasten, zurück nach Kiel unter die Levensauer Brücke, wo sie bis in den Frühling hinein schlafen werden, die bepelzten Körperchen einer neben dem andern kalt und steif von der Decke herabhängend.
Morgens liegt die frisch gepflügte Erde tiefbraun in der Sonne, im Abendlicht nimmt sie einen rosa Schimmer an.
Herbstfarben auf den Feldholzinseln, das warme gelb der Goldraute und das Blau der Wegwarte.
Wolken am Himmel und jede Menge Kondensstreifen.
An den Wegrändern blühen Kamille, Löwenmäulchen und Johanniskraut. Die Wintergerste wird ausgedrillt.
Der Zitronenfalter kommt aus der Sommerstarre, arbeitet sich raus aus dem Laub, öffnet und schließt die Flügel, sitzt eine Weile und erhebt sich dann taumelnd in die Luft, die mild und diesig ist und von sacht im Wind schaukelnden Altweibersommerfäden durchzogen.
Die jungen Neuntöter ziehen ihren Eltern hinterher nach Afrika, jeder für sich und meistens nachts, über den Odenwald nach Baden-Württemberg und Bayern und weiter über das nächtliche Italien, über Jugoslawien, Bulgarien und die Türkei hinweg, nach Syrien und Saudi-Arabien, über das Rote Meer und den Sudan und Äthiopien und Kenia und Tansania und Sambia hinweg nach Simbabwe wie ihre Vorfahren und ihre Nachkommen, an die sie das Wissen um den Weg weitergeben werden, wenn sie sich, wieder auf dem Oberfeld, zum ersten Mal paaren.

Oktober

Herr: es ist Zeit. Der Sommer war sehr groß.
Leg deinen Schatten auf die Sonnenuhren,
und auf den Fluren laß die Winde los.

(Rainer Maria Rilke)

In der Nacht hat es geregnet. Am Morgen stehen weiße Wolken in den Pfützen. Auf einem Apfelbaum in einem der verwilderten Gärten am Scheftheimer Weg sitzen die Krähen wie schwarze Früchte. Die Feldhasen haben sich in den Wald zurückgezogen, es ist ihnen zu windig geworden auf dem Oberfeld.
Die Lanzetten der Wintergerste sind durchgebrochen, über der braunen Erde liegt ein unregelmäßiger Grünschleier.
Die jungen Siebenschläfer verlassen die Baumhöhle bei den Zitterpappeln, fressen sich für den Winter voll mit Beeren und Früchten und suchen sich jeder einen Schlupfwinkel für den Winterschlaf, der eine gräbt sich da, wo einmal Bertas Pritsche stand, ins Erdreich ein, der andere bezieht eine verlassene Spechthöhle in einem der Gärten am Judenpfad.
Er polstert sie mit Gräsern und Laub aus, sammelt Nüsse und Samen, Eicheln und Bucheckern und schafft sie in seinen Schlupfwinkel, damit er etwas zu fressen hat, wenn er aufwacht in den sieben Monaten, in denen er schläft, der Glückliche, der den Winter verschlafen kann und nichts weiß von Eis und Schnee und Kälte und grauem Himmel und manchmal wochenlang kein Sonnenstrahl.
Es war Februar und sehr kalt, als Berta auf das Oberfeld zurückkam, rappeldürr und zu schwach zum Stehen. Daß sie überlebt hatte, verdankte sie dem Auftauchen amerikanischer Truppen am linksrheinischen Ufer.
Einen Monat später nahmen die Amerikaner die zerstörte Stadt ein.

Emmas Mutter verbrannte die Hakenkreuzfahne, die an Beflaggungstagen über dem Häuschen geweht hatte, im Ofen.
Hans und Ernst verbrannten Hakenkreuzfahnen und Papiere im Kamin.
Die SS-Leute, die in den Nebengebäuden des Sonnenhofs wohnten, verbrannten ihre Hakenkreuzfahnen und Uniformen im Garten, wo sie auch ihre Waffen vergruben.
Die Schwestern im Reservelazarett verbrannten die großen und kleinen Hakenkreuzfahnen vor dem Haus.
Der Domänenpächter verbrannte seine Hakenkreuzfahnen in der Schmiede.
Berta lag auf ihrer Pritsche und hatte sich hinter einem Abzählreim aus Kindertagen verkrochen
Rumlibus rumlibus
isi disi do
Kapre meni mo
Uen dün do
Das war ihr Schutzschild, mit dem sie sich Erinnerungen vom Leib hielt.
Amerikanische Soldaten tauchten auf und beschlagnahmten das ehemalige *Schulungsheim* und den *Sonnenhof*. Hans und Ernst zogen in eines der Nebengebäude. Das American Red Cross richtete sich in ihrem Haus ein.
Berta starrte an die Decke und schluckte die Suppe, die ihre Tochter ihr einflößte. Elfi hatte die letzten Kriegsmonate bei der Odenwälder Verwandtschaft verbracht und nicht hungern müssen und doch hatte sie mit einundzwanzig Jahren den Körper eines mageren kleinen Mädchens. In hellen Augenblicken fragte Berta nach Willi, aber daß ihre Tochter sich nicht zur Frau entwickelt hatte und vollkommen flachbrüstig geblieben war, bemerkte sie nicht. *Rumlibus rumlibus, isi disi do.*
Emma war sechzehn, ein hübsches Mädchen mit blonden Zöpfen und großen weit auseinanderstehenden blauen Augen. Sie hatte einen Freund, der Jack hieß, aus Ohio kam und ihr Zigaretten brachte. Pall Mall. Er war sehr groß und mußte sich

bücken, wenn er zur Tür herein kam.
In dem Häuschen lebten jetzt auch die Großeltern, die ausgebombt waren. Die Großmutter hatte offene Beine. Die Mutter schlachtete eine Katze, ließ das Fett aus und schmierte es der Oma auf die Beine.
Emma sagt, es half immer.
Katzen waren genug da. Sie lebten von Mäusen und jungen Ratten.
Die Mutter organisierte einen Esel, der Vater baute einen Stall. Es ging ihnen nicht schlecht. Sie hatten das Gemüse, das sie anbauten und Hühner, Gänse und Hasen. Später kamen noch Ziegen und Schafe hinzu.
Manchmal ging Emmas Mutter zu Berta und Elfi und brachte ihnen Suppe. Berta hatte sich in ihrem Abzählvers eingerichtet.
Emma wurde schwanger. Es half nichts, daß sie vom Stuhl sprang und heiße Wadenwickel machte.
Auf dem Hof des Domänenpächters wurde ein Stutfohlen geboren, das weltberühmt werden sollte. Der Vater, ein Traberhengst des Bauern, die Mutter eine „erbeutete" Halbblutstute aus Frankreich. Der Bauer nannte sie Halla. Er sollte Millionen an ihr verdienen. Sie gewann hundertfünfundzwanzig Springen und dreimal Olympia-Gold, und als sie mit vierunddreißig Jahren am Rande des Oberfelds starb und der Bauer den Kadaver von der Tierkörperverwertungsanstalt A. Fischer & Söhne abholen ließ, meldete die Bild-Zeitung:
Gemein! Halla zu Seife verarbeitet!
Als die Fruchtblase platzte, brauchte Emma nur quer übers Feld zu laufen. Die Amerikaner hatten das ehemalige *Schulungsheim* freigegeben. Es diente jetzt als Frauenklinik.
Auf den Feldern des Domänenpächters arbeiteten die Ausgebombten und die ersten Kriegsheimkehrer für Unterkunft und Essen.
Berta kam langsam zu sich, baute Gemüse an, hackte Unkraut, *isi disi do, kapre meni mo, uen dün do...*
Der Feldschütz Blechohr war mit Schäferhund und Fahrrad

unterwegs. Die Menschen hungerten. Es machten sich selbst ehrbare Bürger auf, um ein paar Kartoffeln zu klauen, und nachdem die Eicheln aufgefressen waren, wandten sich auch die Wildschweine den Kartoffeln zu.
Von Osten her weht ein heftiger Wind. Es ist sehr kalt. Im blauen Himmel steht ein weißlicher Halbmond. Grillenfänger und der Silbergraue ruhen in dem Dickicht auf der Rosenhöhe. Eine Zeitlang sind sie mit einem älteren Keiler umhergezogen, sind weit herumgekommen und nun plötzlich wieder allein. Der Alte hat sie weggeschickt. Es ist Paarungszeit, da kann er sie nicht mehr brauchen.
Feuchtigkeit liegt in der Luft. Gegen Abend ist der Himmel schwer und grau. Grillenfänger verspürt eine unbekannte Unruhe. Er schiebt sich aus dem Gestrüpp und steht eine Weile witternd in der Dämmerung, dann zieht er los.
Der Silbergraue trottet wie immer hinter ihm her. Grillenfänger folgt dem Duft der Bachen, überquert die Erbacher Straße. Hinter ihm quietschen Bremsen. Er eilt weiter, hört das grelle Kreischen des Silbergrauen und weiß, daß er von jetzt an allein sein wird.
Hans und Ernst waren auch nach der Zerstörung der Stadt im Geschäft geblieben, und als die Amerikaner kamen, verkauften sie in dem von Bomben verschonten Gasthaus Krone aus ehemaligen Heeresbeständen geschneiderte Anzüge.
Der Steinbruch am Scheftheimer Weg wurde mit dem Schutt der zerbombten Häuser aufgefüllt.
Die Bevölkerung wurde *entnazifiziert.* Hans und Ernst besorgten sich *Persilscheine (Persil* für **alle** Wäsche) - so bestätigte Günther Finkenwirth, der sich als „Halbarier" bezeichnete, daß der Herr Krischer immer nett zu ihm war. Es war das Jahr 1946 und Hans hatte nur noch ein Vermögen von dreihundertundachtundzwanzigtausend Reichsmark.
In der Stadt murrten sie, weil Hans und Ernst bloß als Mitläufer eingestuft worden waren. Die Herren, mittlerweile beide um Sechzig, gerieten in Panik, wußten sie doch selbst am besten,

wieviel sie SS, SA, SD, NSDAP, NSV usw. gespendet hatten, horrende Summen, die jedoch gut angelegt waren: sie konnten unbehelligt ihre Geschäfte machen. Im Jahre 1943 besaß allein Ernst eine Million und einhundertundeintausend Reichsmark. Die von der Spruchkammer brauchten nur in den Akten des Finanzamts nachzusehen. Schlaflose Nächte. Die Lösung war einfach. Fritz Schäfer, der Wirtschaftsprüfer war, mußte die Steuerakten der Firma Stegmüller mit nach Hause nehmen, die belastenden Blätter abschreiben und dabei die politisch peinlichen Positionen durch harmlose Geschäftspositionen ersetzen.
Die Sache flog auf. Fritz Schäfer gab sofort alles zu. Ernst wurde vorläufig festgenommen und leugnete standhaft. Er verbrachte eine Nacht im Gefängnis und wurde schon am nächsten Morgen entlassen. Die alten Seilschaften hielten.
Ein halbes Jahr später wurde das Verfahren eingestellt: *Es liegt keine Straftat vor. Für die dem Beschuldigten zur Last gelegte Anstiftung des Beschuldigten Schäfer zum Gewahrsamsbruch hat das Ermittlungsverfahren keine Anhaltspunkte ergeben.*
Die Zauneidechse am Wasserreservoir leckt ein letztes Mal den Tau von den Steinen, dann verkriecht sie sich in einem Spalt im Beton und verfällt in Winterstarre.
Die Lerchen ziehen nach Süden.
Es welken Ackersenf, Ackerwinden und Ackerstiefmütterchen.
Hirtentäschel, Hundspetersilie und Vogelmiere schwinden dahin.
Lichtnelken und Löwenmäulchen verdorren.
Die Hummeln sterben. Ihre Königin legt keine neuen Eier mehr. Die künftigen Königinnen fliegen aus, um sich von den Drohnen befruchten zu lassen.
Der im Frühjahr in einer Baumhöhle am Glasberg gegründete Staat löst sich auf. Die Königinnen und die Arbeiterinnen verenden. Ameisen transportieren die schwarz-gelben, pelzig-behaarten Körper ab. Das Nest ist ausgestorben.
Nachdem sie die künftigen Königinnen befruchtet haben, gehen auch die Drohnen ein.

Die künftigen Königinnen fliegen laut brummend von Blüte zu Blüte und saugen so viel Nektar, wie sie können, dann verkriechen sie sich in der Erde, um den Winter zu verschlafen und erst im Frühjahr wieder heraus zu kommen, einen Nistplatz zu suchen, Nektar und Pollen zu sammeln, den Pollen mit Wachs, das sie aus dem Hinterleib ausscheiden, zu umgeben und zu einem Becherchen zu formen, in das sie die ersten Eier hineinlegen, aus denen sich der neue Staat entwickeln wird, mit Arbeiterinnen und Drohnen und künftigen Königinnen.
Der Domänenpächter wollte das Grundstück, das Berta gepachtet hatte, um noch mehr Zuckerrüben darauf anzubauen. Berta sollte weg, wollte aber nicht weg.
Der Domänenpächter brauchte nur seinen immer noch langen Arm auszustrecken, und schon war er Nachfolgepächter der Berta Reitz geschiedene Fornoff geschiedene Thum.
Er kam mit dem Papier zu ihr. Sie sagte, er könne sich den Arsch damit wischen. Er zog ab. Sie lief übers Feld zu Emmas Mutter und erklärte, der alte Nazi kriegt mich hier nicht weg.
Es war Juli. Es war heiß und trocken. Das Haus war aus Holz. Es stand schon in Flammen, als Elfi die Mutter weckte. Sie rennen zum Brunnen. Das Wasser, das sie in die Flammen gießen, verzischt. Das Wohnhaus verbrennt. Alle wissen, wer es war. Die Akten verschwinden. Der Bauer wird sieben Räumungsklagen einreichen. Berta wird nicht gehen. Sie wird *Feuer!* schreien, immer, wenn sie, wie die Nachbarn sagen, *ihren Rappel* hat, wird sie *Feuer!* schreien, *Feuer!* aber sie wird nicht gehen – und die Akten werden verschwunden bleiben. Und sie hat nichts mehr, nicht einmal mehr Rumlibus. Sie liegt steif und stumm auf der Liege in Willis Werkstatt. Elfi füttert sie. Manchmal schluckt sie, manchmal schlägt sie den Löffel weg. Mehrmals am Tag muß Elfi die Windeln wechseln.
Im November kommt Willi aus französischer Kriegsgefangenschaft. Er ist vierundzwanzig Jahre alt. Hinter ihm liegen drei Jahre Krieg und drei Jahre Gefangenschaft. Er kommt von der Erbacher Straße her auf das Oberfeld, geht den Seiterswiesen-

weg entlang. Jetzt müßte sein Haus kommen, aber das Haus ist nicht mehr da, nur die Werkstatt steht noch. Auf einer Wäscheleine flattern Windeln. Er denkt, Elfi hat sich von einem Ami schwängern lassen.
Kein Kind im Haus. Die Mutter stiert an die Decke. Muß gefüttert und gereinigt werden. Ist unansprechbar. Achtundvierzig Jahre alt und vollkommen weißhaarig.
Die Brennesseln verdorren, Melde und Wolfsmilch, Franzosenkraut, Bilsenkraut und Labskraut, alles welkt dahin.
Die Sonnenblume auf dem Zuckerrübenfeld, die so ein neugieriges, lebensfrohes Gesicht hatte, läßt den Kopf hängen, eine alte Frau mit wirrem gelbem Haar.
Der Zitronenfalter sucht sich ein Gebüsch am Waldrand und verfällt in Winterstarre.
Mitte Oktober wird es noch einmal warm und sonnig. Auf dem Hochstand am Waldrand beim Judenpfad schaut eine junge Frau mit Rastalocken von ihrem Buch auf. Über der Stadt leuchtet die untergehende Sonne, rechts das Feld mit dem Ölrettich und darüber die Wolken, die etwas von dem Grün der Blätter widerspiegeln, links die rosa Erde des gepflügten Feldes und darüber rosa Wolken.
Willi versprach der Mutter, das Haus wieder aufzubauen. Noch im Winter riß er eine Ruine im Martinsviertel ab und schaffte die Backsteine mit dem Leiterwagen auf das Oberfeld, organisierte Holz für den Dachstuhl, Kalk und Sand.
Es wurde ein Haus mit zwei Zimmern, gestampftem Lehmfußboden, Ziegeldach und Schornstein. Den Ofen heizten sie mit Holz aus dem Wald. Kaffee kochten sie aus den gerösteten Wurzeln der Wegwarte. Muckefucke.
Tabak zog Willi in Topfscherben auf der Fensterbank. Rauchen mußte er. Essen nicht unbedingt, aber Rauchen mußte sein. Bis in die Fünfziger Jahre hinein hingen im Herbst Tabakblätter zum Trocknen von der Decke.
Auch Emmas Vater baute seinen eigenen Tabak an, seitdem Jack sich verflüchtigt hatte. Emma arbeitete in einem Wiesbadener

Hotel, die Mutter versorgte das Kind.
Ende Oktober des Jahres 1947 starb Ernst. Hans folgte ihm im Juni des darauffolgenden Jahres. Den *Sonnenhof* erbte ein Neffe, der die Vornamen seiner beiden „Onkels“ angenommen hatte, Hans Ernst. Die Villa war noch von den Amerikanern beschlagnahmt, das Land verpachtete Hans Ernst an einen Bauern.
„Und dann“, sagt die alte Emma auf ihrem Sessel gegenüber dem Fernseher, „hat Merck alles übernommen und die ganze Gegend vergiftet.“ Emma konnte kein Hasenfutter mehr vom Wegrand holen.
Es war in den Fünfziger Jahren, da wurde noch munter E 605 verstreut. *Auch unsere Firma produziert bekanntlich Pflanzenschutzmittel, und wir sind immer bestrebt, neue und wirksame Präparate auf den Markt zu bringen. Es ist verständlich, daß solche Präparate erst auf ihre Wirkung untersucht werden müssen. Diese Untersuchungen werden praxisnah im Klein- und Großversuch auf den Flächen des Betriebes „Sonnenhof“ durchgeführt.*
Von der Höhensonne verbrannte Ferkel bekam Emmas Mutter. Weil die seit Generationen zum Experimentieren benutzten Säue ihre Ferkel häufig fraßen oder erdrückten, wurde der Nachwuchs von den Müttern getrennt und unter Höhensonnen warm gehalten. Hatten sie sich einen Sonnenbrand geholt, schaffte Emmas Mutter sie nach Hause und zog sie auf.
Emmas Tochter spielte mit den Ferkeln und den jungen Katzen und machte weite Wege mit der Großmutter, um unvergiftetes Hasenfutter zu holen, über das windige Oberfeld zum herbstlich verfärbten Wald hin, wo dunkle Grüntöne noch genauso zusammenklangen mit Gelb, Rost und Oliv wie zu Eppes und Gumpes Zeiten und davor und danach.
Eine Schar Körner pickender Tauben auf dem gepflügten Feld am Scheftheimer Weg. Gegenüber dem Wasserreservoir in dem einstigen Wildgraben, der sich im Laufe der Zeit mit zu Erde verrotteten Blättern gefüllt hat, doch als Vertiefung noch zu erkennen ist, bereitet eine Weinbergschnecke sich auf den Winter vor, dreht den Fuß so lange an einer Stelle, bis ein Loch

entstanden ist, das tief genug ist, um ihr Gehäuse aufzunehmen. Dann zieht sie sich zurück und macht die Haustür zu, das heißt, sie sondert ein kalkhaltiges Schleimhäutchen ab, das an der Luft zu einem Deckel erstarrt, der die Mündung verschließt, aber noch ausreichend Luft durchläßt, damit sie atmen kann. So wird sie den Winter überstehen, tief in ihr Haus zurückgezogen, und wenn es schneit und das Oberfeld in Schweigen versinkt, kann man das Schneckenherz unter der Schneedecke schlagen hören.

NOVEMBER

Wer jetzt kein Haus hat,
baut sich keines mehr.
Wer jetzt allein ist,
wird es lange bleiben

(Rainer Maria Rilke)

Es ging Berta besser. Sie schrie nur noch selten *Feuer!* in die feuerlose Nacht und erzählte ihrem Sohn von der Anstalt, den Spritzen und dem *Müllertod* und sagte, da will ich nie wieder hin. Und mußte dann doch wieder hin, diesmal von ihrem Sohn begleitet, der Ärzte und Schwestern nach dem *Müllertod* fragte. Ärzte und Schwestern erklärten dem sehr mageren und sehr nervösen jungen Mann mitleidig, daß seine Mutter an Wahnvorstellungen leide.
Willi Fornoff kehrte alleine aufs Oberfeld zurück und beschloß, auf seine Meisterprüfung hin zu arbeiten.
Sieben Jahre später, im Dezember 1955, stellt die Handwerkskammer ihm den Meisterbrief aus. Er lebt jetzt allein mit der Mutter in dem Haus am Seiterswiesenweg. Elfi arbeitet als Telefonistin und wohnt in der Stadt. Neben ihm hat ein Schuhmacher mit seinem Sohn zusammen ein Haus gebaut. Die Schwiegertochter hat gerade ein Baby bekommen. Wenn Blechohr seine Runde macht, hört er erst den Schuhmacher-Enkel am Seiterswiesenweg, dann Emmas zweiten Sohn am Judenpfad brüllen.
Emma hat Anfang der Fünfziger Jahre geheiratet und lebt mit Mann und Kindern bei den Eltern. Über die Wege rumpeln von Ackergäulen gezogene Fuhrwerke mit eisenbeschlagenen Rädern. Auch Pflüge und Eggen werden meist von Pferden gezogen. Es gibt nur wenige Maschinen. Die Kartoffeln werden von Hand in die Erde gelegt. Zur Erntezeit werden sie ausge-

hackt und gelesen. Gemäht wird immer noch mit der Sense. Das Heu wird mit dem Rechen gewendet. Gedüngt wird mit Pfuhl und Mist.
Bei den Zitterpappeln hat sich Johann Decker, der um Fünfzig und mit seiner Frau zerstritten ist, eine Hütte gebaut. Er bearbeitet fünf Morgen mit Hacke und Rechen, baut Kartoffeln, Zwiebeln und seinen Tabak an. Einmal in der Woche kocht er einen Topf Kartoffelsuppe, davon lebt er.
„Solang ich denken kann", sagt die alte Emma auf ihrem Sessel vor dem Fernseher, „jeden Tag Kartoffelsupp."
Johann Decker war klein und hatte unglaubliche Muskeln und konnte fluchen, aber nur auf englisch. Er war in Amerika gewesen und hatte da gearbeitet und Geld verdient – trotzdem jeden Tag Kartoffelsupp.
Das Geld hortete er in seiner Hütte und gab fast nichts aus. Streichhölzer mußte er kaufen, weil die Pfeife immer wieder ausging. Der selbstangebaute Tabak brannte schlecht. „Wo er gange is, hat er die Peif ausklobbt, hat sie auch an der Tür von seiner Hütte ausklobbt." Und einmal lag da ein Sack. Die Glut fiel darauf. Die Hütte brannte ab, und der kleine Mann mit den unglaublichen Muskeln jammerte: „Mei Geld is fott, mei Geld is fott."
Am Abendhimmel zieht ein Flugzeug einen leuchtend rosa Kondensstreifen hinter sich her. Auf der Feldholzinsel am Judenpfad sammeln sich die Marienkäfer, um gemeinsam im Laub versteckt zu überwintern. Ein Nachzügler kommt aus Emma Schmitts Garten, wo er sich den Magen ein letztes Mal mit Blattläusen gefüllt hat.
Die Blattlauskolonie an dem alten Rosenstock ist in heftiger Unruhe. Alles krabbelt durcheinander, einige lassen sich von dem Blatt fallen, an dem sie gesaugt haben.
Ein Alarmduftstoff sagt ihnen, daß sie bedroht sind und weg müssen. In dem Heer von kleinen grünen Klonen, die sich einen Sommer lang mittels Jungfernzeugung fortgepflanzt haben, entstehen Geschlechtstiere, deren Nachkommen Flügel besitzen, so

daß sie davonfliegen können, weg von Emmas ausgesaugten Rosenblättern und ihrem gefräßigen Feind, dem Marienkäfer, auch Sonnenkälbchen genannt, Herrgottskühlein, Himmelsziege oder Muttergottesschäfchen, weil er die Blattläuse abweidet, hundert Stück am Tag und als Larve noch viel mehr, und wenn die Marienkäferweibchen ihre Eier bei einer Blattlauskolonie ablegen, damit die Larven gleich etwas zu fressen haben, so wachsen den Blattläusen Flügel, mit denen sie davonfliegen und bei einem anderen Rosenstock Eier ablegen, die den Winter überdauern, oder sie finden den Weg in ein Ameisennest, wo sie um ihrer süßen Ausscheidungen willen gerne aufgenommen und gehegt und gepflegt werden.
Mitte November, wenn schon ein schneidend kalter Wind über das Oberfeld weht und kein Rotkehlchen mehr singt, werden die Zuckerrüben ausgemacht. Seitdem eine Maschine diese Arbeit übernommen hat, kommen die Geister mitten am Tag aus ihren Steinen, um dem Ungetüm bei der Arbeit zuzusehen. Die dicke Trin mußte staunend feststellen, daß es noch größer ist als das bisher größte aller Untiere, das vorne das Getreide in sich hinein frißt und hinten das Korn ausspuckt. Frau Bärbel hockt mit ihrem Martin auf dem gemeinsam bewohnten Stein und starrt sehnsüchtig auf die Runkelrüben, die prall und drall in der Erde stecken, dieweil Martin ihr erklärt, wie die Maschine funktioniert. Eine Reihe von Messern schneidet das Blattwerk ab. Rodescharen heben die Rüben aus dem Boden. Sie landen in einem Auffangbehälter. Schließlich werden sie an den Wegrand gekippt. Der einzige, der sich nicht für die Maschine interessiert, ist Jungfer Lieschen, der eigentlich Wilhelm Zimmermann hieß, und von zwei alten Jungfern erzogen worden war, die ihn in Mädchenkleider gesteckt und in die Mädchenschule geschickt hatten. Daß er ein Junge war, kam erst nach dem Tod der Tanten heraus. Da war er vierzehn und im Stimmbruch und glaubte, daß alle Mädchen *Gebambel* zwischen den Beinen haben. Er schnitt sich eigenhändig die Zöpfe ab, konnte es aber nicht mehr lassen, sich zu zieren und in den Hüften zu wiegen. Er zog die Röcke

aus und Hosen an und machte weiter einen Bogen um die bösen Buben und achtete weiter darauf, daß er sich nicht beschmutzte und saß züchtig mit geschlossenen Beinen und hatte nichts dagegen, daß man ihn Jungfer Lieschen nannte.
Von den Tanten hatte er einen Acker auf dem Oberfeld geerbt, ein handtuchschmales Stück Land, auf dem er Blumen anpflanzte, nur blaue, Veilchen und Vergißmeinnicht, Kornblumen, Glockenblumen, Witwenblumen, Wegwarte, Wiesensalbei und Storchschnabel. Was nicht blau war, rupfte er aus. Er war ganz für sich und ganz bei sich und merkte nicht oder wollte nicht merken, daß die Leute über ihn lachten, lief selbstvergessen hüftschwenkend durch seine Stadt, arbeitete als Kassierer bei einer Schauspieltruppe, verliebte sich in große starke Frauen, die nichts von ihm wissen wollten und ließ sich von Männern mißbrauchen. Daß er einsam war, merkte er erst im Alter. Er hörte auf, die Sonnenblumen, Margeriten und Maßliebchen auszureißen, bevor sie seinen blauen Acker mit ihrem Gelb und Weiß verhunzen konnten, schaute zu, wie alles durcheinander wuchs, verliebte sich ein letztes Mal, hoffte, ein letztes Mal, erhört zu werden und fiel an einem regnerischen Sonntag im November, an dem er sich zu seinem Acker geflüchtet hatte, einfach um und war tot. Das letzte, was er hörte, als er in seinen Stein hineinfuhr, war das Glockenläuten aus der Stadt.
Zwei Meter über dem Boden sitzt der Bauer in seiner klimatisierten und schallgedämpften Kabine und behält Bordcomputer und Bildschirm im Auge. Am Wegrand türmen sich die Rüben, jede anders geformt, alle schmuddelig-braun. Mit der Zeit, wenn die Erde, die noch an ihnen haftet, trocknet und abfällt, werden sie immer weißlicher. Wind fährt über sie hinweg, Westwind, im grauen Himmel treiben graue Wolken. Es nieselt. Der November ist der Monat der Selbstmörder. An den Fensterscheiben rinnen die Regentropfen herab, eilig eilig. Von den Bäumen trudeln die Blätter, langsam schwebend.
Willi Fornoff rahmte seinen Meisterbrief und brachte ein Schild vor seiner Werkstatt an: FORNOFF POLSTEREI. Er spaltete

Holz für den Winter und zog abends mit dem Leiterwagen in den Wald, um Anmachholz zu holen, den Judenpfad hinunter zur Hammelstrift, vorbei an den zum Trocknen gestapelten Baumstämmen, die nur für einen kurzen Augenblick wie tote Leiber aussahen, gefallene Soldaten, übereinandergeschichtet. Der Krieg war schon dreizehn Jahre her, aber er konnte nicht vergessen, daß sie mit seinem Arsch durchs Feuer gefahren waren, *mit einem fremden Arsch ist's immer leicht, durchs Feuer zu fahren.*
Der Sohn des Schuhmachers dagegen bedauerte, daß er den Krieg verpaßt hatte und ballerte mit einem Kleinkalibergewehr im Garten herum. Da er keinen Jagdschein hatte, konnte er bloß die Spatzen abknallen, die sich in Bertas Bäumen niedergelassen hatten. Versehentlich oder auch nicht hatte er schon eine von WilliundBertas Katzen erschossen, jetzt redeten sie nicht mehr miteinander. Kein Wort, kein Gruß nichts, seitdem der Schuhmacher Willi hatte wissen lassen, was er ohnehin wußte, nämlich daß seine *depperte Mutter,* wenn alles mit rechten Dingen zugegangen wäre, *unterm Adolf* durch den Schornstein gefahren wäre.
Willi und die Mutter waren in der Minderheit. Der Schuhmacherssohn schoß weiterhin auf Spatzen, und wenn Berta sonntags zu Emmas Mutter rüberging, sah sie dort den Schuhmachersenkel, der mit Emmas Sohn spielte. Die beiden Jungen waren mittlerweile sechs Jahre alt und an Ostern eingeschult worden.
Im Sommer hatte Willi mit seinem Fahrrad eine Biedermeierbank von der Rosenhöhe geholt, um sie in seiner Werkstatt aufzuarbeiten, und war gerade dabei, die Schnüre zu lösen, mit denen er die Bank festgebunden hatte, als Schüsse durch den Garten peitschten. Und dann Schreie, Frauenschreie, die Stimme der Nachbarin, die immer wieder den Namen ihres Sohnes rief. Es kam ein Krankenwagen, es kam die Polizei. Der Junge starb im Krankenhaus. Er war im falschen Augenblick um die Hausecke gekommen.
Im Nachbargarten herrschte eine bedrohliche Ruhe, die nur von

den Schüssen der Jagdpächter unterbrochen wurde. Jetzt waren sie es, die auf die Spatzen in WilliundBertas Garten schossen. Willi holte die Polizei. Die Jäger behaupteten, die Spatzen schädigten die Steckrüben des Bauern.
Berta hatte offene Beine und konnte kaum laufen. Wenn sie allein war, kam der Bauer zu ihr und sagte, sie solle in ein Heim ziehen und das Grundstück aufgeben. Der Bauer wollte das Grundstück für den Zuckerrüben-Anbau und strengte eine Räumungsklage nach der andern an. Berta regte sich so auf, daß sie wieder ins Philippshospital mußte.
Bei ihrer Rückkehr baumelte eine nackte Glühbirne von der Zimmerdecke. Die Bewohner des Oberfelds hatten Strom bekommen. Willi hatte das Funken gelernt und konnte sich über Ultrakurzwellensender mit den anderen Bewohnern des Oberfelds verständigen. Alle hatten jetzt Funkgeräte und Funkernamen.
In das Gartenhäuschen gegenüber waren Zigeuner eingezogen, die nicht Zigeuner genannt werden wollten, sondern Sinti. Trotzdem sprechen die alten Oberfeldbewohner noch vierzig Jahre später von „den Zigeunern". Ein Mann und eine Frau. Ludwig, schwarzhaarig und mit Schnurrbart, ein lebenslustiger Mensch um Fünfzig, der mit Antiquitäten handelte und wunderbar Gitarre spielte. Maria, untersetzt und ziemlich dick, mit dunklem Haar und wilden Augen, genauso alt wie Berta.
Beide um die Jahrhundertwende geboren, gerade Sechzig geworden und schwer mitgenommen von den Nazis. Maria hatte zehn Kinder auf die Welt gebracht und großgezogen. Geblieben war ihr nur eine Tochter, die, anders als die andern, Auschwitz überlebt hatte, weil sie im Küchenbau beschäftigt gewesen war. Maria war nicht zu Hause gewesen, als ihr Mann und ihre Kinder, ihre gesamte Sippe, alle Sinti aus der Stadt *abgeholt* worden waren. Der Mann und die älteren Kinder wollten gerade zur Arbeit gehen, als sie kamen, viele Polizisten mit Schäferhunden, es war auch ein Herr Jost dabei, der sie *festgeschrieben* hatte und ihnen und den Großen erklärte, sie bräuchten nicht zur

Arbeit zu gehen, sie würden nach Polen gebracht, dort würden sie ein Haus bekommen und Kühe und Hühner und alles. Sie durften nichts mitnehmen, nur die Kleidung, die sie am Leib trugen, wurden in Autos verladen, zum Bahnhof gebracht, in Güterwagen gepfercht. Keine Luft, kein Licht, nichts zu essen, nichts zu trinken, drei Tage lang.

Sie wußten nicht, wo sie hinfuhren und nicht, daß es einen Ort namens Auschwitz gab. Nichts wußten sie. Keiner von ihnen wußte etwas. Sie waren *festgeschrieben* worden, das heißt, sie durften ihren Wohnort nicht verlassen. Die Mutter war trotzdem hausieren gegangen, in Aschaffenburg aufgegriffen und verhaftet worden. Sie saß ahnungslos im Gefängnis, während ihr Mann und ihre Kinder *abgeholt* und, schließlich in Auschwitz, von der Rampe ins Lager gebracht, geschoren und tätowiert wurden. *Sie wußten nicht mehr, wer wer war und nicht mehr, ob sie noch Menschen waren und schämten sich vor dem Vater.*

Die Mutter saß im Gefängnis und ahnte nicht, daß ihre Leute familienweise auf Verschläge in Block Vierzehn verteilt wurden. Sie hatten keine Namen mehr. Die SS-Männer riefen nur die Nummern auf. Maria saß im Gefängnis und ihre Kinder standen stundenlang Appell und Barbara starb und Waltraud starb, und eines Morgens lagen die Zwillinge Renate und Lina verhungert im Verschlag. Sie waren nur drei Jahre alt geworden. Alwine wickelte die jüngsten Geschwister in eine Decke und brachte sie zu den Toten, zwischen denen die Ratten umherliefen.

Die Mutter saß im Gefängnis, und ahnte nicht, daß das *Zigeunerlager* aufgelöst wurde, ihr Mann bei den Kindern blieb, die vergast werden sollten und ihre Tochter Alwine draußen sich in den elektrisch geladenen Zaun stürzen wollte und von ihrer Schwägerin zurückgehalten wurde.

Nachdem Maria aus dem Gefängnis befreit worden war, kehrte sie in die Stadt zurück, in der kein Stein mehr auf dem andern stand. Auch das Haus, in dem sie gewohnt hatten, war verschwunden. Man wies ihr einen Eisenbahnwaggon zu.

Sie ließ ihre Familie über das Rote Kreuz suchen.

Alwine hörte den Ruf im Radio und fuhr zu ihrer Mutter. Drei Jahre später heiratete sie einen aus der anderen Sippe, deren Zweige mit denen der Ihren verwachsen waren wie die von Bäumen, die zu dicht nebeneinander stehen.
Alwine brachte einen Sohn zur Welt, Maria wurde Großmutter. Das Leben ging weiter, aber es hatte alle Farbe verloren.
Die Bäume sind kahl, nur manche Eichen tragen noch einzelne braune Blätter, die sich nicht vom Baum lösen wollten. Der Himmel ist grau, auf einer Eiche sitzt eine einsame Krähe und krächzt. Unter dem Baum verstreut liegen die zertretenen Schalen der Eicheln. Die Kerne haben Wildschweine und Waschbären weggefressen, Tauben und Elstern, Rehe, Siebenschläfer und Dachse.
Die Dachse haben sich für den Winter in ihrem Bau eingerichtet und schlafen, und auch der junge Waschbär hält seine erste Winterruhe unter einem Steinhaufen in der Vogelschutzinsel am Seiterswiesenweg.

DEZEMBER

Die Krähen schrei'n
Und ziehen schwirren Flugs zur Stadt:
Bald wird es schnei'n –
Wohl dem, der jetzt noch Heimat hat.

(Friedrich Nietzsche)

In der Dämmerung steht die Ricke, die sich in einer Sommernacht lustvoll im Kreis durch das Korn hetzen ließ, witternd am Waldrand. Die anderen fressen die letzten von den Bäumen gefallenen Eicheln. Sie hört das Malmen und das Rascheln der leeren Schalen im Laub, hat den Duft der Ihren in der Nase und die Spuren fremder Gerüche, Hundepfoten, Hundepinkel, Gummi von Fahrrädern, die vorbeigefahren und Schuhen, die vorbeigelaufen sind, Mäusekot und letzte Reste von Abgasen. Und während sie all das in sich aufnimmt, nistet sich das in jener Sommernacht befruchtete Ei, das zwar den Weg in die Höhle gefunden, sich dort aber nicht festgesetzt hat, damit das Kitz nicht in der kalten Jahreszeit geboren wird, in der Gebärmutter ein und beginnt sich zu entwickeln, damit es im Mai, wenn es wieder schön warm ist, auf die Welt kommen kann.
Die Ricke senkt den Kopf und sucht den Boden nach Eicheln ab, aber da, wo sie steht, haben die Wildschweine nichts übrig gelassen.
Die Alte Bache führt die Rotte den Judenpfad hoch übers Feld zum Seiterswiesenweg und drückt sich unter dem Zaun des zuletzt von den Sinti bewohnten Grundstücks hindurch. Die andern folgen.
Drinnen gibt es einen verlockenden Geruch, der der Erde unter dem Apfelbaum entströmt. Die Äpfel werden seit Jahren nicht mehr geerntet, fallen vom Baum, gären und ziehen alles mögliche kleine Getier an, das den Wildschweinen gerade recht ist.

Den Apfelbaum pflanzte Maria gleich nach ihrem Einzug im Mai des Jahres 1961. Das Oberfeld kannte sie schon lange. Nach dem Krieg hatte ihr Schwager Willi eine Zeitlang in einer Gartenhütte am Katharinenfalltorweg gelebt. Ludwig, den sie Lutz nannten, war auf der Durchreise. Er hatte seine Gitarre dabei, der kleine Raum war gestopft voll. Alle rauchten, und bis auf Maria waren alle tätowiert – kein Anker, kein Herzchen, alle hatten eine Nummer auf dem Arm, und alle Nummern begannen mit einem Z.

Draußen pladderte es. Er fing an zu spielen, und sie merkte nicht, daß ihr das Wasser aus den Augen lief. Es war das erste Mal, daß sie weinte, Jahre, nachdem sie erfahren hatte, was mit den Ihren geschehen war. Es ging nicht, sie konnte nicht weinen, in all den Jahren keine einzige Träne, der Schmerz zerriß sie, es hätte ihr ein wenig Erleichterung verschafft, wenn sie hätte weinen können, aber sie konnte es nicht. Und plötzlich strömte ihr das Wasser aus den Augen. Er sah es und spielte weiter. Er war in Buchenwald gewesen. Von seiner Familie war ihm nur ein Sohn geblieben. Und seine Gitarre. Sein Vater war Musiker gewesen und sein Großvater, niemand wußte, wie lange schon die Musik von einer Generation auf die andere übergegangen war. Die Musik war ihm geblieben und der Wein und die Frauen. Und seine Unrast. Wenn er in der Stadt war, wohnte er bei Alwine und ihrem Mann.

In der Nachkriegszeit hatte Marias Schwager Wilhelm ihm den Namen eines toten Bruders geschenkt. Friedel war in Auschwitz umgekommen und nur ein Jahr älter als Ludwig.

Ludwig hatte seinen Namen mit Schiebereien verbrannt, die Amerikaner waren hinter ihm her, er brauchte eine neue Identität. Und bekam sie von Wilhelm, dem ältesten Bruder und Familienoberhaupt, der zusammen mit allen anderen an jenem Morgen im März des Jahres 1943 abgeholt und nach Auschwitz gebracht worden war. Von Auschwitz nach Ravensbrück nach Oranienburg nach Sachsenhausen nach Neuengamme nach Ludwigslust.

Als er die Stadt verließ, war er 39 Jahre alt, mit Kirschaugen und schwarzem Haar und schwarzem Schnurrbart. Als er zurückkam, war das Haar weiß und der Schnurrbart auch.
Er war der erste von der Familie, der einen Antrag auf Entschädigung stellte.
Das Verfahren zog sich hin. Jahrelang. Am Ende wurde der Antrag abgelehnt: *Ein Verfolgter hat nur Anspruch auf Entschädigung, wenn er an seinem Körper oder an seiner Gesundheit nicht unerheblich geschädigt worden ist und der ursächliche Zusammenhang zwischen Gesundheitsschaden und der Verfolgung mindestens wahrscheinlich ist. Diese Voraussetzungen liegen hier nicht vor.*
Wilhelm ging in Berufung.
Die Berufung wurde abgelehnt. *Der Kläger hat keinen Anspruch auf Entschädigung wegen Schadens an Körper und Gesundheit.*
Ein Jahr, bevor Ludwig und Maria auf das Oberfeld zogen, kamen die deutschen Behörden darauf, daß Friedel nicht Friedel war. So verwandelte er sich denn zurück in Ludwig und zog, nachdem er einen ordentlichen Personalausweis hatte, mit Maria in die Gartenhütte. Es war im Mai 1961.
Im Sommer versiegte der Brunnen. Auch WilliundBerta hatten Schwierigkeiten mit dem Wasser.
Ludwig nahm einen Eimer und lief zum ersten Mal übers Feld zu den Schmitts.
Emmas Vater war in Rente gegangen und hatte viel Zeit. Ludwig nahm ihn zum Angeln mit. Für Maria war der Alte nicht nur ein *Chalo*, ein Nichtzigeuner, ein *Gadscho*, sondern auch ein *bengesko niamso*, ein verfluchter Deutscher. *Na bister 500.000.*
Ludwig hatte noch seine Gitarre. Er konnte großzügig sein. Sie sagte: „*Gadje Gadjensa, Rom Romensa*", Gadsche mit Gadsche, Rom mit Rom. Aber sie kümmerte sich um Berta, wenn Willi nicht da war, wechselte die durchnäßten Binden um ihre Beine, fütterte die Katzen und brachte ihr Suppe.
Wenn Berta nicht essen wollte, bedeutete sie ihr mit einer Stimme, die rauh wie ein Reibeisen war: „Wenn man dir zu

essen gibt, iß, wenn du geschlagen wirst, lauf."
Ludwig war viel unterwegs. Mit einem klapprigen Lieferwagen holte er alte Kommoden, Schränke, Sessel von Bauern aus dem Odenwald, der Pfalz, dem Rheingau, arbeitete sie auf und verkaufte sie wieder.
Manchmal half Willi ihm beim Abladen, manchmal übernahm er auch das Polstern, und manchmal saßen sie abends zusammen im Garten, ohne Licht. Lutz trank seinen Wein, und wenn Willi quatschte und quatschte und nicht mehr aufhören konnte, holte Lutz die Gitarre und fing an zu spielen.
Im Winter des Jahres 1965 kam er mit dem *Spiegel* unterm Arm durch den Schnee gestapft.
„Ich will dir was zeigen."
Er blätterte, bis er gefunden hatte, was er suchte: einen Artikel über die *Hungerhäuser* in den Psychiatrischen Anstalten während der Nazizeit.
„Wenn du einen Antrag auf Entschädigung stellen willst – ich helf dir."
Willi mußte viele Zigaretten drehen, viel Holz hacken und mit klammen Fingern an einem alten Volkswagen herumbasteln, bis er begriffen hatte, daß Bertas Gerede vom *Müllertod* nicht, wie Ärzte und Schwestern ihm hatten weismachen wollen, auf Wahnvorstellungen beruhte, sondern auf unfaßbaren Geschehnissen, die mittlerweile zwanzig Jahre zurücklagen *(nun wolln wir die Vergangenheit aber endlich ruhen lassen)*, für Berta jedoch zuweilen immer noch Jetzt passierten. Maria versuchte ihr dann zu sagen, daß der fliegende Vogel nie zweimal auf die gleiche Stelle kackt, aber Berta war eine Gadsche und verstand nicht.
Dafür ging Willi, der um diese Zeit trotz Nikotinfingern, braunen Zahnstümpfen und zeitweiligem Rededrang zum ersten (und zum letzten) Mal eine Braut hatte, ein Licht auf, als Lutz ihm eine alte Zigeunerweisheit steckte: *Es gibt Lügen, die glaubwürdiger sind als die Wahrheit.*
Die Ärzte und Schwestern im Philippshospital hatten ihn angelogen, so einfach war das. Er fuhr in die Stadt und kaufte eine

Schreibmaschine, Papier, Kohlebögen und Durchschlagpapier. Einen Anwalt würde er nicht nehmen. *Wozu einer fetten Gans den Hintern schmieren.*
Der Antrag wurde abgelehnt. Berta Reitz hatte keinen *Entschädigungsgrund, weil sie aus erbbiologischen, nicht aber aus politischen Gründen geschädigt sei.*
Willi beschloß zu klagen. Die Klageschrift stellte er selber auf, tippte Seite um Seite mit Durchschlag auf seiner *Olympia.* Besessen von dem Gedanken, Entschädigung für seine Mutter zu erstreiten, *Wiedergutmachung*, wie man das damals nannte, doch noch so etwas wie Gerechtigkeit.
Sein Leben hatte wieder einen Sinn. Seitdem er das Haus neu aufgebaut und seinen Meisterbrief gemacht hatte, war er nicht mehr so hoffnungsvoll gewesen. Er würde seiner Mutter eine Rente erkämpfen und seiner Braut beweisen, daß die Krankheit seiner Mutter von den Nazis gemacht und nicht erblich war. Sie hatte Angst davor, daß ihre Kinder schwachsinnig sein könnten. Am Tag arbeitete er, nachts saß er an der Schreibmaschine, neben der ein Päckchen mit seinem Tabak lag, Zigarettenpapier und das Gasfeuerzeug, das ihm seine Braut geschenkt hatte. Der Deckel eines Marmeladenglases diente als Aschenbecher, der Duden, den er gekauft hatte, war schon fleckig und abgegriffen, weil er so viele Worte nachschlagen mußte.
Die Tiere gewöhnten sich an das Klappern der Schreibmaschine, es gehörte bald zu den Geräuschen ihrer nächtlichen Welt, immer da, bei Dunkelheit wie im weißen Licht des Vollmonds, das abgehackte Klappern mit den Pausen, in denen der Schnee weiter lautlos fiel. Die Vorfahren der am Querweg lebenden Füchse kannten es wie die der Alten Bache. Damals zog die Rotte an dem Fornoff'schen Haus vorbei hinauf zur Gärtnerei am Spanischen Turm.
Heute drücken sich die Wildschweine unter dem Gartenzaun vor der leerstehenden Hütte hindurch, um nach Würmern und Insekten zu suchen. Kein Mensch stört sie. Alle sind fort. Selbst der erfahrene alte Keiler, der der Rotte seit geraumer Zeit gedul-

dig folgt und nur so alt geworden ist, weil er Vorsicht walten läßt, hat keine Bedenken, sich platt zu machen und der mit ihrem Duft lockenden Bache hinterher unter dem Zaun hindurch zu kriechen.
Behutsam nähert er sich der Alten Bache, beriecht sie, umkreist sie und stößt sie sanft in die Bauchseite.
Sie ist noch nicht bereit, geht mit geöffnetem Rüssel wütend brummend auf ihn los. Er zieht sich ein wenig zurück und versucht sie zu beruhigen, indem er sie anhaucht. Sie drückt sich wieder unter dem Zaun hindurch, verschwindet mit der Rotte in der gegenüber liegenden Vogelschutzinsel.
Er folgt ihr, wirbt mit zerhacktem Röcheln, versucht ihr nahe zu kommen, sie zu berühren, legt schließlich für einen Augenblick seinen Schädel auf ihre Kruppe. Doch sie ist noch immer nicht so weit, entzieht sich mit zornigem Brummen, verläßt die Vogelschutzinsel, läuft, gefolgt von der Rotte und dem Keiler, quer über die Felder, zwischen den Stämmen der einstigen Baumschule hindurch, ohne sich um den zweiten Keiler zu kümmern, der sich vom Wald her nähert.
Die alte Bache senkt den Kopf und steckt den Rüssel in die Erde.
Der ältere Keiler wendet sich mit gewölbtem Rücken wütend brummend dem Rivalen zu. Der brummt zurück und macht sich ebenfalls groß. Geöffnete Rüssel, aufgerichtete Rückenborsten. Sie scharren mit den Hufen, mahlen mit den Kiefern, verspritzen Urin. Beiden steht Schaum vorm Maul. Sie senken die Köpfe, umkreisen einander. Das Brummen steigert sich zu einem Brüllen.
Die Alte Bache kümmert sich um nichts als den Wurm, den sie aus der Erde gezogen hat.
Die beiden Keiler gehen zum Schulterstemmen über. Plötzlich zieht der Jüngere den Schwanz ein und flieht.
Der Sieger hört augenblicklich auf zu brüllen, seine Rückenborsten legen sich wieder flach, die Spannung weicht aus dem Körper.
Die Alte Bache spreizt die Hinterläufe ab und dreht das

Schwänzchen zur Seite. Der Keiler reitet auf, bettet den Kopf auf ihrem Rücken und verharrt, ohne sich zu rühren. Minuten vergehen, der Wind streicht über die Felder, weiter weg brechen die anderen Bachen die Erde auf, in großer Ferne das Geräusch vorbeifahrender Autos. Bache und Keiler stehen regungslos, sie mit steifen Hinterläufen, er mit dem Rüssel auf ihrem Rücken. Ein Satellit zieht über das Oberfeld hinweg, und auch, als er schon am südlichen Horizont verschwunden ist, stehen der Keiler und die Bache noch immer in ihr regloses Liebesspiel versunken.

Das Philippshospital wollte die Akten der Berta Reitz nicht herausgeben, *weil sie ihrer Natur nach geheimgehalten werden müßten.* Landesobermedizinaldirektor Binsack berief sich auf seine Schweigepflicht und auf *ärztliche Gewissenhaftigkeit, die ihm verbot, die Akten herauszugeben.*

Willi Fornoff klagte auf Herausgabe der Akten. Die Tonbandaufnahmen, die er heimlich bei der Gerichtsverhandlung machte, waren sein ganzer Stolz. Jeder konnte hören, was der Doktor vor Gericht gesagt hatte: *Kein Gericht kriegt von uns die Krankenakten, überhaupt nicht... Gerade in dieser Akte... viele Angaben über Müllertod.*

Die Klage wurde abgewiesen.

Willi Fornoff gab nicht auf. Er schaffte ein Telefon an, ging in Berufung.

Die Berufung wurde abgewiesen.

Er hatte keine Chance. Mager, verwahrlost, mit schlechten Zähnen und Nikotinfingern, entweder stumm in sich versunken oder gehetzt auf irgend jemanden einredend, voller Haß auf *Sesselfurzer und schmutzige Beamtenpfoten.*

Nachdem die Braut ihn verlassen und die erste Entschädigungskammer seine Klage im Juli 1969 endgültig abgewiesen hatte, ging ihm die Hoffnung aus. Er ließ Haus und Garten verkommen, das Unkraut wachsen, alles wachsen, wie es wollte, fing an, alte Autos zu horten, irgend etwas konnte man bestimmt irgendwann noch gebrauchen, auch die alten Sitze konnte man

noch mal gebrauchen, jedes Stück Blech, jede Schraube, alles war wertvoll, gewiß noch mal zu gebrauchen, man wirft nichts weg, es könnte fehlen.
Holz holte er immer noch aus dem Wald, einen Ofen besaß er nicht, nur den Küchenherd zum Wärmen und Kochen. Seine Würstchen machte er in der Dose heiß und aß sie auch gleich aus der Dose. Einen Schrank hatte er nicht. Seine Klamotten hingen über durch das Zimmer gespannten Drähten. Der Fußboden war aus gestampftem Lehm. Es stank nach Katzenpisse. Die Katzen hießen Mohrchen, Mutzel, Miezi, Bärchen und Tiger. Sie brachten die Mäuse, die sie gefangen hatten, ins Haus, besonders im Winter, wenn es draußen schneite und der Schnee alle Geräusche und alle Farben schluckte, nur noch Schwarz und Weiß, und die Vogelnester, die im kahlen Geäst der Bäume sichtbar geworden waren, im Weiß verschwunden wie vorher im Grün. Alles verschneit, Gärten und Felder und Dächer und die Zuckerrübenberge am Wegrand. Heute werden sie mit hellen Stoffbahnen abgedeckt – *Christo was here.*
Nach der Zuckerrübenernte kam der Schäfer mit seinen Schafen auf das Oberfeld. Wenn Maria das Blöken hörte, zog sie ihre Stiefel an und ging hinaus.
Die Hunde erkannten sie jedes Jahr wieder, und jedes Jahr erinnerte der Blick des Schäfers sie daran, daß sie eine Frau war. Er war etwa so alt wie sie und sein Leben lang übers Land gezogen wie sein Vater, Großvater und Urgroßvater. Er trug einen langen Mantel und einen breitkrempigen Hut und er war ihr Freund, seitdem er ihr erzählt hatte, wie er einmal schon aufgegeben und fast die ganze Herde verkauft und eine Arbeit angenommen hatte. Dann war der Frühling gekommen, er hatte die Wiesen grünen, die Knospen an den Bäumen gesehen, die Gräser und die ersten Blumen gerochen und die gut bezahlte Arbeit hingeschmissen, Schafe hinzu gekauft und war losgezogen.
Maria hatte gelacht, ein roter Ball war durch ihre farblose Welt gesprungen. Seitdem besuchte sie den Schäfer, wenn er mit seinen Schafen auf der Winterweide war. Und schon bevor er kam,

sah sie nach, ob auf den abgeernteten Rübenfeldern noch genug Kraut und Rübenspitzen lagen.
Sie war viel allein. Lutz kam und ging. Es waren nicht nur die Möbel, die er holte, das spürte sie. Aber sie hielt sich daran, *nicht zu kratzen, wo es nicht juckt*, und als sie einmal doch an jener Stelle kratzte, antwortete er mit einem Sprichwort: *o shoshoykaste si feri yek khiv sigo athadjol* - das Kaninchen, das nur ein Loch hat, ist bald gefangen. Sie erwiderte: *ka xlia ma pe tute* – ich werde auf dich scheißen.
Er hatte eine *Gadsche*, eine, die viel jünger war als er und noch viel jünger als sie, und wenn er auch den Gartenzaun reparierte, einkaufen fuhr, an seinen Möbeln arbeitete und sein Arm sich am Abend ausstreckte, damit sie ihren Kopf auf seiner Schulter betten konnte, glitt sein Blick doch von ihr ab, als sei sie bereits gestorben. Die Tränen, die sie nicht weinte, schwemmten sie auf. Sie war dick, untersetzt und grauhaarig, und nur ihr Blick sprach von der Kraft und dem grenzenlosen Schmerz, der in ihr wütete. Es war ihr nicht vergönnt, wie Berta übers Oberfeld zu brüllen, *Mörder! Feuer! es brennt, es brennt!* Sie hatte alle Sinne beisammen und schlief schlecht und träumte schlecht und wußte genau, wann Lutz zu der jungen Frau fuhr.
Wenn er wiederkam, ging er gutgelaunt an die Arbeit. Sie sah, wie er sich bewegte und wußte, daß er die Musik im Körper hatte, und schwieg. Sie brauchte nicht in den Spiegel über der Waschschüssel zu sehen, um zu wissen, daß sie eine alte Frau war. Nur wenn der Schäfer kam und sie die Stiefel anzog und mit einer warmen Suppe für ihn nach draußen ging, vergaß sie, was sie war und hockte still neben ihm auf einem Stein, während er die Suppe löffelte.
Beide schauten den Schafen beim Kauen zu. Sie wußte nicht, daß da, wo sie saß, einmal ein Steinbruch gewesen war, und er wußte nicht, daß die Zigeunerin, die scheinbar allein in einer Gartenhütte auf dem Oberfeld wohnte, einmal einen Mann und zehn Kinder hatte. Keiner kannte den Namen des andern. Für sie war er der Schäfer, kein Sinto aber auch kein *bengesko niamso*.

Eine Krähe trank aus einer Pfütze und spiegelte sich zusammen mit dem Himmel und den Wolken im trüben Wasser. Es wurde schon dunkel, obwohl es erst Nachmittag war. Der Schäfer gab Maria den leeren Topf zurück. Sie saßen still nebeneinnder und hörten die Herzen der Hamster, Maulwürfe und Mäuse unter der Erde schlagen.
Die Geister kamen aus ihren Steinen, die dicke Trin strich Maria übers Haar, und für kurze Zeit kehrte die Farbe in die Welt zurück.
Leise sagte der Schäfer: „Gott erschuf den Menschen erst am letzten Schöpfungstag. Warum nicht am ersten?" Der Schäfer schwieg und Maria schaute auf die rote Zunge des Hütehundes zu seinen Füßen. „Gott erschuf den Menschen am letzten Schöpfungstag, damit er nicht überheblich sei. Gott sagte ihm, vergiß nicht, daß das geringste Lebewesen vor dir geschaffen wurde."
Mitte Dezember war der Schäfer noch immer da. Erst zur Wintersonnwende zog er ab. Auf dem Rübenacker war kein Blatt und kein Rübenrestchen mehr zu finden. Heute dagegen liegen um die Weihnachtszeit noch viele kleine Rüben auf dem Acker, niemand frißt sie, niemand hebt sie auf. Es war der kürzeste Tag des Jahres, kurz vor Weihnachten, und der Schäfer wollte das Fest bei seiner Familie verbringen.
Maria feierte mit den Resten ihrer Sippe, Lutz kam spät, spielte gutgelaunt auf der Gitarre und behauptete, daß alle Diebe in der Weihnachtsnacht stehlen müßten und wenn sie nicht erwischt würden, hätten sie das ganze Jahr über Glück.
Willi hatte eine kleine Fichte im Wald geschlagen. Seine Schwester kam mit Kartoffelsalat und Würstchen aus der Stadt, drehte der Mutter die Haare auf, zog ihr ein sauberes Kleid an, schmückte den Baum, entzündete die Kerzen und floh, als die Mutter *Feuer!* schrie.
Emmas Mann holte einen Baum beim Förster, und Emma verteilte das Lametta, Zigarette im Mundwinkel, während ihre Mutter jammerte, weil die Enkelin nicht da war. Die Enkelin

hatte sich nach Amerika gerettet, damals noch das gelobte Land, da hatte man den Großen Teich zwischen sich und der Familie.
Maria starb im darauffolgenden Jahr. Lutz nahm seine Gitarre und zog zu der jungen Frau, trank seinen Wein, fuhr hierhin und dorthin, besuchte den Sohn, der ihm geblieben war, und zog, als die mittlerweile nicht mehr junge Frau zehn Jahre später genug von ihm hatte, ganz zum Sohn.
Berta starb zwei Jahre nach Maria, geplagt von ihren Gebrechen und dem Bauern, der sich im Sommer, wenn sie draußen im Liegestuhl lag und ihr Sohn nicht da war, ein Vergnügen daraus machte, ihr Gemeinheiten zu sagen. Er konnte es nicht verwinden, daß diese Schwachsinnige noch immer da wohnte, wo er seine Rüben anbauen wollte.
Zwei Jahre nach Bertas Tod klagte das Land gegen den Pächter des Grundstücks am Seiterswiesenweg auf Räumung. Willi hatte alle Aufforderungen ignoriert, *das Grundstück in einen vertragsgemäßen Zustand zu versetzen.* Willi wehrte sich und schilderte, wie es ihm und seiner Mutter ergangen war, in den Jahren, nachdem sie auf das Oberfeld gezogen waren und später, als der Bauer sie weghaben wollte. Man hatte ihre Blumen zertrampelt, die Schläuche seines Fahrrads und die Wäscheleine durchschnitten, war in sein Häuschen eingebrochen und hatte seinen Tabak gestohlen, seine Schreibblöcke, seinen Rasierapparat. Dieses eine Mal fand er ein offenes Ohr. Er sollte aufräumen, das Grundstück frei von Unkraut halten, zwei alte Autos entfernen und keine mehr abstellen, die nicht zugelassen waren, ansonsten konnte er auf dem Oberfeld bleiben.
Der Bauer starb, hochbetagt biß er ins Gras und mußte Willi in Ruhe lassen.
Willi Fornoff wurde zweiundsechzig Jahre alt. Nach seinem Tod wurden sein Haus und seine Werkstatt abgerissen. Vogelschützer legten eine Feldholzinsel an, pflanzten Hainbuchen und Heckenröschen, Feldahorn, Haselsträucher und Pfaffenhütchen, Birken und Weiden, Schwarzdorn und Faulbaum.
In dem leeren Nest der Neuntöter warten die Flöhe auf bessere

Zeiten. Nachkommen von Willis Katzen streifen durch das Unterholz und verkriechen sich da, wo es am dichtesten ist, als die Sylvesterknallerei beginnt, schon am frühen Nachmittag, unter einem strahlend blauen Himmel, aus dem eine Schar von Graugänsen herausfällt, steinenschwer auf den abgeernteten Rübenacker. Sie wohnen und überwintern am Steinbrücker Teich und wollten wohl nur mal sehen, was es hier zu holen gibt. Ab und zu ist ein fernes Krachen zu hören. Die Neujahrsnacht ist Geisterzeit. Einst haben sie in die Luft geschossen und mit den Peitschen geknallt, um die bösen Mächte zu vertreiben. Heute lassen sich die Geister von Aldi-Krachern einschüchtern und bleiben in ihren Steinen; die einzige, die sich herauswagt, ist Mundermanns Gretchen, zu Lebzeiten ein wildes weibliches Wesen, das im Wald wohnte – *wenn du nicht brav bist, holt dich Mundermanns Gretchen.*

Die Füchse verkriechen sich mit leeren Bäuchen in ihren Bauten, die Marder in ihren Kobeln. Längst sind die Wildschweine in den Wald zurückgekehrt. Das kleine weiße Hündchen, das Emma zugelaufen ist, steht am ganzen Leibe zitternd an ihrem Bett. Emma schnarcht. Das Hündchen winselt und versucht, an der Bettkante hochzuspringen.

Emma wacht auf, verscheucht das Hündchen, *mach dich fott,* versteht nicht, daß es Angst hat, Todesangst vor der Knallerei, es sind jetzt nicht mehr einzelne Kracher, sondern ein einziges, ununterbrochenes Knattern.

Es ist kurz vor zwölf. Emma quält sich ächzend aus dem Bett, kickt das winselnde Hündchen weg, hangelt sich an den Möbeln entlang zur Toilette, sieht durch das Dachfensterchen, daß die Nacht sternenklar ist und denkt daran, daß die Hühner viele Eier legen, wenn in der Neujahrsnacht die Sterne scheinen; dann fällt ihr ein, daß sie keine Hühner mehr hat und daß sie fest geglaubt hat, was ihre Mutter ihr erzählt hat, als sie ein kleines Mädchen war: Wenn man in der Neujahrsnacht Schlag zwölf dreimal seinen eigenen Namen ruft, sieht man sich selber.

Das Hündchen ist ihr bis zur Toilette nachgelaufen. Die Angst vor dem Krachen ist größer als die Angst vor einem weiteren Fußtritt. Emma wiederum fürchtet, über das Hündchen zu fallen und alleine dazuliegen, bis der Sohn kommt, irgendwann am Neujahrstag. Die Angst macht, daß sie mit überschnappender Stimme kreischt. Das Hündchen duckt sich und verschwindet unter dem Sofa.

Als Emma endlich wieder im Bett liegt und auf die Uhr sieht, ist es Schlag zwölf und die Knallerei auf ihrem Höhepunkt.

JANUAR

Januar
das neue Jahr
In mein Herz
fällt Schnee

(Rose Ausländer)

Die Ranzzeit der Füchse beginnt. In der Dämmerung ist jetzt manchmal ein heiseres Bellen zu hören, mal kommt es vom Querweg, mal aus einer der Feldholzinseln, dann wieder von weither aus dem Wald, bis in die Nacht hinein, die immer noch sternenklare doch dunkle Nacht.
Der Duft, der Gevatter Fuchs anzieht, geht von einem Gebüsch am Wasserreservoir aus. Dorthin trabt er, zielstrebig und eilig, die Nase nicht wie sonst am Boden, fressen ist ihm egal, andere Düfte interessieren ihn nicht. In der Welt von Gerüchen, durch die er sich sonst bewegt, interessiert ihn nur noch dieser eine, und die Vorsicht, die er sonst walten läßt, wenn er sich aus der Deckung begibt, ist vergessen. Er bleibt erst stehen, als er auf ein paar Meter an die Fähe herangekommen ist, nähert sich ihr behutsam, läßt sich von ihr beriechen, beriecht sie. Plötzlich duckt sich die Fähe und springt davon, er hinterher. In Wind und Kälte tollen sie miteinander auf der brachliegenden Wiese, einer vom Duft des andern gestreift. Die buschigen Schwänze fegen über den hartgefrorenen Boden. Sie keuchen und knurren, sie täuschen und ändern die Richtung, und dann steht die Fähe plötzlich still und läßt es geschehen, daß er auf ihren Rücken springt und sich mit den Vorderpfoten an ihren Schenkeln festklammert. Bereitwillig legt sie den Schwanz beiseite.
Dann wollen sie auseinander, und es geht nicht. Er strebt von ihr weg, kommt aber nicht von ihr los.
Einer mit dem Rücken zum andern, warten sie mit ergeben

gesenkten Köpfen darauf, daß sie wieder auseinander können. Der Wind bläst ihnen ins Fell, sie riechen die Mäuse in der Erde und hören die Bewegungen von Regenwürmern. Es dauert seine Zeit, bis sie sich voneinander lösen und dem Wald zu trotten. In den kommenden Monaten werden sie ein Paar sein, werden zusammen jagen, sich miteinander durch die Dunkelheit bewegen, einen gewissen Abstand voneinander halten, aber ihren Weg gemeinsam wählen, und nicht immer wird es der Gevatter sein, der führt, nach rechts abbiegt oder nach links, Nase am Boden, scheinbar ganz mit den eigenen Angelegenheiten beschäftigt, doch auch darauf achtend, ob der andere nachkommt, und wenn sie die Jungen zur Welt bringt, wird er in der Nähe des Baus auf sie warten.

Da wo ihr Bau ist, wäre die Autobahn verlaufen, vierspurig, mit Grünstreifen und Standspuren zu beiden Seiten: die *Ostumgehung.*

Auf den Karten der Siebziger Jahre führt eine gestrichelte Linie quer übers Oberfeld.

Die Trasse war schon abgesteckt.

Die Stadt sollte *autogerecht* werden.

Lastwagen wären über das Oberfeld gedonnert, es hätten sich nicht nur die Füchse andere Bauten graben müssen, auch die Geister wären aus ihren Steinen ausgezogen.

Das Oberfeld vernichtet, damit ein paar Deppen aus dem Umland schneller in die Stadt kommen.

Das Projekt war umstritten gewesen. Die Befürworter hatten sich durchgesetzt.

Die Gelder waren bewilligt, doch die Bürger-Initiativen gaben nicht auf.

Junge Leute, die noch zur Schule gingen und Alte, die nicht mehr gut auf den Beinen waren. Ein Schlosser mit Schlappmaul war dabei, ein Frisör und ein penibler Steuerberater. Studenten waren dabei, Architekten und Hausfrauen. Ein Staatsanwalt und die Frau eines Kommunalpolitikers, der das Konzept zu vertreten hatte. Es waren Lehrer dabei und Herr Schmidt, der herz-

krank war und rote Flecken auf den Backen hatte. Schmallippige Omas waren dabei, Lola mit ihren bunten Röcken und klimpernden Armreifen und drei Mann vom Kommunistischen Bund Westdeutschlands, die aus *einem* Mund sprachen und mit *einem* Kopf dachten, auch wenn es nicht der Ihre war.
Es war wie im Paradies: die Spießer saßen bei den Bürgerschrecks und keinem wurde ein Haar gekrümmt, nur die Drei vom KBW zeigten Zähne und Klauen – Zeitzeugen behaupten, der Geifer troff ihnen aus dem Maul. Sie waren immer da, mit freudloser Disziplin pünktlich zur Stelle.
Man traf sich in Kneipen. Man stritt. Die Räume waren verqualmt, die Aschenbecher voll, und kein Nichtraucher wagte es, sich zu beklagen.
Es gab solche, die viel und solche, die wenig sagten, Schwätzer und Besonnene und Kluge und Stille und Einfallsreiche, auch schlichte Gemüter, die nur wußten, daß sie keine *Ostumgehung* wollten. Solche, die immer bereit waren Aufgaben zu übernehmen und solche, die sich diskret im Hintergrund hielten, wenn etwas zu tun war.
Alle zogen an einem Strang.
Der KBW wurde kaltgestellt. Die anderen faßten Beschlüsse.
Sie bildeten eine Wählergemeinschaft.
Sie gingen in die Politik.
Sie machten Politik.
Angestellte des Stadtplanungsamtes erarbeiteten einen Alternativplan. In aller Stille. Ihr Dienstherr sprang im Sechseck. Wollte wissen, wer es war. Niemand verriet sie.
Der Plan wurde umgesetzt. Die Pflöcke, mit denen die Trasse abgesteckt worden war, aus dem Boden gezogen. Die gestrichelte Linie verschwand von den Karten. Die Füchse konnten bleiben.
Es konnten die Hamster bleiben, und die Mäuse konnten weiterschlafen, die alten Mäuseriche und die jungen Mausemädchen, während die Erde über ihnen sich mit Schnee bedeckte, es konnten sich die Mäusebäuche heben und senken, die Schnurrhaare

zucken, als ob die Welt in Ordnung wäre. Es konnten die Maulwürfe bleiben und die Eichhörnchen. Die künftigen Hummelköniginnen konnten in der winterlichen Erde bleiben. Die Wildschweine konnten bleiben, die Dachse und die Igel mit ihrem feinen Sinn für Erschütterungen des Bodens, für sie wäre der Autobahnbau der Weltuntergang gewesen. Alle konnten bleiben, weil Herr Schmidt, Herr Gansert und Frau Gundermann sich *an de Lade gelegt*, das heißt zum Fenster herausgehängt hatten.
Es ist Mitte Januar. Das Oberfeld liegt in winterlicher Stille. In der Dämmerung singt ein Rotkehlchen im Gebüsch, es muß ein Weibchen sein, sie singen leiser als die Männchen, es klingt zaghaft und ist bald vorbei, ein kurzes, süßes Lied.
In seiner Baumhöhle auf der Vogelschutzinsel am Seiterswiesenweg wacht der Waschbär auf. Hunger hat er nicht, gefressen hat er genug, aber es ist eine Unruhe in ihm, die ihn nicht mehr schlafen läßt. Es treibt ihn hinaus. Draußen bleibt er stehen. Er riecht die vertrauten Gerüche, hört die vertrauten Geräusche, das Brummen eines Flugzeugs im Himmel, das Sirren der Autoreifen auf der fernen Straße und unter ihm, tief in der Erde, das Rumoren der Regenwürmer. Es gehört zum Winter, daß sie nicht wie sonst in ständiger Bewegung sind, keine Wohnröhren mehr anlegen und keine Blätter mehr in die Erde ziehen, damit sie verrotten und ihnen als Nahrung dienen können. Den Winter verbringen sie steif und starr im Boden, aber ihre Nachkommenschaft regt sich in den im Herbst abgelegten Kokons, und wenn der Winter vorbei ist und der Frühling beginnt, schlüpfen sie und kommen an die Erdoberfläche, und wenn sie nicht von Maulwurf oder Igel, Amsel oder Krähe oder dem süßen Rotkehlchen gefressen werden, können sie zu fetten alten Regenwürmern werden, die sich, männlich und weiblich zugleich, mühelos paaren. Treffen sie sich nach Sommerhitze und Trockenheit, wenn die Luft noch nicht kalt, aber bereits schön feucht ist, pressen sie sich aneinander und sondern Schleim ab, der Bläschen schlagend aus ihnen herausquillt, bis sie beide davon eingehüllt sind, dann tauschen sie ihren Samen aus, trennen sich und

verschwinden in ihren Wohnröhren, wo jeder einen Schleimring produziert, aus dem er sich, nachdem er ihn mit den eigenen Eiern, dem fremden Samen und einer Nährflüssigkeit gefüllt hat, rückwärts kriechend zurückzieht, woraufhin der Ring an den Enden zusammenschnurrt und einen ovalen Kokon bildet, in dem der junge Wurm sich entwickelt. Vielleicht nur, damit ein Maulwurf ihn findet, ihm den Kopf abbeißt und den lebendigen Rest zu den anderen kopflosen Resten in seiner unterirdischen Vorratskammer trägt.

Ein Eichelhäher rätscht. Das Oberfeld liegt im Nebel. Am Spanischen Turm hämmert ein Specht die Samen aus einem Kiefernzapfen. Die Luft ist schwer und feucht, die Welt nur noch Geräusch. Eine Elster schackert.

Gegen Mittag tauchen die Schemen der Tauben aus dem Nebel auf. Sie hocken in der kahlen Krone der alten Eiche vor dem Spanischen Turm. Jeden Winter sitzen sie in der Krone dieses Baumes, von der aus sie die Rosenhöhe und das Oberfeld überblicken können, und dann erhebt sich die ganze Schar fast gleichzeitig mit knallendem Flügelschlag, fliegt über den abgeernteten Rübenacker hinweg, läßt sich auf dem Feld am Scheftheimer Weg nieder und pickt die letzten Getreidekörner auf.

Sachte beginnt es zu schneien, erst einzelne Flocken, dann mehr und mehr. Der Schnee senkt sich auf Felder und Bäume und Dächer: am Seiterswiesenweg auf das Eternitdach der Gartenhütte, die seit Marias Tod leer steht, am Judenpfad auf das mit Teerpappe gedeckte Dach des Häuschens, in dem die alte Emma von zweihundert Euro Rente lebt, und auf der Anhöhe im Osten, die Emma *Beverly Hills* nennt, weil dort die reichsten der Reichen wohnen, auf das Dach des versteckt liegenden Bungalows, der einem der erfolgreichsten Spekulanten Deutschlands gehört. Der Mann, den sie *den großen Unbekannten* nennen, lebt in London. Das Haus am Oberfeld ist nur eines von unzähligen Spekulationsobjekten, die er auf der ganzen Welt besitzt. Es heißt, er handele mit Immobilien wie ein Krämer mit Tomaten. Er soll bescheiden auftreten, bis zur Unhörbarkeit leise sprechen

und mit einer alten Ente durch London kutschieren. Er *soll offen und nett* sein, *knallhart* und *ein ganz raffinierter Fuchs.* Er hat in der Stadt Abitur gemacht und kennt das Oberfeld aus der Zeit, als die Steinbrüche noch nicht eingeebnet waren. Er ist Herr über ein Firmenimperium und sitzt in vielen Aufsichtsräten. Der Teufel scheißt immer auf einen Haufen. Vor ein paar Jahren war er Alleinherrscher über einen Konzern mit achthundert Firmen in sechzig Ländern. Er war einmal ein Flüchtlingskind, ist mit seiner Familie in den Westen geflohen und hat auf dem Bau gearbeitet, um sein Studium zu finanzieren. Anfang der Siebziger Jahre gründete er seine erste Firma, ein Steuerberatungsbüro. Heute ist er der *mystery man.*
Die *Immobilie in bester Lage* ist zum Oberfeld hin durch hohe Mauern geschützt, zur Rosenhöhe hin erstreckt sich ein von Dornengestrüpp umgebenes Eichenwäldchen, in dem um diese Jahreszeit die Alte Bache mit ihrer Rotte tagsüber ruht, wohl wissend, daß die Jäger hier nicht schießen dürfen.
Zur Straße hin ist eine Kamera so positioniert, daß sie den vor dem Tor Stehenden erfaßt. Eiserne Gitter, Briefkasten und ein Schild: *Dieter und Olga Bock, Administration.* Und nie jemand zu sehen. Drinnen ist manchmal Licht, doch weiß man nicht, ob sich dort ein Mensch aufhält oder ob es bloß die Zeitschaltuhr ist, und wenn es ein Mensch ist, weiß man nicht, ob es ein Angestellter ist, der nach dem Rechten sieht oder der Herr selbst, den die Erinnerungen an seine Schülerzeit eingeholt haben. Jetzt irrt er durch das Haus, und draußen schneit es. Die Schneeflocken wirbeln an der Fensterfront vorbei und lassen sich auf Bäumen und Büschen nieder: an so einem Winterabend ist einst die Schneekönigin gekommen, um ihn zu holen, mit einem weißen Schlitten ist sie gekommen, durch das Schneegestöber ist sie gekommen, einen weißen Pelz, eine weiße Pelzmütze und weiße Pelzstiefel hat sie getragen und ihn mitgenommen in ihren leeren, kalten Eispalast.

FEBRUAR

Die Wiegen sind's, worin der Frühling
Die schlimme Winterzeit verträumt.

(Theodor Storm)

Der Schnee ist weggetaut, in der braunen Erde versickert. An manchen Stellen, in Pfützen und Löchern, hat sich eine rissige Eisschicht gehalten. Der Ölrettich ist untergepflügt, das Gras auf der Wiese um das Wasserreservoir farblos geworden. Am Waldrand ruft ein Täuberich, dunkel und monoton, ruhguruguhuguu. Die Tage sind deutlich länger geworden. Nachts ist der Waschbär unterwegs, ruhelos streift er umher, sucht, frißt im Vorübergehn, fängt hier ein Mäuschen, dort ein Mäuschen, sonst ist nicht mehr viel da, keine Eichel, keine Buchecker, die jungen Triebe noch nicht gewachsen, alles egal, der Waschbär sucht. Er muß etwas finden, es treibt ihn übers Oberfeld durch den Wald, zum See und wieder zurück. Als er am Glasberg endlich auf ein Weibchen trifft, weiß er, daß es das war, was er gesucht hat.
Sie aber macht kehrt und läuft davon. Er hinterher. Sie jagen sich gegenseitig und keckern und schnirken und fiepen und knurren und kreischen, stundenlang. Erst nachdem Mars untergegangen ist und Venus als strahlender Morgenstern tief im Südosten steht, läßt sie es geschehen, daß er sie bespringt. Dann suchen die beiden ein Plätzchen zum Ruhen, und während sie erschöpft und einträchtig den Tag miteinander verschlafen, steigt die erste Lerche singend auf.
Die Männchen sind aus dem Süden zurück, sind von den Weibchen getrennt geflogen, beanspruchen wieder ihr Revier vom letzten Jahr und singen, singen, um zu sagen, das ist meins, soll kein anderer es wagen hier einzudringen.
Man weiß nicht, ob die Wissenschaftler, die das Haus am Rande des Oberfelds bewohnen, das Tirilieren der ersten Lerchen hören.

Sie kommen von weither, aus Rußland, Indien, China undsoweiter, sind Mathematiker und Physiker, Stadtmenschen, deren Ohren an Motorengeheul, Gehupe und Bremsenkreischen gewöhnt sind. Dagegen ist der kleine ländliche Vogel für sie so exotisch wie alles hier: die Stille, die Kälte, die Ordnung, die Sauberkeit.

Aus der Frauenklinik ist das *Georg-Christoph Lichtenberg Haus* geworden, ein Gästehaus für ausländische Wissenschaftler - alles ziemlich exotisch, die getäfelten Wände, die Treppenaufgänge, die Säle. Am Exotischsten der Hausmeister, ein großer Kerl, der martialische Verkleidungen liebt und geht und steht wie einer, der mit jeder Bewegung fragt: willste was? Kannst eine in die Fresse kriegen, brauchst nur was zu sagen.

Glatze, schwarze Lederjacke, schwarze Lederhose, schwarze Lederstiefel. Arme tätowiert mit Disteln, Schlangen, Totenköpfen. Silbern glänzende Nieten. Schlüssel und Taschenmesser am Gürtel. Mitte Vierzig. Zuständig für die Heizung, die Sauberkeit des Geländes, Renovierungen, kaputte Möbel, Waschmaschinen, Spülmaschinen. In seiner Freizeit fährt er Motorrad und kandidiert als Oberbürgermeister: „Wir wollen diesen Herrschaften in den Arsch treten, damit sich die sogenannten Politprofis wieder auf Werte wie Ehrenhaftigkeit und Verantwortung besinnen."

Olga, die Ehefrau eines russischen Atomphysikers, hat das Wahlplakat als Souvenir in ihrer Moskauer Wohnung aufgehängt:

Der OB-Kandidat in schwarzer Kutte, mit Kapuze auf dem Kopf, Lichtschwert in den Händen. *Erneut tritt Jödi mit seiner inzwischen kampferprobten Rebellenarmee gegen die dunkle Seite der Macht an.*

So finden in dem Haus, in dem vor nicht allzu langer Zeit die Arme martialisch zum Hitlergruß gereckt wurden, Extraterra-Physiker und Yedi-Ritter zusammen. Die einen denken wissenschaftlich und saufen Wodka, der andere beschützt eine imaginäre galaktische Republik und hat übermenschliche Fähigkeiten.

Papa war höherer Bahnbeamter und hat den Bub gelassen.
Setzt eure Wahlkreuze für die Rebellion, laßt eure Schreibwerkzeuge zu Lichtschwertern werden. Uffbasse – dillmann wähle.
Nicht nur die Wunderstute Halla hat es bis in die Bildzeitung gebracht, auch der Hausmeister vom Oberfeld: *Deutschlands schrägster OB-Kandidat.*
Den Hausmeisterposten hält er seit über einem Jahrzehnt, wenn es darauf ankommt, ist er handzahm, aber: „Wir werden uns weiter wehren und weiter so denken und handeln, wie wir es schon immer getan haben. Als freie, unverdorbene und mutige Menschen."
Zehn Tage nach den Männchen kommen die Lerchenweibchen an. In der Nacht hat es geschneit. Alle Felder sind unterschiedslos weiß, nur am Scheftheimer Weg sind unter der Schneedecke noch die grünen Streifen der Wintergerste zu ahnen. Der Wald steht wie ein schemenhafter Wall, mehr grau als schwarz, die Wipfel gegen einen grauen Himmel – ist er grau oder weißlich oder einfach bloß farblos?
Tief unter dem Schnee werden in dem Dachsbau am Glasberg drei blinde, weißbepelzte Junge geboren.
In dem Bauch der Alten Bache, die ihre Rotte quer über die verschneiten Felder zur Rosenhöhe hinauf führt, regt sich der Fötus.
Das Marderweibchen klettert die Fichte am Spanischen Turm hoch, in seinem Innern ruht noch das befruchtete Ei. Es wird sich erst entwickeln, wenn es wärmer ist, damit die Jungen zum Sommer hin geboren werden.
Am Morgen kommt Wind auf, fegt den Schnee von Bäumen und Büschen, treibt die Wolken vor sich her, und plötzlich ist der Himmel blau, die Sonne scheint, ein Flugzeug schwimmt durch den Himmel wie ein Fisch, der vom Licht getroffen aufblitzt.
Unter dem Apfelbaum, den Maria in dem Garten vor der Hütte am Seiterswiesenweg gepflanzt hat, kommen die faulenden Äpfel zum Vorschein. Der Schnee versickert in der Erde. Ohne das gleichmacherisch gnädige Weiß werden die häßlichen Seiten des Winters wieder sichtbar. Trostlos der vergammelte Lauch

und die Blätter, die sich an der kleinen Eiche neben der Bank, von der aus man das Oberfeld überblickt, braun, zerknittert und so trocken wie Papier an den Zweigen festhalten. Der Baum hat noch fast alle seine Blätter. Wenn es windig ist, zischen sie leise wie viele kleine Schlangen. Die Knospen an den Stielen der häßlichen alten Blätter sind fett und vielversprechend.
In dem Fuchsbau am Querweg schläft die Füchsin, in ihrem Körper regt sich der neue Wurf.
Die Sommergerste wird ausgedrillt.
Am Waldrand balzt der Fasan. Die Hennenschar hört es. Bald werden sie sich trennen, um jede für sich ihr Nest zusammenzuscharren und ihre Küken großzuziehen.
An der Hammelstrift faucht ein Eichhörnchen ein Männchen an, das in sein Revier eingedrungen ist. Das Männchen wackelt mit dem Schwanz und pfeift wie ein Junges, das aus dem Kobel gefallen ist und nach der Mama ruft. Das Weibchen läßt sich nicht beruhigen. Es faucht noch einmal und springt davon, das Männchen hinterher. Unten auf dem Weg wirft der schnelle Läufer die Beine von sich und hört nicht das aufgeregte Tschuk Tschuk Tschuk aus dem Wald.
In den Gärten blühen die Schneeglöckchen.
Die Krokusse kommen aus der Erde, die Blausternchen und die Anemonen. Noch sind sie nichts als Lanzettchen, aber sie haben die Erde schon durchstoßen.
Die Blüten der Winterlinge sind noch geschlossen, kleine gelbe Kugeln: die erste Farbe.

Die Autorin dankt den vielen Helfern, die sich die Zeit genommen haben, ihre Erfahrungen und ihr Wissen mit ihr zu teilen, der Försterin und dem Förster, der Fledermausspezialistin, dem Biologen, dem Geologen, dem Kirchenrat, den Historikern, Heimatforschern, Künstlern, Mitarbeitern von Stadt- und Staatsarchiven, Anwohnern des Oberfelds. Ohne sie wäre dieses Buch nicht entstanden.

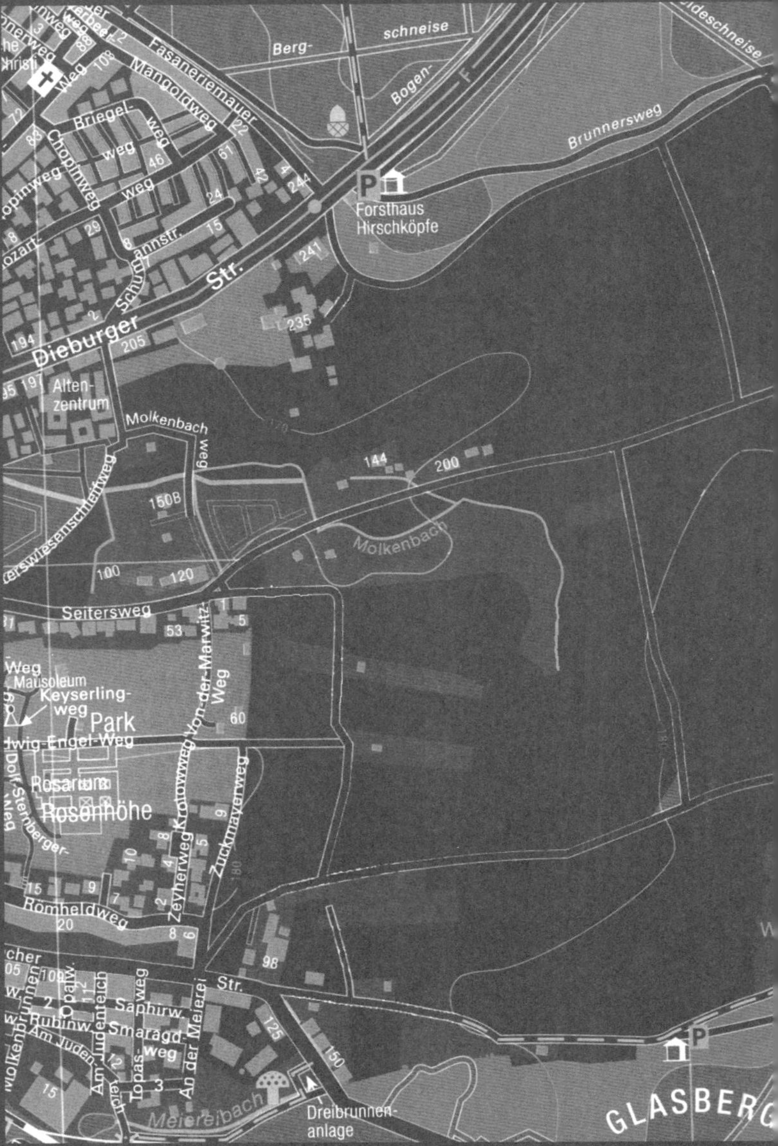

Berg-
schneise
Bogen-
Fasanerienmauer
Mangoldweg
Brunnersweg
Forsthaus
Hirschköpfe
Briegel-
weg
Chopinweg
Schumannstr.
Dieburger
Str.
Alten-
zentrum
Molkenbach
Molkenbach
Seitersweg
Mausoleum
Keyserling-
weg
Park
Von-der-Marwitz-
Weg
Rosarium
Rosenhöhe
Kranichweg
Zuckmayerweg
Zeyherweg
Römheldweg
Saphirw.
Smaragd-
weg
Rubinw.
Topas-
weg
An der Meierei
Am Judenteich
Meiereibach
Dreibrunnen-
anlage
GLASBERG